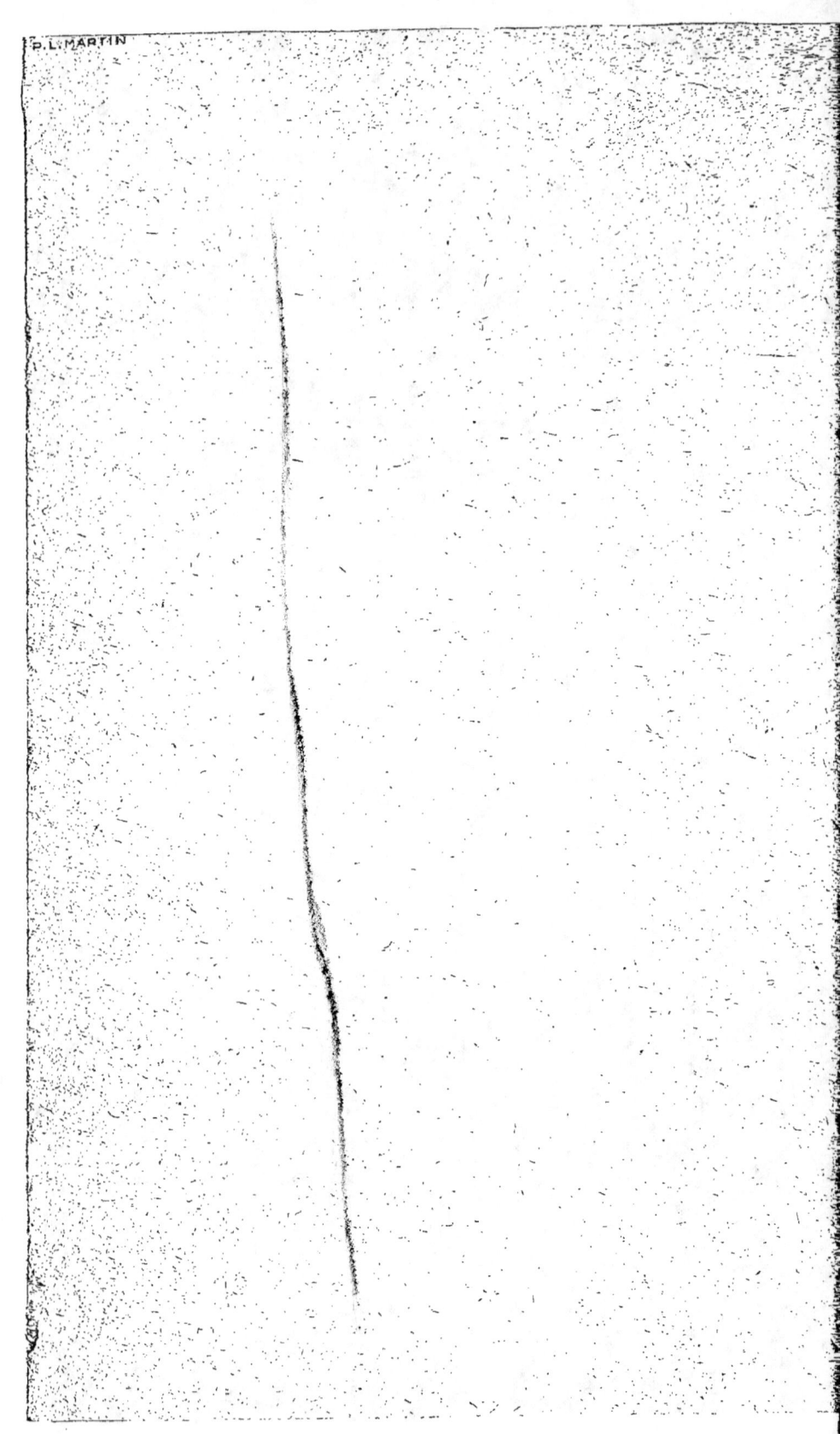

LES AVENTURES

DU CAPITAINE LA PALISSE

CALMANN LÉVY, ÉDITEUR

DU MÊME AUTEUR

Format in-18, collection Michel Lévy.

SOUS PRESSE

Saint-Amand. — DESTENAY, imprimeur breveté.

LES AVENTURES

DU

CAPITAINE LA PALISSE

PAR

LE Vte PONSON DU TERRAIL

PARIS
CALMANN LÉVY, ÉDITEUR
ANCIENNE MAISON MICHEL LÉVY FRÈRES

RUE AUBER, 3, ET BOULEVARD DES ITALIENS, 15

A LA LIBRAIRIE NOUVELLE

—

1880

LES AVENTURES
DU CAPITAINE LA PALISSE

PROLOGUE

LA DERNIÈRE HEURE A MARIGNAN

> Monsieur de La Palisse est mort,
>   Mort de maladie.
> Un quart d'heure avant sa mort,
> Il était encore en vie.

Certes oui! Il était en vie, autant que peut l'être un brave capitaine prêt, comme toujours, à verser son sang pour l'honneur de son pays et à mourir en tuant.

Pauvre chère France, tu as bien été éternellement la même!

A peine as-tu célébré la valeur et les mérites d'un homme, que tu cherches le moyen d'amoindrir ses titres à ta reconnaissance.

Jacques de Chabannes de La Palisse a été le digne successeur de Gaston de Foix dont on a dit : « Il eût mieux valu pour Louis XII et pour la France perdre

1

la bataille que ce jeune et vaillant général. » Il a été l'émule de Bayard, le modèle des Turenne et des Condé. On l'a mis en couplets. Et en quels couplets ! On l'a bafoué et ridiculisé. On a fait de lui le Calino du moyen âge. L'imagerie d'Épinal l'a donné en pâture aux enfants. Ce vaillant guerrier est devenu un être grotesque dont les ignorants s'amusent.

Et la chanson qui se moque de lui est le pendant de celle par laquelle nous nous sommes vengés de Malborough, qui nous avait battus.

> Monsieur de La Palisse est mort,
> Mort de maladie...

Ce n'est pas vrai. Il est mort à la bataille de Pavie, presque en même temps que la Trémoille qui lui, au moins, a eu le bonheur d'être respecté par la chanson.

> Un quart d'heure avant sa mort,
> Il était encore en vie.

Et c'est précisément sa vie extraordinaire et sa mort héroïque que nous nous proposons de raconter.

D'après les mémoires du temps, on ne connaissait à La Palisse que deux défauts.

D'abord, il aimait, plus que de raison, les femmes. Ensuite, s'il savait leur parler, il ignorait l'art de leur écrire. Mais ces défauts étaient communs à la plupart des gentilshommes de son époque. N'oublions pas que La Palisse a servi sous François Ier, ce roi capricieux qui n'a pas aimé moins de femmes que lui. Et souvenons-nous que les plus valeureux capitaines se trouvaient alors excessivement savants

quand ils parvenaient à mettre leur paraphe au bas
d'un message.

Ce qui caractérisait principalement La Palisse, —
bravoure à part, — c'était une extrème gaieté, la
gaieté de ce siècle insouciant qui pourrait reprocher
au nôtre de n'avoir jamais connu les plaisirs, tant
celui-là a su en inventer de toutes sortes. Parfois
cependant le front de La Palisse s'assombrissait...
En cherchant la cause qui, par instants, troublait le
capitaine et le terrassait quand elle ne le courrou-
çait point, ses officiers n'avaient pas à évoquer d'autres souvenirs que ceux-ci :

Un matin, on avait vu La Palisse venir gaiement
au lever du roi Louis XII. Soudain le rire s'envola
de son visage comme un oiselet sur qui un faucon
ferait irruption. Le capitaine blèmit, se retourna,
sembla chercher quelqu'un... Puis, un instant après,
son insouciance native parut avoir oublié l'incident
inconnu : son heureux caractère avait repris le dessus. Et La Palisse, si terrible devant l'ennemi, redevint le plus gai, le plus spirituel, le plus divertissant
des courtisans.

Une autre fois, se produisit un pareil fait. C'était
en Italie, à Villefranche, que nous venions de prendre. On allait chanter un *Te Deum* pour célébrer la
victoire. Les moines faisaient procession dans l'église.
Naturellement, La Palisse se trouvait à côté du roi,
précisément à l'entrée du banc d'œuvre. La foule
des moines était en train de défiler auprès de lui.
Tout à coup le capitaine, sans respect pour le saint
lieu, porte brusquement la main à son épée et, faisant volte-face, promène sur la pieuse procession
un regard furibond comme si l'un des moines, en
passant, l'avait souffleté d'une injure. Mais, devant

lui, ils étaient trente qui lui tournaient le dos en suivant la croix. Auquel d'entre eux s'adresser ? Il laissa son épée, pria un instant, puis dissipa son souci en mêlant sa voix mâle au chœur des fidèles.

. . . .

Le jour même où commencent les faits étranges que nous nous sommes donné la mission de retracer, Chabannes de La Palisse allait de nouveau frémir et rester blême devant ce mystère qui troublait sa vie. C'est le second jour de cette lutte acharnée que l'histoire devait nommer « le combat des géants. »

Nous sommes en septembre mil cinq cent quinze, à quelques bornes de Marignan.

Pendant toute une journée, toute une nuit et toute une matinée encore, les Suisses étaient descendus de leurs montagnes, fleuve humain destiné à grossir cette armée que foudroyait le canon français. Le roi chevaleresque, le jeune roi François Ier, qui avait combattu vingt heures, ayant Bayard à sa droite et La Palisse à sa gauche, avait fini par s'écrier :

— Mais il pleut donc des Suisses !

Il en avait plu, en effet, pendant trente-six heures, et le combat, interrompu le soir du premier jour par une nuit obscure, avait recommencé, le lendemain, lorsqu'à peine glissaient les premières clartés de l'aube sur la cime blanche des Alpes qui se dressaient à l'horizon. Aux Suisses avaient succédé des Suisses, sombres bataillons qui, avec le stoïcisme des soldats de Léonidas, marchaient à la mort sur les pas du cardinal de Sion, ce valeureux prélat qui maniait une épée aussi dignement qu'il portait une crosse.

La bataille avait été rude ; pendant longtemps le

sol de la vieille Lombardie avait tremblé sous les pieds de ces masses énormes qui se le disputaient, et Milan, perdu dans la brume de l'horizon, s'était demandé quel serait, le soir même, son maître, ou de Sforza, ou du roi de France. Mais enfin, le roi chevalier l'avait emporté.

Entre neuf et dix heures du matin, les Suisses abandonnaient le champ de bataille et se repliaient vers les gorges sauvages de leurs montagnes. Le vaillant cardinal de Sion, désespérant de les rallier, prenait la fuite.

Chabannes de La Palisse, traquant l'armée suisse, se chargea de transformer la défaite en déroute, et poursuivit le cardinal.

— Quel honneur pour moi, se disait-il, si je le tue ou si je le fais seulement prisonnier ! Madame Isaure ne pourra plus rien me refuser.

Madame Isaure, c'était sa passion de ce jour-là. Juste au moment où, se noyant dans un rêve d'amour, il oubliait la bataille pour ne penser qu'à madame Isaure, un chevalier déboucha d'un sentier creusé dans les rocs. Ah ! celui-là ne songeait pas à fuir. Il se planta droit devant La Palisse et attendit. Tout d'abord le capitaine, étonné, le regarda. Ce chevalier avait l'aspect étrange.

Au crépuscule, il eût été invisible. Son armure, en effet, son casque, dont la visière était baissée, son cheval, ses armes et ses gantelets étaient noirs. Sur son cœur, seulement, il portait une croix rouge. Malgré sa bravoure célèbre, La Palisse ne put se défendre d'un frisson. Il entrevoyait sous cette enveloppe de deuil un mystère terrible...

Soyons sincère. Il se disait :

— Je ne voudrais pas tuer ce chevalier...

Celui-ci mit sa lance en arrêt. Il fallait bien se défendre. La Palisse s'élança, la lance au poing. Le Chevalier Noir recula jusqu'à un talus, puis soudain s'effaça. La lance de La Palisse s'enfonça dans le talus avec une telle force qu'il n'eût pas été possible de l'en ôter. Le Chevalier Noir jeta sa lance et brandit son épée. La Palisse tira aussi la sienne et, visant le défaut de la cuirasse, s'élança sur le Chevalier Noir. Celui-ci fit un léger mouvement. L'épée du capitaine, frappant à faux la cuirasse de l'inconnu, se brisa en morceaux. La Palisse allait mourir... quand soudain, le Chevalier, remettant paisiblement son épée au fourreau, s'approcha du capitaine troublé, lui cria un seul mot, puis partit à franc étrier. La Palisse d'abord atterré, bondit sur ses traces. Ce mot, la plus sanglante injure qu'il pût entendre, c'était le mot qu'il avait entendu dans la chambre du roi, le mot que le moine avait murmuré à son oreille dans l'église de Villefranche...

Quel était donc ce mot?
Quel était ce Chevalier?

PREMIÈRE PARTIE

LA DEMEURE ENCHANTÉE

1

SOUS LA TENTE DE FRANÇOIS Ier

En se levant le lendemain matin, Jacques de Chabannes de La Palisse énuméra tous les événements de ces deux terribles journées.

Il s'était battu comme un lion, il avait eu deux chevaux tués sous lui, le roi lui avait passé au cou, le premier soir de la bataille, le grand cordon de l'Ordre de Saint-Michel, créé par Louis XI, et lui avait dit, ce qui n'était pas un mince éloge dans sa bouche :

— Chabannes, tu es aussi brave que mon cher Bayard.

Tout cela n'empêchait pas le capitaine d'être sombre et mélancolique. Après la sanglante injure que lui avait infligée, pour la troisième fois, le Chevalier Noir, il avait poussé son cheval vers la direction qu'avait prise ce mystérieux ennemi.

— Que je le rejoigne, pensait-il, et il faudra bien que je lui arrache son secret, qu'il lève au moins sa visière.

Il ne l'avait même pas revu... Il n'avait plus pourtant qu'une pensée : Le retrouver ! Aussi reprit-il le chemin des Alpes. Il s'orienta aisément sur ce blanc tapis où les pas des chevaux servaient de fil d'Ariane. Bientôt il arriva dans un carrefour, qu'il reconnut. C'était là qu'il avait rencontré le Chevalier Noir.

Mais le Chevalier n'avait pas eu comme lui l'idée d'y revenir. Seules, les traces des pas des chevaux racontaient la rencontre. La Palisse descendit de cheval, suivit ces traces, fouilla la neige, fouilla les rocs. Rien.

Les traces s'arrêtaient brusquement au milieu d'un sentier piétiné par de nombreux chevaux. Toute recherche devenait impossible.

Le capitaine s'agenouilla pieusement sur la neige, leva les yeux et les mains vers le ciel, puis, après s'être signé dévotement, en bon chevalier qu'il était :

— O mon Dieu, supplia t-il, faites que je le retrouve !...

Et il remonta à cheval et regagna le camp.

Au moment où nous sommes, si son corps était déjà remis de quarante heures de fatigue, son esprit cherchait vainement à établir un lieu entre la longue carrière qui semblait à tous avoir été si laborieusement remplie et ce mystérieux Chevalier !

Aussi notre héros ne faisait-il que soupirer pendant que son barbier étuviste lui taillait la barbe et versait dans sa chevelure, qui grisonnait sur les tempes, une eau destinée à enlever la poussière...

Le barbier était un vieux serviteur à la tête blanche, qui ne quittait jamais le sire de La Palisse, même dans la bataille, et qu'on appelait plaisamment l'ombre de Chabannes.

Il avait nom Pantaléon, était né au château de La Palisse et avait vu naître le sire de Chabannes.

— Ah! mon pauvre Pantaléon, murmurait tristement le capitaine, au lieu de me donner le collier de Saint-Michel, le roi eût bien mieux fait de me dire : « La Palisse, mon ami, tu te fais vieux et tu as besoin de repos; va-t'en faire un tour en France et visiter ton château de La Palisse. »

— Mon doux seigneur, dit le barbier, ce n'est point pour voir votre château de La Palisse que vous désirez retourner en France.

— Tu crois? fit le grand capitaine en soupirant encore.

— Mais bien pour voir certaine dame... Ah! par votre noble épée! c'est vraiment malheureux de voir un vaillant homme de guerre comme vous perdre l'esprit pour une coquette...

Le barbier fut interrompu dans ses jérémiades par l'arrivée subite de Gaston de Maulévrier.

Gaston était le filleul de La Palisse. C'était un jeune homme d'une vingtaine d'années, aux belles manières, au visage presque féminin, qui portait des gants parfumés, mêlait des essences à sa chevelure et se battait vingt-quatre heures sans boire ni manger.

Il entra d'un petit air conquérant et dit :

— Mon parrain, êtes-vous toujours amoureux de madame Isaure?

— Toujours, murmura le vieux guerrier.

1.

— Alors, mon parrain, je vous amène un scribe doublé de nécromancien qui se fait fort d'attendrir ce cœur de roche, grâce aux jolis billets qu'il écrira pour vous.

Et Gaston, s'effaçant, laissa entrer un petit homme, d'une jolie figure d'ailleurs, et qui n'avait guère plus de trente ans. Son œil était vif, sa bouche moqueuse. Malgré sa taille exiguë, le scribe ne manquait pas d'une certaine élégance que gâtait malheureusement une prétention exorbitante.

— Qu'est-ce que cela? fit La Palisse en regardant ce petit homme.

— C'est un prisonnier que j'ai fait hier, le scribe de Sforza, le seigneur Pancracio Buffalora en personne.

— Bonne capture! fit le capitaine amoureux en toisant le nouveau-venu des pieds à la tête.

— Monseigneur, dit Buffalora qui soutint bravement cet examen, le duc de Sforza n'est ni beau, ni jeune ; mais, grâce à moi, il a eu les plus magnifiques combats d'amour qui se puissent voir.

— Et il a triomphé?

— Toujours, monseigneur.

Chabannes se dressa tout d'une pièce comme s'il eût entendu le clairon des batailles sonnant le boute-selle.

— Tu es donc sorcier? fit-il.

— Je suis poète ; cela vaut mieux.

— Et tu me ferais aimer d'une dame qui a repoussé jusqu'à présent mes hommages?

— Oh! bien certainement.

— Mort de ma vie! s'écria La Palisse, si tu fais cela, mon drôle, je t'enrichirai.

Buffalora s'inclina.

— Et, continua le bouillant capitaine qui avait déjà oublié le Chevalier Noir et les Alpes, il faut que le roi me donne congé et me laisse retourner en France. Nous partirons dès demain.

— Le plus tôt sera le meilleur, dit Buffalora.

Le barbier Pantaléon levait les mains au ciel avec un comique désespoir.

— Çà! ordonna La Palisse, donnez-moi mon casque, mon épée et mon manteau.

— Où donc voulez-vous aller à cette heure, mon parrain? demanda Maulévrier. Il fait encore nuit.

— Voir le roi sous sa tente.

— Mais le roi dort.

— Tant pis! je l'éveillerai. Il m'a fait veiller assez souvent pour son service.

Et La Palisse sortit de sa tente, impétueux comme un torrent qui rompt ses digues et sort de son lit.

Maulévrier et Buffalora le suivaient à distance.

Maulévrier s'était trompé; le roi ne dormait pas; le roi avait nombreuse et joyeuse compagnie.

Il festoyait, le verre en main, avec ses plus jeunes officiers, qui ne se rappelaient pas plus que lui les périls et les fatigues des deux journées précédentes.

Le roi se mit à rire en voyant entrer messire Jacques de Chabannes qui ressemblait à un sanglier faisant sa trouée dans un hallier.

— Que veux-tu donc, mon vieux La Palisse? lui dit-il.

— Sire, je veux me reposer.

— Hein? fit le roi, tu n'es pourtant jamais las, toi?

— Je le suis aujourd'hui, et j'ai bonne envie

d'aller voir si mon château de la Palisse est toujours au même lieu.

— Bien ! fit le roi ; je sais ce que c'est... On m'a déjà touché deux mots de la chose.

— Sire...

— Ta tête grise tourne au vent d'amour comme une girouette, n'est-ce pas ?

— Sire... balbutia La Palisse un peu confus.

— Eh bien, mon vieux capitaine, reprit François Ier, ne te trouble pas tant, je comprends cela.

— Alors vous consentiriez ?...

Le roi allait répondre affirmativement quand un officier, levant la portière de toile, entra, l'air effaré, dans la tente.

— Qu'y a-t-il ? demanda François.

— Sire, c'est un chevalier étrange, qui ne porte ni nos armes, ni celles de l'ennemi, qui ne veut ni dire son nom ni lever la visière de son casque...

— Et qui insiste pour me parler ?

— Oui, sire...

— Quand on a mis en fuite le cardinal de Sion, suivi de tous ses Suisses, on ne craint personne. Faites entrer.

L'officier leva de nouveau la portière, fit un signe. Le chevalier entra. Et La Palisse frémit de tous ses membres. C'était le Chevalier Noir !

II

LE CONGÉ DE LA PALISSE

Le Chevalier Noir, sans dire un mot, sans tourner la tête, sans même regarder Chabannes épouvanté, se dirigea froidement et comme sûr de lui, vers le roi qui, bien que ne le connaissant point et étant en droit de s'attendre à une tentative de régicide, ne tremblait pas.

Arrivé à trois pas de François, il mit genou en terre, puis se releva en ôtant son gantelet droit. On se demandait si ce personnage étrange n'allait point avoir l'audace de le jeter aux pieds du roi... Il se contenta d'étendre la main, une main fine et aristocratique, qui portait à l'annulaire une bague, dont le châton retourné brillait du côté de la paume.

A la vue de la bague, le roi, tout ému, saisit affectueusement cette main.

La Palisse n'en revenait pas...

— Messieurs, dit François, un moment, je vous prie...

Et, ouvrant la tapisserie qui coupait en deux sa tente, il introduisit avec une déférence extrême le chevalier dans sa chambre de repos.

La Palisse eut une pensée consolante :

— Au moins, se dit-il, je saurai qui c'est. Le roi ne refusera pas de me l'apprendre.

Puis il se dit :

— Mais s'il refusait?... Il se joue quelquefois de moi, le jeune roi...

Les guerriers de ce temps-là ne se croyaient pas astreints à une grande délicatesse. La Palisse s'approcha de la tapisserie et, sans en avoir l'air, prêta l'oreille... A travers l'épaisse laine, la voix sombre du Chevalier Noir ne s'entendait point. Mais le roi était si content que, d'instant en instant, la sienne éclatait de joie et le vieux capitaine, malgré la tapisserie, parvenait parfois à saisir une phrase tout entière.

— Quoi! c'est vous! s'était d'abord écrié François.

— Ainsi il le connaît intimement, pensait La Palisse. Et moi qui voudrais tant...

Pendant quelques instants, la tapisserie ne trahit aucun lambeau de la conversation royale. Puis, tout à coup, Chabannes entendit cette exclamation :

— Oh! le misérable!

Cela devenait fort intéressant. Par malheur, Gaston de Maulévrier était précisément en train de raconter à la suite de quels incidents il était parvenu à procurer à son parrain le plus précieux des scribes, et le bruit de sa voix juvénile couvrait celle du roi :

— Vous savez bien, disait Gaston, que pendant la bataille, il s'est répandu parmi nos soldats le bruit que le cardinal de Sion était accompagné de bagages énormes renfermant des trésors considérables : « Par le roi de France, mon maître, et par le sire de La Palisse, mon parrain, me suis-je écrié, j'aurai les bagages du cardinal ou je ne serai qu'un manant. » Et je me suis tenu parole; je n'ai pas tardé à rejoindre l'escorte qui emportait les bagages vers les montagnes du Tyrol, et après un combat assez dur, ma foi, je suis demeuré possesseur de tous les effets de campement du cardinal, que Dieu bénisse! Naturellement nous avons fait de nombreux prisonniers. Parmi eux, se trouvait le seigneur Pancracio Buffalora, italien de naissance, comme l'indique son doux nom. Il se démenait même si vertement et se mettait si fort en colère qu'on le prit pour un soldat, alors qu'il n'était qu'un scribe.

— Je me demande ce que cela peut leur faire, pensait La Palisse, qui eût bien préféré entendre ce que disait le roi.

Gaston reprit :

— Il est bon que vous sachiez que ledit Buffalora était secrétaire de Sforza.

— Mais, mon cher seigneur, lui dis-je en rentrant au camp français, si vous étiez secrétaire de Sforza, vous écriviez sa correspondance?...

— Je m'en flatte.

— Alors vous faisiez la guerre à la France?

— Oh! mais entendons-nous, dit-il, je parle de la correspondance amoureuse du duc.

— Le duc était donc amoureux?

— Quand il ne l'était plus, c'est qu'il allait l'être.

Ici maître Buffalora se redressa en homme important qu'il était, et ajouta avec un petit clignement
d'yeux :

— Le duc pourrait même affirmer que, sans la
tournure galante et poétique des billets que j'écri-
vais pour lui, il eût été souvent traité avec plus de
rigueur.

— Par ma foi ! m'écriai-je, vous êtes en ce cas un
homme utile, et si mon parrain, M. de la Palisse,
connaissait vos talents...

— Eh bien ?

— Il vous prendrait à son service.

— Peuh ! fit-il d'un air dédaigneux, quel homme
est-ce, votre parrain ?

— C'est un grand capitaine.

— D'accord... mais, après ?

— Il a cinquante ans et n'en paraît guère que
quarante.

— Est-il beau ?

— Superbe !

— Et amoureux ?...

— Toutes les fois qu'il en trouve l'occasion...

— Te tairas-tu, gamin ? cria La Palisse.

Les officiers riaient. Gaston, encouragé, continua :

— Voyons, parrain, je sais une certaine dame...

— Bravo, bravo ! firent les officiers.

— Qui vous ferait perdre la tête, sans compter
l'appétit, si le roi n'y mettait bon ordre. Mais avec
notre jeune monarque, il faut se promener de champ
de bataille en champ de bataille, et le plus souvent
faire sa nuitée en selle.

— Enfin, demanda notre scribe qui était curieux,
cette dame est belle ?

— Je ne l'ai jamais vue, mais mon parrain l'assure, hélas !

Ici, je vous avouerai que je ne pus m'empêcher de pousser un formidable soupir. Le drôle se permit de me demander ce qui me désolait.

— C'est que si la dame le veut, répondis-je, mon parrain l'épousera.

— Et il aura des enfants, et il vous déshéritera ?

— Justement ; vous êtes un homme d'esprit, cher seigneur...

— Bavard ! grommelait La Palisse, qui, bien que tendant l'oreille, ne percevait plus un mot de la conversation du roi avec le Chevalier Noir.

Gaston de Maulévrier continuait :

— Le duc de Sforza vous avait donc tout à fait à son service ? demandai-je à ce scribe d'amour.

— Oui, certes !

— Et que vous donnait-il pour vos peines ?

— Cinquante écus d'or par an.

— Mon parrain vous en donnera cent.

— Il est donc bien riche ! fit mons Buffalora en écarquillant les yeux.

— Il a des seigneuries et des châteaux à faire prendre le roi pour un pauvre homme ; mais les plaisirs de mon cher parrain passeront toujours avant mes intérêts.

— Le gamin sait se faire tout pardonner, dit La Palisse en adressant à son filleul un sourire affectueux.

Pauvre La Palisse !

Gaston de Maulévrier ne disait pas, en effet, qu'il avait ajouté :

— Maître Buffalora, les cent écus d'or que mon

parrain vous donnera ne sont rien auprès de ce que je vous donnerai moi-même, s'il vient à mourir célibataire.

A quoi le scribe avait répliqué :

— Ah! ah! c'est donc un pacte que vous me proposez?

— A peu près.

— Mais alors, au lieu d'attendrir cette belle dame, que faudra-t-il que je fasse?

— Je vous le dirai plus tard.

Autour du jeune roi François Ier, l'amour était si en faveur, que le tendre roman du capitaine La Palisse devait fatalement faire long feu. On entoura le vieux soldat. On le pressa de questions sur les charmes de madame Isaure et le plus ou moins de chances qu'il avait de la posséder. La Palisse en ce moment eût envoyé son filleul à tous les diables. Il venait d'être en effet intrigué au plus haut point. Il avait entendu le roi prononcer son nom avec fureur! Qu'est-ce que cela voulait dire? Quel pouvait être ce mystérieux Chevalier Noir qui mettait le roi en colère contre lui, La Palisse? Soudain la tapisserie se souleva... Gaston et les officiers se turent... Le roi s'effaça respectueusement devant le Chevalier Noir qui, la visière toujours baissée, silencieux et solennel, gagna le milieu de la tente.

— Faites avancer la monture du chevalier, dit le roi à un homme d'armes.

Puis François s'assit devant une petite table, signa un sauf-conduit, et le tendit à son mystérieux visiteur. Celui-ci mit de nouveau le genou en terre, salua le vainqueur de Marignan, puis se retira.

Naturellement La Palisse, de plus en plus intrigué, s'apprêtait à le suivre. Mais le chevalier, arrivé

sur le seuil de la tente, se retourna brusquement, le
saisit par le bras et lui murmura un seul mot à
l'oreille.

— Cette fois, au moins, tu ne m'échapperas pas,
vociféra La Palisse en bondissant.

Et déjà il avait tiré son épée, quand le roi, froidement, dit :

— Chabannes, remets cette arme au fourreau...
Je le veux !

— Sire... balbutia La Palisse confus.

— ... Et viens ici, j'ai à te parler.

Le capitaine s'approcha du roi.

— Tu sais, reprit François, que tu auras un
congé.

— Quoi ! sire, vous voulez bien ! et quand ?

— Lorsque nous aurons pris Milan !

II

LE MÉDAILLON

Renvoyé, comme il l'était, au lendemain de la prise de Milan, le congé de La Palisse eût semblé à bien d'autres, une de ces promesses illusoires qui ne sont jamais tenues. Mais la bravoure du capitaine était de force à contraindre, par l'admiration qu'elle inspirait, les prometteurs les plus endurcis, à tenir leur parole.

— Sire, quand prenons-nous Milan? demanda-t-il sans emphase.

— Mon brave Chabannes, attends au moins que le jour vienne. N'es-tu pas fatigué de Marignan?

— C'est précisément parce que je suis fatigué que je voudrais me reposer.

— A la façon d'Hercule, n'est-ce pas?

— Sire, madame Omphale avait du bon puisqu'elle était belle...

— Peste, quel madrigal! Je ne m'étonne pas si tu réussis auprès des femmes...

La Palisse se tut. Il pensait :

— Il faut que je me sois trompé tout à l'heure quand je croyais entendre le roi prononcer mon nom avec colère. Il est manifeste que le roi me parle avec une extrême bonté. Il ne parle même qu'à moi... Comment concilier cela avec sa déférence envers le Chevalier Noir ?

Et le capitaine cherchait en vain la solution de ce problème qui l'absorbait complètement, quand il sentit un bras se glisser sous le sien.

— En vérité, dit à La Palisse Gaston, qui profitait du privilège de familiarité que lui donnait son titre de filleul et de favori du capitaine, c'est bien mal à vous, mon parrain, de ne nous laisser, en amour comme en guerre, que des glanes à recueillir.

— Ne voudrais-tu pas, jeune fou, que je te cédasse la place? dit La Palisse en souriant.

— Non, mais au moins laissez-nous en prendre une à vos côtés.

— C'est chose facile.

— Pas tant, mon parrain! J'en appelle au témoignage des nobles seigneurs qui nous entourent. Quand la mêlée commence, qui voit-on au premier rang, à côté du roi? La Palisse. Quand on parle d'une belle, quel nom murmure-t-on? Celui de La Palisse. La Palisse sans cesse!

Le brave capitaine était tout rouge et aurait volontiers imposé silence à son filleul. Mais le babil du jeune homme amusait le roi François qui riait aux éclats à chaque boutade. Et, bien que plus vaillant soldat qu'habile courtisan, Chaban-

nes ne pouvait se fâcher de ce qui faisait rire le
roi.

— Et pourtant, continua Gaston avec l'effronterie
de l'enfant gâté, pourtant il y a une tache dans votre
soleil. Une citadelle vous résiste... Ah! nous ne
sommes pas habitués à cela! car déjà nous avons
pris mesdames Diane, Blanche, Valentine...

— Chut! interrompit vivement le vieux maréchal; je vous en prie, sire, imposez silence à ce
bavard!...

— Mais, au contraire, qu'il parle! dit le roi en
riant toujours; nous sommes curieux d'apprendre
tes prouesses, mon glorieux capitaine. Aussi bien,
nous avouerons que nous sommes jaloux de toi, La
Palisse, et très heureux de savoir qu'il se trouve au
moins une cruelle pour résister enfin à l'éternel
vainqueur. Parle, Gaston!...

— Puisque mon roi me le permet, s'écria avec un
enthousiasme railleur, le jeune Maulévrier, je vais
d'abord raconter comment le grand capitaine de
La Palisse a perdu le boire et le manger, comment
il a connu celle à qui il songe en ses longues nuits
d'insomnie, celle dont au combat il prononce le
nom... madame Isaure enfin!...

— Vraiment, demanda François Ier, riant toujours,
vous êtes épris à un tel point, Chabannes?

La Palisse hocha affirmativement la tête.

— Foi de gentilhomme! s'écria le roi; mais c'est à
me donner envie de la connaître, cette madame
Isaure! Elle est donc bien belle!...

— N'en déplaise à mon roi, j'ai aimé dans ma
vie beaucoup de femmes, comme le disait mon
filleul Gaston; jamais je n'en ai rencontré une si
belle!...

— Oh! oh! dit François, vous n'avez donc jamais vu ma maîtresse, capitaine, ou va-t-il nous falloir disputer en champ clos la palme de beauté?

— Contre tout autre que mon seigneur et maître, je le ferais sur l'heure, sire, s'écria le vieux chevalier avec vivacité, car sur mon honneur de gentilhomme, madame Isaure est la plus belle personne qui puisse exister!...

— Allons, dit le roi en riant de nouveau, Gaston a raison, messieurs. La Palisse est féru pour tout de bon!...

— Et faites-vous des vers à votre dame, capitaine, demanda avec un sérieux affecté le jeune page de Pardailhan? Une si magnifique personne doit inspirer des poésies à faire mourir de honte messire Clément Marot.

— Pour moi, ajouta M. de Gordes, un familier du roi, je suis d'avis que puisque la cruelle ne se laisse pas séduire par la bravoure du capitaine, il abandonne l'épée pour la mandoline et s'en aille chanter un virelai sous son balcon.

— Raillez, messieurs, raillez, murmura le soldat. Si vous aviez eu seulement l'occasion d'entrevoir madame Isaure!...

— Vraiment, dit pour la seconde fois le roi, cette madame Isaure est donc la reine des belles!

— Que Votre Majesté en juge par ses yeux! s'écria La Palisse en tirant de sa poitrine un médaillon retenu par une longue chaîne d'or et en le présentant au roi.

C'était une ravissante miniature que n'eussent certes pas refusé de signer Raphaël Sanzio ou Léonard de Vinci. Mais, par une singulière précaution, le nom du peintre avait été effacé.

A peine le jeune roi eût-il vu le précieux médaillon qu'il poussa un cri et pâlit.

Les courtisans se dirent que, lui aussi, avait déjà, à la cour et ailleurs, connu bien des femmes, mais que sans doute il n'avait jamais eu l'idée de pareille splendeur. Il considéra longuement les traits de la beauté si cruelle au capitaine, et machinalement fit un geste comme pour serrer le médaillon dans son sein. Puis, s'arrachant à regret à cette contemplation, il le tendit à La Palisse en disant d'une voix émue :

— Vous avez raison, capitaine, il n'y a pas sur terre femme comparable à celle-là !

La Palisse avançait la main pour reprendre le portrait, Gaston le prévint et s'en empara.

— N'est-ce pas, sire, dit-il, qu'il faut bien que je connaisse celle dont je raconte l'histoire?

Le roi ne répondit pas. Il était devenu sérieux tout à coup et semblait réfléchir.

— Ah ! s'écria à son tour Maulévrier, écrasé par l'éclat de la jeune femme. Elle est réellement trop belle pour vous, parrain !...

— Il est franc, au moins! glissa tout bas M. de Pardailhan à l'oreille de M. de Gordes.

— Mais il pousse la raillerie un peu loin... Le capitaine finira par s'offenser...

Pourtant Gaston ne raillait pas. Son exclamation naïve n'était que l'explosion du sentiment qui avait surgi dans son cœur. Il ne pouvait admettre que cette femme si belle, cet ange, cet être qu'il n'eût osé souiller de ses plus purs désirs, pût jamais appartenir à La Palisse... Il regrettait ses plaisanteries de tout à l'heure, il eût voulu se mettre à genoux devant le portrait pour lui en demander pardon...

— Qu'elle est belle, mon Dieu, qu'elle est belle !..
disait-il dans une véritable extase.

Les autres seigneurs intrigués s'approchèrent de
lui, voulant, à leur tour, voir cette merveille. M. de
Gordes étendit la main vers le médaillon.

— Permettez, messires, dit La Palisse, le juge-
ment de Sa Majesté me suffit, je n'en demande point
d'autre !...

Et, prenant le médaillon, il le replaça sur son cœur.

— Capitaine, demanda le roi très-ému et semblant
sortir d'un rêve, dites-moi, où donc avez-vous eu ce
médaillon ? Le tiendriez vous de madame Isaure elle-
même ?

— Sire, un soldat tel que moi n'est point fat. Mon
filleul Gaston disait vrai tout à l'heure ; madame
Isaure me dédaigne encore. Ce précieux médaillon, je
l'ai découvert chez un orfèvre qui avait charge de le
garnir des pierreries que vous avez vues. Celui qui
l'avait apporté n'a-t-il pu le reprendre ? N'avait-il
point d'argent pour le payer ? Y a-t-il eu quelque
autre cause que j'ignore ? Bref le médaillon était
resté là... Je l'ai vu chez le joaillier, j'ai reconnu
celle dont il est l'image, je l'ai acheté... à prix d'or,
on s'en doute. Je l'eusse payé de ma fortune !

— Foi de gentilhomme ! s'écria le jeune roi, ce
La Palisse a tous les bonheurs. Personne, pour moi,
n'eût fait pareille trouvaille !... Capitaine, vous savez
combien j'aime la peinture, vendez-moi votre médaillon ?

— Sire... balbutia La Palisse, embarrassé.

— Vous refusez ?...

— Votre majesté voit quel prix j'attache à ce portrait. Ce serait pour moi une douleur profonde que
de m'en séparer.

2

— Je n'insiste pas, dit François, je ne veux pas peiner un vieux serviteur. Gardez l'image de votre belle, capitaine, quoique, foi de gentilhomme ! il n'en soit pas besoin pour ne pas l'oublier !...

La conversation changea de thèse. Le roi sembla ne plus penser à la belle Isaure et au médaillon.

Mais, comme les gentilshommes causaient de choses et d'autres, il appela Gaston du geste.

— Tu es ambitieux, lui dit-il tout bas, veux-tu que je me charge de ton chemin à la cour ?

— Sire !... s'écria Gaston enthousiasmé.

— Apporte-moi, dès que tu le pourras, le médaillon de ton parrain.

— C'est que...

— Je l'en indemniserai... mais surtout qu'il ignore ce que ce portrait est devenu.

— Pourtant, si...

— Ah ! je le veux à tout prix. J'ai de puissantes raisons pour vouloir ce médaillon, qui, d'ailleurs, est à moi, bien à moi, je te le jure.

— Quoi ! sire, vous connaîtriez ?

— Chut. Fais ce que je te dis. J'y compte.

Gaston courba la tête et murmura :

— Vous aurez ce médaillon, sire...

Et si le roi eût alors regardé le jeune homme, il eût vu poindre une larme au coin de son œil d'enfant. On se donne vite et tout entier, à l'âge de Gaston et, pour avoir contemplé un seul instant un portrait, Gaston de Maulévrier était acquis désormais, corps et âme, à madame Isaure...

— Écoutez, s'écria le roi.

En effet, au milieu des bruits confus du camp,

s'élevèrent tout à coup, fraîches et éclatantes, les
notes sonores de la trompette.

— Messieurs, dit François en se tournant vers ses
gentilhommes, j'ai ordonné qu'on sonnât le boute-
selle au premier chant du coq. A cheval! il nous
faut Milan!

Et François I⁽ᵉʳ⁾ frappa sur l'épaule de La Palisse
en lui disant :

— A propos, tu sais que je te fais maréchal de
France!

— Moi, sire?

— Certes, car tes amours ne doivent pas m'empêcher de faire mon devoir. Tu m'as aidé à vaincre à
Marignan et tu vas avec moi prendre Milan... A
cheval!

La Palisse soupira et murmura entre ses dents :

— Le bâton de maréchal! j'aimerais mieux un
regard de madame Isaure.

Mais M. de Gordes, qui l'avait entendu, lui glissa
à l'oreille :

— Patience! c'est l'affaire d'une bataille encore.

La Palisse ne répondit rien et s'en alla monter à
cheval. Seulement, il dit à Buffalora :

— Seigneur magicien, à partir de ce jour je
vous fais mon écuyer et vous ne me quitterez
plus.

IV

LE PALAIS DE LA BALBINA

Quelques heures après, on était sous Milan. La
cité de Sforza résista deux jours, mais La Palisse
acheva de mériter le haut grade que François Ier lui
avait conféré. La Palisse montra au roi qu'on n'avait
jamais tort de compter sur lui. Le premier, il entra
dans Milan. A la chute du deuxième jour, plusieurs
quartiers s'étaient rendus ; d'autres avaient construit
des barricades, ouvert des arquebusades par toutes
les fenêtres et défendu chaque coin de rue, chaque
maison.

Les Français s'étaient montrés cléments après la
victoire partout où l'on s'était rendu ; mais on leur
avait permis le pillage dans les endroits de la ville
où les habitants opposaient une résistance désespérée. Il y avait surtout un pâté de maisons, derrière
l'église du Dôme, qui s'était héroïquement défendu,

et parmi ces maisons un palais dont chaque fenêtre avait lancé des torrents de mitraille. Bien après que la ville était prise, ce palais résistait encore. Entouré de petites rues étroites, n'ayant de façade sur aucune place assez large pour permettre d'y traîner du canon, il avait fallu en faire l'assaut comme s'il se fût agi d'un bastion.

La nuit était venue ; on avait allumé des torches et continué le combat à leur clarté. C'était messire de La Palisse qui commandait l'attaque. Maulévrier était à sa droite, il plaça signor Buffalora à sa gauche.

Buffalora avait dit, dès le commencement du siège :

— Je ne suis pas un soudard, je suis un scribe d'amour, et à Dieu ne plaise que je tire l'épée ; mais mon devoir d'écuyer est de suivre mon nouveau maître, d'autant plus que les Milanaises sont fort belles, et qu'il se peut faire que M. de La Palisse ait besoin de moi pour attendrir leur cœur.

Et Buffalora, qui, tout en dédaignant le métier des armes, était fort brave, Buffalora s'était constamment trouvé à cheval au plus fort de la mêlée, laissant les balles pleuvoir autour de lui et ne s'en souciant guère.

— Mais quelle est donc cette maison maudite ? s'écria Chabannes qui, songeant toujours à madame Isaure, était pressé d'en finir avec Milan et de retourner en France.

— Je ne sais pas, dit Maulévrier, qui avait reçu une arquebusade dans l'épaule et eût bien certainement été tué s'il n'eût été garanti par sa cuirasse, mais les haches se brisent sur les portes qui sem-

2.

blent de bronze, et nous avons déjà perdu cent hommes.

— Qu'on apporte des échelles! ordonna le nouveau maréchal de France. Je veux y entrer le premier, et puisque les portes ne s'ouvrent pas, j'y pénétrerai par la fenêtre.

Le maréchal fut obéi. Il descendit de cheval, fit apposer une échelle contre le mur, et se mit à grimper bravement.

En ce moment, une femme parut à la croisée vers laquelle il montait.

Cette femme s'écria :

— Mort aux Français !

Chabannes jeta un cri.

Non un cri de colère, mais un cri de surprise et de plaisir.

Le visage de madame Isaure eût pu, seul, rivaliser en éclat avec la figure fraîche et brillante, adorable, merveilleuse, qu'encadrait la fenêtre.

— Par la Santa Madona ! murmura le signor Pancracio Buffalora, je n'ai jamais vu madame Isaure, mais je doute qu'elle soit aussi belle que la créature que je viens d'apercevoir.

Et il descendit de cheval, lui aussi, et courut à l'échelle pour suivre Chabannes. Chabannes allait atteindre la croisée où la femme s'était montrée une minute. Mais, en ce moment, une pierre énorme tomba sur son casque, et le grand capitaine, perdant l'équilibre, fut précipité sur le sol d'une hauteur de près dix pieds. Une rumeur sinistre courut alors parmi les soldats. On le crut mort.

Déjà Chabannes s'était remis sur pied :

— Allons donc ! mes enfants, dit-il, est-ce qu'on

meurt d'un coup de pierre quand on s'appelle Chabannes?

La jeune fille avait reparu à la croisée. En entendant ce nom, elle examina le capitaine.

— Ah! c'est vrai, fit-elle! Vous êtes La Palisse. Je
ne vous reconnaissais pas.

— C'est ce que je me disais, répondit le nouveau
maréchal.

Et il remit le pied sur l'échelle.

La femme disparut de nouveau, et donna sans
doute quelques ordres à l'intérieur du palais, car les
défenseurs cessèrent le feu.

— Enfin je vais savoir qui elle est! fit le maréchal,
elle veut parlementer.

— Oui, capitaine, dit la femme, qui se montra
encore. Vous êtes, à ce qu'on assure, le soldat le plus
brave et le plus loyal de France.

— Il y a du vrai dans cette opinion, répliqua in-
génûment le seigneur de La Palisse, qui s'était com-
modément établi au milieu de son échelle.

— Eh bien, écoutez-moi, reprit l'inconnue.

— Parlez, chère et belle dame.

— Ce palais est à moi. Je m'y suis enfermée avec
mes serviteurs, tous résolus à mourir autour de moi
jusqu'au dernier. Voulez-vous me faire grâce?

— Vous faire grâce? Est-ce à vous de dire ce mot!
Mais je vous appartiens, corps et âme! Faites-moi
ouvrir les portes, et je vous jure qu'on respectera la
vie de vos serviteurs et les richesses que doit ren-
fermer ce palais.

— Non, dit l'inconnue, ce n'est pas cela que je
veux.

Buffalora, qui ne perdait pas un mot de ce colloque, se pencha à l'oreille de Maulévrier :

— Méfiez-vous! dit-il.

— De quoi? fit Maulévrier.

— Elle va lui offrir sa main.

Maulévrier haussa les épaules, tandis que Chabannes, toujours sur son échelle, disait :

— Et que voulez-vous donc, belle dame?

— Je veux que vous respectiez ce palais.

— Mais je vous le promets.

— Je ne veux pas que vos soldats y entrent.

— Mes soldats, soit! mais... moi?...

— Ni vous, dit l'inconnue.

— Ah! par exemple!

— Si vous acceptez mes conditions, mes gens sortiront du palais et vous rendront, tous, leurs armes.

— Et vous?

— Moi, je resterai. Que vous importe une femme, d'ailleurs?

Chabannes, qui était déjà tout en flammes, ne pouvait accepter, sans protester, ces singulières conditions.

— Mais je ne comprends rien à toute cette aventure, fit-il. Si je refuse, que se passera-t-il?

— Je commanderai le feu!...

— Contre moi?

— Contre vous.

La Palisse, de plus en plus intrigué, s'écria :

— Que personne ne me suive! mais moi, je veux entrer!

— Prenez garde! dit l'inconnue.

Buffalora murmurait à l'oreille de Maulévrier :

— Ce diable de maréchal! il va se passer de mes billets galants.

Chabannes continuait à monter.

— Prenez garde! répéta l'inconnue.

Et comme il montait toujours, un éclair se fit, après duquel pâlit l'éclat des torches, une détonation retentit, et une balle vint s'aplatir sur la cuirasse de La Palisse.

En même temps, l'inconnue, qui avait elle-même tiré sur lui le coup de pistolet, cria à ses gens :

— Feu! feu! mort aux Français !

Et le combat recommença, et de chaque fenêtre du palais on vit sortir un canon d'arquebuse.

— Mort de ma vie! s'écria Chabannes, par le roi de France, mon maître, j'entrerai dans ce palais et j'y entrerai seul !

— Votre Seigneurie me permettra-t-elle de le suivre? demanda Buffalora qui voulait gagner son argent.

— Non, dit le maréchal, non, moi seul !

Et, de nouveau, il monta à l'assaut. Les balles pleuvaient autour de lui ; mais, chose étrange, il ne fut pas atteint et il parvint jusqu'à l'entablement de la croisée, sur laquelle il se montra tout debout, son épée à la main.

Puis il cria à ses gens.

— Attendez-moi !

Et il sauta à l'intérieur du palais, et disparut aux yeux de ses soldats. A partir de ce moment, le sire de La Palisse fut le jouet d'étranges aventures, qui seraient plus invraisemblables que les contes de fées si l'on ne devait en avoir l'explication avant la fin de ce récit.

Il nous est impossible, on le comprendra, d'essayer de peindre le commencement du règne de François 1er sans initier nos lecteurs à la sorcellerie qui, au seizième siècle, trônait en souveraine maîtresse.

Une minute auparavant, la salle dans laquelle le maréchal venait de parvenir était éclairée, et la clarté qui s'en échappait était si vive qu'il avait pu voir fort distinctement le beau visage de l'inconnue. Mais à peine eut-il sauté de l'entablement de la croisée dans la salle, que les ténèbres se firent autour de lui. En même temps, le bruit de la fusillade cessa.

— Mort de ma vie ! murmura La Palisse, où suis-je donc? Je n'y vois goutte.

Mais il n'avait jamais eu peur ; et, se moquant des ténèbres qui l'environnaient, il marcha droit devant lui. La salle était immense ; il se heurta à plusieurs meubles et les renversa, puis il atteignit un mur sur lequel il ébrécha son épée.

Ayant trouvé le mur, La Palisse chercha la porte et la rencontra.

Elle résistait ; d'un coup d'épaule il la jeta par terre. Alors une lumière lointaine arriva jusqu'à lui. Son regard s'étant habitué à la nuit, le capitaine put se rendre compte, grâce à cette faible clarté, du lieu où il était. Il se trouvait à l'entrée d'une longue galerie du fond de laquelle venait ce rayon lumineux qui passait par la fente d'une porte.

La Palisse marcha droit à cette porte et se servit du même procédé pour l'ouvrir. Elle vola en éclats. Alors le grand capitaine s'arrêta, interdit.

Il se trouvait au seuil d'une vaste pièce tendue d'étoffes orientales, ornée de bronzes et de marbres, de tableaux et de statues. Tout le luxe de cette brillante époque qu'on devait appeler plus tard « la Renaissance, » semblait avoir été résumé dans cette salle.

Seulement elle était déserte.

— Ah çà ! s'écria La Palisse, suis-je dans une né-
ropole ?

Au bruit de cette voix retentissante qui dominait
ouvent le tumulte des batailles, une porte s'ouvrit.
a Palisse fit un pas en arrière et poussa un éclat
e rire. Un être hideux, difforme, un nain venait de
urgir devant lui. Le nain, qui avait une grosse tête
e nègre sur un petit corps vêtu de rouge, étendit la
ain vers lui et lui dit :

— Arrière, soudard ! tu n'iras pas plus loin !

La Palisse le regarda avec mépris :

— A Dieu ne plaise ! dit-il, que ma vaillante épée
e souille à ton contact, ver de terre, mais je t'écra-
erai sous mon talon éperonné si tu ne me réponds
l'instant.

— Que voulez-vous ? demanda le nain.

— Je veux savoir où je suis.

— Dans un palais enchanté.

— Tu railles, drôle...

— Non, dit le nain, et je vous supplie, par amour
our vous, de ne pas aller plus loin.

— Allons donc ! dit La Palisse, est-ce que je re-
ule, moi ?

— Si vous avancez, c'est la mort.

— C'est elle qui reculera ; parle !

— Que voulez-vous savoir ? demanda le nain qui
rit un air soumis et respectueux.

— Le nom de ce palais que tu dis enchanté ?

— C'est celui de la signora Balbina.

— Et qu'est-ce que la signora Balbina ?

— C'est une princesse.

— De quelle race ?

— Je l'ignore, dit le nain.

— Et tu es à son service ?

— Oui, monseigneur.

— Eh bien, conduis-moi auprès d'elle...

— Prenez garde ! monseigneur... Une fois qu'on a vu la signora Balbina, on en est amoureux le reste de ses jours.

— C'est donc, fit La Palisse, la femme qui, tout à l'heure, parlait d'une des fenêtres du palais ?

— Oui.

— Ma foi, fit le naïf capitaine, elle est belle en effet.

— Oui, mais sa beauté tue.

— Tu ne me connais pas, dit le nouveau maréchal de France, j'en ai vu bien d'autres en ma vie.

— Votre Seigneurie ne veut donc pas s'en aller ? Elle ferait pourtant bien...

Et la voix du nain eut une inflexion suppliante.

— Non.

— Venez, alors.

Le nain marcha devant La Palisse. Il traversa la vaste salle, franchit le seuil de la porte par laquelle il était entré, traversa, toujours suivi du maréchal, plusieurs salles aussi riches, aussi soigneusement décorées que la première, et qui, toutes, étaient éclairées par des lampes à globe d'albâtre, suspendues aux plafonds. Enfin il s'arrêta.

— Monseigneur, dit-il, un mot encore.

— Que veux-tu ?

— Je suis chargé de vous transmettre les désirs de la signora Balbina.

— Voyons.

— La signora Balbina ne hait point le roi de France.

— Cependant elle vient de nous faire une rude guerre.

— C'est vrai, mais c'est son palais qu'elle défend.

— Puisque je lui ai promis qu'on ne le pillerait point !

— Ce n'est pas assez.

— Que veut-elle donc encore ? fit La Palisse étonné.

— Elle veut que personne n'y pénètre.

— Même moi ?

— Même vous.

— Alors tu vois que j'ai désobéi à ses volontés, puisque je suis ici.

— Il est temps encore de retourner en arrière.

— Ah ! non pas, dit La Palisse. Retourner en arrière ! Mais ce serait la première fois de ma vie.

— Une fois n'est pas coutume, dit le nain.

— Avorton, répondit le nouveau maréchal de France, j'ai cinquante ans tout à l'heure, et ce n'est pas à mon âge qu'on change ses habitudes... Marche !

Le nain soupira.

— Monseigneur, dit-il, c'est peut-être à la mort, c'est à coup sûr au désespoir que vous allez !

— Marche ! répéta La Palisse.

Le nain fit quelques pas encore ; puis il étendit la main :

— Vous voyez cette porte ?

— Oui.

— Eh bien, vous frapperez trois coups.

— Et la porte s'ouvrira ?

— Oui.

— Et je reverrai ta princesse ?

— Oui, monseigneur.

La Palisse se dirigea vers la porte que le nain venait de lui indiquer.

3

Mais, avant de frapper, il se retourna.

— Vous hésitez, n'est-ce pas, monseigneur ? dit le nain.

— Non, mais je veux savoir une chose encore. Quoi donc ?

— Que sont devenus tous ces hommes qui défendaient le palais ?

Le nain ouvrit démesurément sa large bouche, mit à nu d'horribles dents jaunes et eut un éclat de rire moqueur.

— Cela ne doit pas vous étonner ! dit-il, puisque ce palais est enchanté.

Et comme s'il eût voulu donner à La Palisse une preuve matérielle de ce qu'il avançait, le nain frappa du pied... Et tout aussitôt, une dalle du sol tourna sur une charnière, mit à découvert un trou béant, et le nain disparut. Puis la dalle remonta, reprit sa place ordinaire, et La Palisse se trouva seul.

— Mort de ma vie ! s'écria le grand capitaine, j'aurai le cœur net de tous ces sortilèges et imaginations.

Et il frappa sur la porte indiquée trois coups bien espacés. La porte s'ouvrit alors... Et le maréchal demeura ébloui et fasciné en se retrouvant en présence de la signora Balbina...

V

BARRICADE ET BERCEAU

—Tandis que La Palisse courait les aventures d'un côté, le roi François les courait d'un autre. Milan, — la grande Milan, comme on disait, — était ville prise, mais non pas ville rendue, et la guerre des rues continuait. Dans cette sorte de guerre, — dont malheureusement les dissensions politiques nous ont donné de trop fréquents exemples, — le commandement général se perd ; chaque capitaine, chaque chef d'escouade devient son propre commandant et est obligé de recourir à sa stratégie particulière.

Très brave, très aventureux, le jeune roi s'était jeté à corps perdu à travers les dédales, hérissés d'assiégés qui se défendaient ou se sauvaient, et s'inquiétant peu de n'avoir avec lui que quelques hommes d'armes, au premier rang desquels il combattait comme un simple soudard.

François arriva ainsi dans une rue étroite et sombre qu'on appelait la *via del Giardino*. Cette rue était absolument fermée en son milieu par une barricade colossale, un rempart d'objets disparates, bahuts énormes et pierres de taille, chariots chargés de sacs pleins de terre, amas de meubles, de fascines et de cadavres... obstacle infranchissable et monstrueux...

Le roi tenta de lancer son cheval sur cette barricade... Le coursier se raidit et se refusa à avancer.

On se battait, pourtant, de l'autre côté, et les cris des Français prouvaient qu'en cet endroit ils n'avaient pas l'avantage...

— En faisant le tour, nous arriverons ! s'écria un des gentilshommes de l'escorte.

Et il montra une rue transversale. Tous s'envolèrent comme une nuée d'oiseaux. Ils croyaient naturellement que le roi était au milieu d'eux. Mais François était resté seul. Il ne voulait pas prendre un chemin détourné, lui : il voulait passer !

Passer !... Mais comment faire ? Un coup-d'œil lui suffit pour dresser un plan. La barricade s'appuyait, par son aile droite, contre un palais immense dont le siège, même avec tous les guerriers qui venaient de partir, eût certainement demandé plusieurs heures.

Mais l'aile gauche touchait et recouvrait presque une petite, toute petite maisonnette dont on ne voyait que la porte. En passant par cette maison, dont les fenêtres devaient certainement donner de l'autre côté de la barricade, il serait facile d'arriver.

Le roi mit pied à terre et alla à la porte de la petite maison. Cette porte était hermétiquement close.

Mais le jeune roi était vigoureux. D'un coup de son épaule bardée de fer, il jeta la porte en dedans

des gonds et entra, l'épée à la main... Un grand cri
salua son entrée. François recula d'étonnement.

Il n'y avait point de soldats dans la maison, il n'y
avait qu'une femme... Une jeune femme qui, en le
voyant, se jeta à ses genoux et lui dit en français :

— Ne me tuez pas, par grâce !... votre fortune est
attachée à ma vie !...

— Ma fortune ? dit le roi avec un sourire.

Il comprit qu'en le voyant sous une armure, sans
écusson, sans couronne royale à son cimier, la jeune
femme l'avait pris pour un simple soldat, tout au
plus un chevalier obscur de l'armée.

— Ne me tuez pas !... répéta l'inconnue.

— Qui donc êtes-vous, madame ? demanda François étonné, vous qui parlez français et qui demandez à un chevalier de France d'épargner une
femme ?

— Oh ! pardon, pardon, messire, mais cette guerre
m'épouvante à un tel point...

— Foi de gentilhomme, madame, vous n'avez rien
à craindre.

— De vous peut-être, messire, non. Mais de ceux
des vôtres qui, me prenant pour une Milanaise, use-
raient de leur droit de mettre à sac la ville prise de
vive force ; mais des Italiens qui, me reconnaissant
pour Française, me feraient expier la victoire de
mes compatriotes !... Ah ! voilà pourquoi, malgré la
bataille, malgré cette barricade que j'entendais
construire, je suis restée ici. J'ai peur des uns et des
autres !

— Sur ma parole, madame, je vous protégerai,
contre amis et ennemis, s'écria fièrement le jeune
roi, appuyé sur son épée.

— Oh ! vous êtes bon, messire. C'est que voyez-vous, ce n'est pas pour moi seule que j'implore votre assistance. J'ai charge d'âme et lourde charge en ce moment...

Et elle étendit le bras vers le fond de la pièce que masquait un long rideau de velours, puis, écartant ce rideau, montra un enfant d'un an environ, dormant dans son berceau.

— Un enfant! s'écria le roi ému. Mais la mitraille pouvait le massacrer !

— Hélas ! il était peut-être plus en sûreté au milieu de cette mitraille qu'il ne le serait à Paris, qu'il ne l'a été dans les villes ou dans les campagnes les plus paisibles ! Et pourtant, messire, si vous saviez combien son existence est précieuse... Ah ! chevalier, en le protégeant, comme je vous le disais tout à l'heure, vous travailleriez à votre fortune...

— Ma fortune ! répéta pour la seconde fois le roi railleur ; et comment cela ?

— Il faudrait, pour répondre, dit l'inconnue, vous dévoiler un grand secret. Le devrais-je ? En temps ordinaire, non. En ces jours troublés où je puis lui manquer à tout instant, à ce cher petit, j'ai le droit de veiller à ce qu'il ait un protecteur. Ce protecteur, chevalier, voulez-vous que ce soit vous ?

— Foi de gentilhomme ! je le veux bien. Mais ce secret, ce secret ?

— Le voici. Cet enfant n'est point à moi... je suis seulement sa nourrice. Acharnés à sa perte, des gens, ses ennemis... — avoir des ennemis, si jeune ! — l'ont partout recherché, partout poursuivi. Traquée par eux comme une bête fauve, j'ai fui de ville en ville et j'ai dû, pour leur échapper, me décider à quitter la France. Mais en Italie comme chez nous, acharnés à sa perte, ils le poursuivent encore. Ils veulent, quand même, s'emparer de lui, mort ou vif...

— Morbleu ! dit François, vivement intéressé par
ce récit. Mais quel est donc cet enfant?

— Je ne puis vous le cacher à vous... Cet enfant
est le fils d'un prince, à l'amour duquel on veut le
ravir.

— Un prince !...

— N'avais-je point raison, messire, quand je
vous disais que de sa vie pouvait dépendre votre
fortune ?...

— Mais ce prince, quel est-il ?

— Un haut et puissant seigneur, le plus puissant
de France, un des plus puissants de l'Europe... le
duc d'Angoulême !...

— Le duc d'Angoulême !... s'écria François en
courant vers le berceau et en considérant avec amour
l'enfant qui dormait toujours et semblait sourire aux
anges.

— Ah ! vous avez du cœur, messire ; vous le pro-
tégerez !... s'écria la jeune femme avec un élan de
reconnaissance.

— Oui, j'en donne ma parole de gentilhomme,
madame, dit le roi redevenu sérieux. Pauvre mi-
gnon ! Alors vous connaissez sa mère ?...

— La Palotte ? C'était ma sœur de lait !...

— Suivez-moi donc, madame. Je vous jure que,
maintenant, on ne vous poursuivra ni ne vous in-
quiètera plus... Cet enfant, qu'un heureux hasard
me fait retrouver ici, sera non seulement sain et
sauf, mais encore riche et heureux, noble et prince,
comme il doit l'être...

— Mais qui donc êtes-vous, pour parler avec une
telle autorité.

— Qui je suis ?... Son père !!!

— Son père ! dit la pauvre femme en tombant à genoux, ah ! monseigneur, ah! sire, pardonnez-moi de ne vous avoir pas reconnu !...

Elle avait saisi les mains du roi et les couvrait de baisers.

— Venez, dit François Ier en allant à la fenêtre, qui, ainsi qu'il l'avait supposé, donnait derrière la barricade. Venez, les soldats sont partis. Nos troupes, donnant la chasse aux Milanais, les ont refoulés dans une autre partie de la ville. Nous pouvons circuler sans crainte. Venez ..

Joignant le geste à la parole, il avait enjambé la fenêtre et se trouvait dans la rue qu'il explorait du regard.

Elle était déserte, de ce côté du moins.

Il revint à la fenêtre et cria à la nourrice encore une fois :

— Venez !...

Un immense cri de douleur et d'effroi lui répondit.

Épouvanté, il bondit par la fenêtre et rentra dans la chambre.

Le berceau était vide.

Sur le seuil de la porte, la jeune Française se tordait les bras de désespoir, en regardant fuir sur le propre cheval du roi... le bandit qui, pendant que François s'assurait du salut, venait de lui voler son enfant !

— Pauvre femme, cria le roi, restez ici, attendez-moi...

Et il s'élança sur les traces de ce bandit.

VI

LE NOUVEL AMOUR DE LA PALISSE

— Laissons le roi François Ier courir après l'enfant du duc d'Angoulême, et entrons avec La Palisse dans la chambre de l'enchanteresse à qui il allait demander l'amour après avoir manqué de lui devoir la mort. La Balbina était assise dans un fauteuil placé sur une estrade. La pièce où elle se trouvait était si brillamment illuminée qu'on eût dit une chapelle ardente, et les torrents de clarté qui environnaient la maîtresse de ce palais, ne contribuaient pas médiocrement à exercer une sorte de charme sur l'esprit naïf du grand capitaine.

La Balbina était plutôt couchée à demi qu'assise dans ce fauteuil qui ressemblait à un trône. Il était impossible de dire si elle était grande ou petite, mais sa tête était d'une incomparable beauté. Son large front blanc, encadré dans d'admirables che-

3.

veux blonds, révélait l'intelligence ; ses grands yeux, d'un bleu sombre, avaient des effluves irrésistibles ; et quand elle vit entrer La Palisse, elle lui montra, dans un sourire, des dents qui ressemblaient aux perles de la mer des Indes.

Son bras nu, d'un galbe admirable, pendait le long du fauteuil, et ses petites mains jouaient nonchalamment avec le manche d'un éventail.

La Palisse s'arrêta, confus et fasciné tout à la fois, et se demanda naïvement si c'était bien là cette même femme qui, tout à l'heure, avait eu l'audace de tirer sur lui un coup de pistolet.

— Eh bien, lui dit-elle d'une voix harmonieuse et calme, êtes-vous satisfait, maintenant que vous m'avez vue ?

— Madame...

— Vous n'avez rencontré ni soldats, ni serviteurs, reprit-elle, et vous n'avez reçu aucun coup d'arquebuse par derrière, comme cela eût pu être si je l'avais ordonné, poursuivit-elle. Cependant, en agissant ainsi, j'eusse été dans mon droit...

— Ah ! madame, murmura La Palisse, à qui cette merveilleuse beauté tournait la tête et qui s'enivrait du son de cette voix, que m'importerait la mort, en vérité, si ?...

— Et qui vous dit, fit-elle, que vous sortirez vivant de cette maison ?

Elle souriait, et son regard avait de magnifiques rayonnements qui pénétraient La Palisse par tous les pores.

— Car, poursuivit-elle, vous avez manqué de galanterie avec moi ; je vous ai supplié de respecter ma demeure... et vous avez méprisé ma prière...

— J'ai laissé mes soldats dehors, et nul n'entrera, je vous le jure !

— Mais vous êtes venu, vous !

— Pardonnez-moi, balbutia La Palisse. N'est-il pas naturel que je désire savoir ?... Et vous êtes si belle !...

Le sensible maréchal osa mettre un genou en terre et prendre la main de la Balbina qu'il porta respectueusement à ses lèvres. Elle ne retira point cette main, mais elle continua :

— Écoutez-moi, seigneur, et pesez bien mes paroles.

La Palisse demeura à genoux.

— Parlez, madame, dit-il.

— Vous me trouvez jolie ?

— Oh ! comme les anges !

— Si je vous prouvais que je suis d'une race illustre...

— Peut-il en être autrement ? fit l'amoureux capitaine. Cette main patricienne et ce regard de reine ne sont-ils pas là pour l'attester ?

— Si enfin j'ajoutais que je possède des trésors...

— Le luxe de ce palais en est la preuve, dit La Palisse.

— Oh ! vous n'avez rien vu encore...

Et la Balbina prit à sa ceinture un petit sifflet d'argent qu'elle porta à ses lèvres et dont elle tira un son aigu et bizarre.

Alors le nain reparut. Le maréchal le vit revenir comme il était parti, c'est-à-dire surgir du sol comme une apparition.

— Madame, dit-il, vous êtes belle, vous êtes princesse, vous êtes riche et de plus vous êtes magicienne.

— C'est peu, dit-elle en souriant.

— Chez vous, les nains sortent de terre.

— Oh! ceci, fit-elle, est un enfantillage et ne saurait être imaginé pour un grand esprit comme le vôtre, monseigneur.

— Et à qui donc réservez-vous ces imaginations et sortilèges?

— Aux cerveaux faibles, épris du merveilleux et qui ne croiraient pas à ma science, si je ne l'entourais de quelque prestige.

— Vraiment! dit La Palisse, vous vous occupez de science?

— Oui.

— Parviendriez-vous, par hasasd, comme sire Nicolas Flamel, à faire de l'or?

— Non, répondit la Balbina.

— Auriez-vous trouvé le secret du diamant?

— Je ne l'ai point cherché.

— Fabriqueriez-vous des perles?

— Pas davantage. Je fais mieux que cela, je prolonge la vie humaine.

Le maréchal partit d'un grand éclat de rire.

— Mort de ma vie! dit-il, je voudrais bien vivre cent ans, moi. Est-ce possible?

— Peut-être...

— Et que faut-il faire pour cela?

— Ah! dit la Balbina, voilà ce dont nous allons causer. Écoutez, je suis la fille du prince Balbinelli qui, toute sa vie, a cherché le secret que j'ai fini par trouver, moi.

La Palisse s'écria:

— Mais, madame, vous êtes si jeune que vous n'avez pu encore juger par expérience si votre secret est efficace.

— Quel âge me donnez-vous ?

— Vingt ans.

— J'en ai quarante, répondit la Balbina sans broncher.

Le maréchal jeta un cri, puis il se mit à rire.

— Ah ! dit-il, c'est mal à vous, madame, de vous gausser d'un pauvre soldat comme moi.

— Mais je dis vrai, fit-elle.

— C'est impossible !

— Non, car j'ai trouvé mieux que le secret de vivre, j'ai trouvé celui de rajeunir.

— Comment ! exclama le grand capitaine, vous pourriez me rajeunir ?

— Oui.

— Me rendre mes cheveux noirs, ma fine taille et mon œil de vingt ans ?

— Je vous rendrai tout cela, si vous acceptez mes conditions.

— Je ferai tout ce que vous voudrez, dit le maréchal, crédule comme tous les braves. Que m'ordonnez-vous ?

— Écoutez... Je suis princesse...

— Vous l'avez dit, répondit La Palisse en s'inclinant.

— Riche...

Et elle fit un signe au nain, qui alla prendre dans un coin, sur un coussin de velours, un merveilleux coffret d'ébène, qu'il plaça tout ouvert devant le maréchal stupéfait. Ce coffret renfermait des diamants et des pierreries autant et plus que l'écrin de la couronne de France.

— Voici ma dot, continua la Balbina.

— Votre... dot ?

— Oui, car je vous aime, mon doux seigneur, reprit-elle de sa voix la plus enchanteresse, et je veux vous épouser.

— Vous m'aimez... vous !... balbutia le maréchal, qui se connaissait bien mieux en faits de guerre qu'en diplomatie d'amour.

— Je vous aime, répéta-t-elle.

— C'est que je suis vieux...

— Je vous rajeunirai et je vous ferai même une jeunesse éternelle.

— Mais comment se fait-il que vous m'aimiez ?

— Ah ! dit la Balbina embarrassée, il y a long-temps que le renom de votre valeur est venu jusqu'à moi.

Parler de sa valeur au sire de La Palisse, c'était parler de sa belle écriture au seigneur Buffalora. Le brave capitaine acheva de perdre la tête... Il se mit à deux genoux devant la Balbina qui n'avait pas quitté son fauteuil et qui continuait à être à demi couchée sur une pile de coussins. Il oublia ses sol-dats qui attendaient, en bas dans la rue, un signal de leur chef pour monter à l'assaut ; il oublia le roi qui lui commandait de prendre des villes et non des cœurs ; il oublia madame Isaure, cette beauté inhumaine dont les rigueurs l'avaient rendu si marri ; et, nou-vel Hercule aux pieds d'une nouvelle Omphale, il tendit les mains pour recevoir une quenouille. Ainsi qu'il l'avait dit au roi, Omphale avait tant de charmes !

La Balbina paraissait s'amuser de cette naïveté et de cette jeunesse de cœur du vieux soldat. Il avait ôté son casque, il avait jeté son épée loin de lui, et, toujours à genoux, il la regardait avec extase.

— Ainsi vous m'aimez ? disait-il.

— Comme on aime un héros.

— Et vous consentiriez à me suivre en France?

— Oh! non, dit-elle, il fait froid en votre pays ; puis votre château de La Palisse est, dit-on, bien délabré ; le vent y pleure sous les portes. Nous nous en irons à Naples, où j'ai un palais qui baigne ses assises de marbre blanc dans le flot bleu, en face de Sorrente. Vous avez assez bataillé, mon Achille. Vous avez droit maintenant à goûter le repos.

— Le repos et votre amour, murmura le capitaine qui, décidément, oubliait tout à fait madame Isaure.

Puis il ajouta avec l'embarras d'un enfant.

— Mais vous êtes princesse, vous?

— Sans doute.

— Et je ne suis que baron, moi.

— N'êtes-vous pas maréchal de France? Et puis, fit-elle avec son divin sourire, est-ce que la reine Didon n'aima pas Énée?

— Oui, mais il était prince.

— Eh bien, n'êtes-vous pas un héros? Et les héros ne sont-ils pas plus que des princes?

La Palisse couvrait de baisers les mains de la Balbina et commençait à délirer, n'insistant plus pour obtenir des explications qu'on se refusait à lui donner. L'éclat des lampes avait pâli ; une sorte de demi-jour était maintenant répandu dans cette salle où le nain, blotti dans un coin, brûlait des parfums.

Le grand capitaine s'oubliait dans cette atmosphère pénétrante et voluptueuse, lorsqu'un bruit se fit derrière lui. Puis retentit un éclat de rire. Il se retourna et il vit signor Pancracia Buffalora, son scribe d'amour.

— Peste! dit le petit homme, je vois que votre

Seigneurie n'aura pas besoin de moi pour réussir auprès des femmes. Elle est en beau chemin.

La Palisse s'était levé un peu confus et regardait son secrétaire.

— Pourquoi m'as-tu suivi ? lui dit-il enfin.

— Mais, seigneur, répondit Buffalora, nous commencions à nous inquiéter et nous avions peur, le capitaine Gaston et moi, qu'il ne vous fût arrivé malheur.

— Eh bien ?

— Alors nous avons suivi le chemin que vous avez pris.

— Maulévrier est avec toi ?

— Et dix lansquenets nous accompagnent.

— Où sont-ils ?

— Nous voilà ! dit une voix.

C'était celle du jeune capitaine, qui parut au seuil de cette porte que le scribe venait d'ouvrir. La Balbina jeta un cri en voyant sa maison envahie par les soldats, et quitta son fauteuil précipitamment. Mais alors Buffalora poussa un nouvel éclat de rire, et La Palisse un cri de désespoir et de honte.

La Balbina, cette femme au visage d'ange, était un être difforme, une naine horriblement bossue !

— Santa Madona ! s'écria Buffalora, voilà une singulière épouse pour un maréchal de France !

Maulévrier éclata de rire.

— Comment ! mon parrain, s'écria-t-il, c'est là la femme que vous voulez épouser ? Mais vos enfants seront bossus !

Ces derniers mots achevèrent d'irriter le capitaine qui, tout honteux, regardait la naine et la trouvait épouvantable, à présent, autant qu'il l'avait trouvée belle quelques minutes auparavant.

— Oui, tu as raison, dit-il, jamais un Chabannes ne saurait avoir un héritier bossu !

Et il repoussa la Balbina suppliante.

Puis, avec un éclat de rire :

— Mais toi, Buffalora, si tu n'es pas bossu, mon ami, il ne s'en faut pas de grand chose, et tu ferais avec elle de la belle lignée.

— Ah ! c'en est trop, s'écria la Balbina, dont l'œil étincelait comme une lame de stylet.

Maulévrier riait, les lansquenets qui l'avaient suivi riaient pareillement, et La Palisse se trouva si ridicule d'avoir un moment perdu la tête pour cet être difforme, qu'il en devint brutal.

— Mais non, Buffalora, dit-il, je soutiens mon opinion ; tu auras une femme digne de toi.

— Monseigneur !...

— Et, continua Chabannes, en vertu du droit de conquête, je te la donne !

— Vous me la donnez !

— Elle, ses richesses et son palais !...

— Ah ! disait la Balbina dont la voix, naguère harmonieuse, avait maintenant le sifflement de la vipère, ah ! prenez garde ! monseigneur... vous m'aviez promis de respecter ma maison.

— Comment donc ! exclama le capitaine qui fit appel à la forfanterie du soudard pour mieux cacher sa honte, je t'avais également promis de t'épouser.

La Balbina eut un dernier et terrible éclair dans les yeux :

— Maréchal de Chabannes La Palisse, dit-elle, vous qui passez pour un héros, vous êtes le plus vil des hommes, vous venez d'insulter une femme.

— Mais prends-la donc, Buffalora ! puisque je te la donne ! s'écria La Palisse exaspéré.

Et repoussant ceux qui l'entouraient :

— Arrière tous ! dit-il encore, et allons-nous-en ! Il faut respecter la nuit de noces de mon scribe Buffalora !

Maulévrier et La Palisse s'apprêtèrent alors à sortir du palais, comme ils étaient venus, en emmenant avec eux les lansquenets. Le maréchal riait toujours pour cacher sa confusion. Quand les autres soldats, qui attendaient dans la rue, le virent paraître à la fenêtre, tous poussèrent des cris de joie.

— Mes amis, dit le maréchal, allons-nous-en, et respectons ce palais ! c'est désormais la demeure de mon scribe, il signor Buffalora.

— Après tout, murmura Maulévrier, il n'est pas si à plaindre, ce scribe. La Balbina est bossue, c'est vrai, mais quelle jolie tête !

VII

LE SALAIRE DE LA BALBINA

La Palisse, furieux de la mystification dont il venait d'être l'objet, enfonça brusquement son casque et mit le pied sur l'échelle.

— Foi de gentilhomme ! comme dit notre beau seigneur le roi François, s'écria Gaston de Maulévrier, voilà une mauvaise campagne que vient de faire là mon parrain. Cela lui apprendra aussi à oublier madame Isaure !...

Et il ajouta tout bas avec un soupir :

— Je ne l'oublierai pas, moi... Vrai Dieu ! fût-elle naine et bossue comme la princesse Balbina, je crois que je ne l'en aimerais que davantage !...

— Viens-tu, filleul ? dit La Palisse en appelant avec impatience Gaston.

Mais il demeura comme pétrifié... A travers les portes ouvertes, il avait aperçu dans les salles du fond une ombre qui passait rapidement. Et, dans cette ombre, il avait cru reconnaître le Chevalier Noir.

Il s'élança à sa poursuite.

— Où allez-vous, mon parrain ? cria Gaston en courant après lui. Auriez-vous vu une autre princesse ?

La Palisse l'arrêta du geste :

— Attendez-moi ici, s'écria-t-il, et quoi que vous puissiez entendre, que personne ne se permette de venir me rejoindre.

— Mais, cependant...

— Qu'on m'obéisse !...

— Décidément, l'amour a tourné la tête à mon cher parrain, murmura Gaston stupéfait. Il sort d'une aventure ridicule, pour courir dans une autre peut-être plus déplaisante... C'est de la folie. Enfin, il est le maître ; attendons-le.

Il s'assit philosophiquement sur un bahut, son épée nue sur les genoux et se mit à siffler un air de chasse.

.   .   .   .

La Palisse ne s'était pas trompé. C'était bien le Chevalier Noir dont il avait au passage entrevu la silhouette. Il le revit se dirigeant rapidement vers l'autre extrémité de la grande salle.

N'y avait-il pas quelque chose de fantastique dans l'apparition subite de ce personnage mystérieux qui, en chaque circonstance importante ou solennelle, surgissait tout à coup, puis disparaissait aussi vite qu'il était arrivé, sans qu'on pût le saisir au passage ?

Mais La Palisse résolut de mettre, cette fois, en dépit de toutes les magies et de tous les sortilèges dont le palais était rempli, la main sur son ennemi. Celui-ci, être vivant ou fantôme, semblait ne pas l'avoir aperçu. Le capitaine s'en applaudit. Enfin il lui serait donc facile de le surprendre !

La Palisse n'avait peur des embûches semées sur son passage ou des hommes d'armes qui pourraient l'attaquer, que parce que ces pièges ou ces soldats retarderaient sa poursuite...

Mais rien ne vint l'entraver. Et d'ailleurs le chevalier mystérieux continuait à ne pas le voir. L'inconnu marchait droit devant lui, traversant d'un pas rapide salles et couloirs. Les portes semblaient s'ouvrir d'elles-mêmes à son approche et se refermaient derrière lui.

L'épée à la main, La Palisse le suivait, le perdant de vue à chaque porte fermée qu'il lui fallait rouvrir, le retrouvant la seconde d'après pour le reperdre encore. Et pourtant il gagnait du terrain, il voyait même le moment où il allait enfin le rejoindre.

Mais tout à coup, comme il étendait la main vers une porte, il ne trouva ni loquet, ni serrure... Rien qu'une plaque d'acier épaisse et lisse.

Préoccupé surtout de ne pas donner l'éveil à son ennemi, La Palisse essaya d'introduire la pointe de son épée entre la plaque et le bois de la porte, afin de faire sauter cet obstacle importun. Mais la vaillante lame ne pénétra point... La porte sur laquelle était rivé l'acier était de fer martelé, d'une résistance à toute épreuve.

Le Chevalier Noir avait disparu encore une fois !... La Palisse était fou de colère. En une minute, il roula vingt projets dans sa tête. Un instant, il eut envie d'aller chercher ses hommes d'armes et de leur faire enfoncer la porte ou démolir le mur...Il se dit que ce serait les initier à ses secrets personnels.

Et pendant qu'on pratiquerait une ouverture, le Chevalier Noir aurait le temps de s'éloigner. Désappointé, le pauvre capitaine dut se résoudre à rallier sa troupe et à rejoindre le roi.

. . . .

Pendant ce temps, que faisait le Chevalier Noir?

Entré par une porte secrète, il venait voir la Balbina. La jolie naine était dans un de ses dix boudoirs, en compagnie du scribe Buffalora, que, par dérision, La Palisse lui avait donné pour époux et qu'elle avait entraîné avec elle. C'était l'une des entrées de ce boudoir que défendait la porte de fer devant laquelle avait dû s'arrêter La Palisse. A la vue du Chevalier Noir, la princesse s'inclina et fit signe à Buffalora de sortir.

— Pourtant... voulut objecter le scribe.

Un éclair brilla dans les yeux noirs de la naine, puis se fondit soudain dans un sourire.

— Allez, mon ami, dit-elle, je vous en prie.

Il y avait une indicible séduction dans la façon dont furent prononcés ces mots. Buffalora, fasciné, obéit.

A peine le rideau épais qui servait de portière fut-il retombé sur le scribe, que la Balbina, se levant à demi, demanda au Chevalier Noir :

— Eh bien, est-on content de moi ?

Le mystérieux personnage s'inclina sans répondre.

— J'ai su habilement intriguer La Palisse, continua La Balbina, je l'ai attiré dans ce palais ; je l'ai rendu amoureux fou de moi...Malheureusement j'ai oublié un instant la difformité par laquelle le ciel

m'a fait payer la beauté qu'il a bien voulu m'accorder... je ne me suis plus souvenue que je jouais un
rôle, je me suis levée de mon divan... La Palisse m'a
insultée, honnie, rendue la risée de ses soudards
grossiers !

A ce souvenir, le rouge de la honte monta au front
de la jeune femme. Elle cacha son visage dans ses
mains.

— Ah ! murmura-t-elle, elles me coûtent cher les
dix mille livres que vous m'avez promises !...

— Tu en auras cinquante mille, dit le Chevalier
Noir, si tu réussis à faire ce que je t'ai demandé. Je
veux qu'il t'aime...

— M'aimer !... Est-ce possible, maintenant qu'il
me connaît telle que je suis en réalité.

Et, d'un geste douloureux, elle indiqua de nouveau
sa difformité.

— Qu'importe ? reprit le chevalier, je t'ai dit que
je le voulais... N'as-tu pas d'ailleurs le moyen de
lui faire croire qu'il s'est trompé, qu'il a mal vu,
que tous ses soldats ont mal vu ? Toi seule, as l'intelligence, l'esprit, le charme nécessaires pour lui
faire oublier celle qu'il aime et qui peut-être le rendrait heureux. Ta figure, ta fortune, tes maléfices,
la connaissance même qu'il a de ta personne, tout
peut nous servir, si tu sais t'y prendre. Je te le répète : Il faut qu'il t'aime !

— Et qu'il soit malheureux ?

— Certes !

— Ah ! je travaillais pour votre compte ! Mais
il m'a humiliée, avilie... Il m'a broyé l'âme ! Je tra-
vaillerai aussi pour mon compte maintenant, car je
ne saurais demeurer sans vengeance. Je lui appren-
drai à connaître le cœur humain, le cœur d'une

femme surtout ! Oui, je veux me venger, rendre, selon la loi du talion, œil pour œil, dent pour dent, humiliation pour humiliation... Ses soudards ont ri de moi, je veux qu'il devienne leur risée... Je veux que toute cette armée qui a appris à l'honorer, apprenne à le bafouer, à le mépriser... Je veux, surtout, je veux qu'il sache que c'est moi, moi qui suis cause de sa honte !...

— Déclamations inutiles !... murmura le Chevalier Noir... Pas de paroles... des faits !...

— Des faits ?... vous en aurez. Oui, vous avez raison, le grossier moyen que j'emploie pour tromper les imbéciles, je l'emploierai contre lui. Aussi bien, sans s'en douter, La Palisse nous a fourni lui-même un auxiliaire puissant...

— Qui donc ?

La Balbina désigna du doigt la pièce où s'était retiré Buffalora.

— Cet homme qui, lui, m'aimera comme un fou et à qui je ferai faire tout ce que je voudrai. Il est au service de La Palisse qui a confiance en lui et veut l'employer pour servir ses amours... Ah ! ah ! ricana amèrement la naine, elles sont entre mes mains, ses amours !

— Mais tu crois que ce scribe trahira son maître ?...

— Il fera ce que je lui ordonnerai. Je le tiendrai par deux chaînes puissantes : l'amour et la cupidité...

— Bien, je le vois, tu sais comprendre. Agis, et ma reconnaissance ne te fera pas défaut.

— Mais La Palisse ne va point rester longtemps à Milan. Sforza n'attendra pas qu'on fasse sauter son château. La paix est prochaine...

Le Chevalier Noir reprit :

— Lors même que l'armée resterait ici, Jacques de Chabannes retournerait en France ; il a la promesse formelle du roi...

— Il va aller à Paris ?

— Oui, puisque c'est là qu'il espère retrouver madame Isaure.

— Alors, quand il ira, j'y serai !

— J'y compte, fit le Chevalier Noir qui dit adieu à la Balbina et se retira comme il était venu.

Dès qu'il fut parti, la Balbina manda par son nain le scribe Buffalora qui, au lieu de rire, se prit à trembler en se trouvant seul en présence de cette femme. C'est qu'elle avait repris sa place dans le fauteuil qui dissimulait sa difformité, et de nouveau, elle avait l'air d'une reine.

Buffalora se sentit cloué sous son regard.

— De quel pays es-tu ? lui demanda-t-elle.

— Je suis Napolitain.

— Sais-tu haïr ?

— Quelquefois.

— Sais-tu aimer ?

— Les gens de mon pays le savent tous.

— Tu es au service de La Palisse ?

— Depuis huit jours.

— Alors tu ne lui es point attaché ?

— Mon cœur va moins vite que le battant d'une cloche...

— Et si tu aimais une femme, haïrais-tu qui elle haïrait ?

— Peut-être.

— Si cette femme t'enrichissait, la servirais-tu ?

— Certes, dit le scribe, qui subissait la même fascination que celle qu'avait subie tout à l'heure

4

Jacques de Chabannes, seigneur de La Palisse.

La Balbina appela le nain. Le nain vint étaler le coffret aux diamants sous les yeux de Buffalora. Buffalora recula comme si l'éclat des pierreries lui eût brûlé les yeux.

— Tu es avide, murmura la Balbina souriante, tu es et tu seras à moi.

Il se fit alors un petit bruit souterrain et Buffalora entendit frapper sous ses pieds.

Et comme il tressaillait, la Balbina lui dit :

— Ce bruit est un signal ; ce signal m'apprend que mes gens ont suivi un passage souterrain et mis mes richesses hors de danger. Les Français peuvent venir maintenant. Suis-moi !

Le nain s'approcha d'elle, et, comme elle quittait son siège, il lui jeta sur les épaules un large manteau rouge qu'elle drapa savamment et qui, tout en la faisant paraître plus grande, dissimula son infirmité.

— Ah ! vous êtes belle, murmura Buffalora.

— Belle et vindicative ! dit-elle.

— Vous le haïssez donc maintenant ?

— Il me faut plus que sa vie, son honneur !

— Et si je vous sers...

Elle laissa tomber sur lui un regard qui fit affluer tout le sang de Buffalora à son cœur.

— Viens ! répéta-t-elle.

— Mais... où allons-nous ?

— Tu verras.

Elle fit un nouveau signe au nain. Le nain s'approcha du mur, chercha dans la boiserie un ressort qui fit jouer un panneau, et le poète Buffalora, dont la main tremblait dans les petites mains de la Balbina, aperçut les premières marches d'un escalier souterrain.

— A nous deux ! messire de La Palisse, dit alors la Balbina.

Et elle entraîna le scribe dans l'escalier mysté-rieux. Le nain les suivit, le coffret sous le bras.

VIII

NOURRICE LA MITRAILLE

Pendant que Buffalora était en proie à la Balbina, François Ier, désespéré, courait après le ravisseur de son enfant aussi vite que le lui permettait sa pesante armure. Mais cet homme avait sauté sur le destrier du roi et, tenant l'enfant devant lui sur la selle, avait lancé sa monture au grand trot, à travers les rues encombrées de cadavres. François avait bien peu d'espoir de le rattraper. Une circonstance inattendue lui vint en aide. Au détour d'une rue, le bandit donna contre un gros d'hommes d'armes français. Ceux-ci, à son harnachement, reconnurent le cheval de leur maître et à tout hasard arrêtèrent celui qui le montait. Le chef même, craignant, d'après ce qu'il voyait, qu'il ne fût arrivé malheur au roi, se mit en devoir d'interroger le prisonnier, quand François apparut. Son arrivée produisit un instant d'émotion dont profita le prisonnier.

Pendant que les hommes d'armes entouraient leur maître, le bandit s'élança, et, sautant par une fenêtre ouverte, entra dans une maison saccagée et percée de toutes parts.

— Pasques-Dieu ! jura François, il m'échappe ! Sus, sus, à l'homme. Mais prenez garde à l'enfant !

Et, donnant l'exemple lui-même, il pénétra à son tour dans la maison, suivi de ses soldats.

Mais on eut beau fouiller dans tous les sens et chercher autour des ruines, l'homme ne se trouva pas... Malheureusement, ce n'était là que le commencement des malheurs qui attendaient François Ier. Parmi les soldats, se répandit une désastreuse nouvelle. Les succès de La Palisse avaient fait des jaloux. Ses ordres n'avaient pas été exécutés ou l'avaient mal été. Il s'en était suivi un désarroi dont avaient profité les Milanais. Dans plusieurs quartiers les troupes italiennes, reprenant le dessus, avaient repoussé les Français mal conduits et mal soutenus. Des bataillons entiers avaient été taillés en pièces.

Frappé dans son cœur de père, François était atteint dans son orgueil de roi !... Il n'hésita point et sacrifia son amour à l'honneur de la France.

— Foi de gentilhomme ! s'écria-t-il, s'il faut mourir ici, au moins je mourrai avec gloire et face à l'ennemi !... En avant !

Et, ralliant les bandes de soldats qui battaient en retraite, il marcha le premier, visière levée, vers le point le plus menacé.

Son passage produisit un effet magique. En voyant ainsi s'exposer comme un simple soldat le jeune roi

de France, les plus découragés retrouvèrent leur audace et jurèrent comme lui de vaincre ou de mourir.
L'élan donné se communiqua de proche en proche à
toute l'armée. Les barricades, abandonnées tout à
l'heure, furent reprises les unes après les autres avec
une nouvelle *furia*.

— France ! France ! criait le jeune roi en recon-
quérant Milan.

Et il se disait tout bas, le cœur brisé :

— Il faut subir sa destinée. Je dois être roi avant
d'être père !

Et il se lançait en avant, n'osant même pas avouer
que le père espérait, pour retrouver son fils, profiter
de la victoire du roi ! Dieu sembla le favoriser. Nos
soldats poursuivaient leur marche irrésistible.

Quant aux Milanais, comprenant à l'exaspération
de leurs adversaires qu'ils n'avaient aucun quartier
à espérer, ils se battaient avec un épouvantable
acharnement, ne lâchant le terrain que jonché de
leurs morts.

Pour en finir plus vite, le roi avait envoyé chercher du canon qu'on poussait à bras d'hommes à
travers les ruelles et qu'on braquait sur les barricades et sur les maisons mises en état de défense.
On venait de déblayer ainsi tout un dédale de ruelles
enchevêtrées les unes dans les autres et, courant à
travers des rangées de maisons mal bâties, les habitants fuyaient affolés.

— Arrêtez, dit François à ceux qui l'entouraient,
il faut laisser se sauver ces malheureux.

— Ne vous en déplaise, sire, ce sont des malheureux qui seraient bien contents de vous tuer, ri-
posta un vieux capitaine de reîtres à la moustache
grise.

— Mais il y a là des enfants... il y a des femmes...

— Qui sont plus enragées que les hommes, et, tenez, que disais-je ?... Par la Mort-Dieu !... voici une de ces vieilles truandes qui, n'ayant plus d'arme, déchire à coups d'ongles et de dents mon camarade de Brindes !...

Et le vieux capitaine, saisissant l'arquebuse d'un de ses hommes, frappa en plein cœur la vieille patriote.

— Horrible chose que cette guerre ! murmura le roi avec un soupir. Ah ! combien j'aimerais mieux la bataille rangée, homme à homme, lance contre lance. J'ai hâte d'en finir avec ces tueries !...

Le temps d'arrêt avait donné de l'espoir aux soldats milanais. Quelques-uns revinrent sur leurs pas et déchargèrent leurs arquebuses sur l'entourage royal.

— Ah ! ils en veulent encore !... s'écria un bombardier en approchant la mèche de la lumière de sa pièce.

François soupira de nouveau. Il voyait dans le carrefour ouvert par le canon, les femmes, les enfants. Il ne pouvait se résoudre à voir massacrer ces pauvres êtres. Tout à coup, il poussa un cri terrible. Au milieu des gens sur lesquels allait pleuvoir la mitraille, courait un homme qui portait dans ses bras un petit enfant... Et cet homme, il ne pouvait s'y tromper, c'était le ravisseur qu'il avait poursuivi en vain !...

— Arrêtez, cria François Ier d'une voix tonnante, en s'élançant, au risque d'être broyé lui-même...

Il était trop tard. Un épouvantable fracas retentit et la mitraille, passant par-dessus sa tête, traversa l'espace avec mille sifflements de couleuvres...

Une clameur terrible, composée de mille cris de terreur, de douleur et de désespoir, répondit à la détonation. Quand la fumée fut dissipée, François, qui avait continué sa route, n'avait plus devant lui qu'un monceau de cadavres horriblement mutilés, du milieu desquels s'exhalaient de sourdes plaintes. Au milieu des morts et des mourants, pour la plupart méconnaissables, François, l'âme désespérée, chercha le ravisseur et l'enfant...

Il les découvrit bientôt, morts tous deux. L'homme avait la tête emportée ; les balles de mitraille avaient labouré, déchiré tout le corps du pauvre petit...

Et c'était le canon français qui avait accompli cette horrible besogne !

S'il n'eût été le roi de France, s'il n'eût eu si grande charge d'âmes, à ce moment, François aurait voulu mourir. Il ramassa le petit cadavre ensanglanté et le pressa contre ses lèvres.

— Au moins, dit-il, si je n'ai pu voir mon fils vivant et l'élever selon le rang qu'il méritait, je veux qu'il ait des funérailles dignes de lui !

Il appela un de ses hommes d'armes, et lui indiqua en termes précis la petite maison de la *via del Giardino*, où était restée la nourrice.

— Portez ce cadavre à la femme que vous y trouverez, lui dit-il, et surtout préparez-la doucement au coup affreux qu'elle va recevoir. Dites-lui que je la reverrai. J'ai besoin d'elle.

Le soldat partit.

— Et maintenant, s'écria le roi, en avant ! et menons vivement la fin de cette expédition. J'ai hâte de quitter l'Italie, ce pays maudit, et de rentrer en France !

IX

LA SECONDE MÈRE

Le meilleur moyen d'chapper au ridicule est encore de devenir sublime. C'est le moyen qu'employa La Palisse en sortant du palais de la naine bossue aux genoux de laquelle l'avaient surpris ses soldats commandés par Gaston. Il remonta à cheval, fit rassembler son régiment, se mit à sa tête et ne tarda pas à transformer les rieurs en admirateurs. Il balaya toutes les rues qui allaient du palais de la Balbina au château des Sforza, fit cinq cents prisonniers, tua de sa main les deux principaux chefs de l'armée milanaise et força le duc à s'enfermer dans son château qu'il se mit en devoir de miner. Si bien qu'après avoir, de son côté, écrasé, ou dispersé ceux qui s'opposaient à son passage, François Ier qui, lui aussi, avait pris pour but le château des Sforza, put croire qu'il traversait une ville abandonnée. Pendant que le roi se demandait si cette apparence de désert ne cachait pas un piège redoutable, La Palisse assiégeait et bombardait, avec une telle ardeur, que Sforza, se voyant pressé et sans espérance de secours, vint à composition et demanda à traiter.

— A quelles conditions ? fit La Palisse.

— Pour vous éviter un mois de siège, répondit le parlementaire, mon prince se contentera d'une rente de cent livres par jour, qui ne font jamais que trente six mille livres par an.

— J'aimerais mieux, quant à moi, vous donner trente-six mille obus en cette seule journée. Mais mon roi est jeune et n'est pas encore habitué à l'odeur du sang. Je me crois donc autorisé à vous promettre en son nom ces trente-six mille livres. Allez et préparez-vous à nous recevoir dignement.

Et, après ce dialogue rigoureusement historique, La Palisse, triomphant, revint sur ses pas. Il voulait être le premier à apprendre au roi la nouvelle de la reddition de la place, d'où dépendait la conquête définitive du Milanais.

Il le rencontra à mi-chemin de la voie principale qui séparait le château des fortifications.

— Ah ! sire, habillez-vous, lui cria-t-il du plus loin qu'il le vit, habillez-vous tous ! Sforza vous invite à dîner.

— Alors, c'est fini? Ah ! tant mieux! fit le roi en poussant un soupir.

— Comment, mon roi n'est pas plus aisé que cela? fit La Palisse étonné. Il paraît pourtant que les Milanaises s'entendent à donner des fêtes !

François ne répondit pas : il pensait à l'enterrement qui suivrait cette fête... Néanmoins il n'avait pas le droit de priver d'un plaisir sa brave armée qui, depuis deux mois, s'était conduite si valeureusement.

Il ratifia donc le traité provisoire signé par La Palisse et donna des ordres pour l'entrée solennelle qui devait être la consécration de la conquête du Milanais. L'histoire a gardé le souvenir de cette entrée « laquelle chose feust merveilleusement belle et triomphante » disent les mémoires du temps.

Mais avant de songer à se vêtir en conquérant, François se dit qu'il avait un devoir à remplir, celui de prier auprès du corps de son enfant...

— Que l'on s'apprête sans s'inquiéter de moi, fit-il.

Et il ajouta, en se tournant vers un homme d'armes :

— Jean, tu seras seul à me suivre.

— Pardonnez-moi, sire, lui dit un capitaine, mais voudriez-vous me permettre de remplacer cet homme d'armes.

— Tu as à me parler.

— Et j'ai quelque chose à vous donner.

Le roi comprit, car ce capitaine n'était autre que le jeune Gaston de Maulévrier...

— Suis-moi donc, dit François Ier au filleul de La Palisse.

Et il ajouta, en se tournant vers l'homme d'armes qui devait l'accompagner :

— Mon pauvre Jean, ce sera pour une autre fois.

Puis il fouetta son cheval. Gaston se mit en devoir de galoper derrière lui.

— Non, viens près de moi, lui demanda le roi.

Gaston obéit.

Et François Ier, se jetant dans une rue transversale où ni La Palisse, ni les autres ne pouvait le voir, lui dit :

— Tu as le médaillon ?

— Le voici.

Le rival de La Palisse s'arrêta et contempla de nouveau la merveilleuse image de celle que le maréchal et Gaston appelaient madame Isaure :

— O ma chère Pâlotte, murmura-t-il, par quel hasard étrange ce médaillon est-il en ma possession à l'heure même où je vais pleurer sur ton enfant mort !

Et, ne pouvant plus voir ce portrait adoré puisque ses yeux étaient noyés de larmes, il le couvrit d'un long baiser. Gaston, intrigué plus qu'on ne saurait le dire, cherchait en vain la cause de l'émotion de François Ier. Il pensait :

— Pour que la contemplation de ce portrait lui arrache des pleurs, il faut que le roi connaisse depuis longtemps celle qu'il représente. Or, si je l'aime déjà tant, cet ange qu'un médaillon seul m'a montré, combien ne doit-il pas l'aimer, celui qui a vu son sourire, qui a entendu sa voix, qui a pressé sa main peut-être !

Et Gaston, tout imbu des préjugés de ce temps, ne pouvait songer à entrer en lice d'amour avec son roi, son maître ! Ne venait-il point de prouver son absolu désintéressement en donnant à François cette image qu'il avait, il est vrai, reproduite au plus profond de son cœur ?

— Tu as eu du mal à avoir ce médaillon ? lui demanda le roi qui cherchait à déguiser son agitation.

— Oh ! nullement ! Je l'ai pris en ramassant mon parrain.

— Qu'est-ce à dire? La Palisse ne se tient plus sur les jambes?

Et le jeune homme raconta au roi la formidable chûte qu'avait subie le maréchal devant le palais de la Balbina. Ils arrivèrent ainsi, l'un s'efforçant d'être gai, l'autre faisant semblant d'écouter, dans la *via del Giardino*.

Le roi reconnut la barricade et la petite maison.

— C'est ici que j'ai affaire, dit-il en mettant pied à terre. Gaston, prends la bride de mon cheval et attends-moi...

François Ier avait des sanglots dans la voix.

Ce cher trésor, fruit perdu de ses premières amours, ce petit être adoré qu'une volonté puissante avait ravi à la Pâlotte et que, par une faveur du ciel, il avait retrouvé, quelques heures auparavant, dormant frais et rose dans son berceau, il allait donc pourvoir à ses funérailles !

L'enterrement d'un enfant! que peut-il y avoir de plus navrant au monde! Et cette pauvre femme, qui était devenue la seconde, la vraie mère de son fils à lui, comment l'aborder? Le roi n'eut pas le courage de frapper. La porte n'était pas fermée. Il la poussa et regarda par l'entrebâillement. Le tableau était sinistre. Les lèvres collées sur la joue sanguinolente de l'enfant que lui avait apporté le soldat, la nourrice, tombée à genoux dès la première phrase de l'envoyé, — alors qu'elle s'attendait à un malheur, mais non point à un malheur irréparable, — pleurait toutes ses larmes. Debout devant elle et la tête baissée, le soldat, immobile, impassible, ne trouvait plus un mot à dire et, par respect, n'osait pas se retirer. Une fois seulement, la femme, interrompant son baiser pour jeter au ciel un regard

5

inutile, murmura un nom. Ce n'était pas celui de l'enfant. Elle dit dans un sanglot :

— Pauvre Pâlotte!

Le roi entra.

— Et moi, vous ne me plaignez pas? fit-il. Je l'aimais pourtant bien!!!

— Il était si beau! sanglota la nourrice.

Et, se relevant, elle l'éloigna de son sein pour le regarder une dernière fois. Elle poussa un cri, un de ces cris perçants qui traversent le cœur et qu'on ne peut plus oublier.

— Ah!... ce n'est pas lui! Ce n'est pas lui! Ce n'est pas lui!... répéta-t-elle.

Et son visage, transfiguré, s'épanouit. O égoïsme humain! Cette femme, qui tenait un cadavre entre ses bras, osa rire!

C'est que ce cadavre n'était pas celui de l'enfant qu'elle aimait!

Il y avait eu tant de fuyards!

De nouveau, le roi le prit, ce pauvre enfant, innocente victime des conflits des hommes et le plaçant dans son berceau :

— Cours à l'église prochaine, dit-il au soldat qui l'avait accompagné, et commande les funérailles qu'aurait eues le fils de François Ier. Va.

Le soldat sortit. L'amant de la Pâlotte reprit :

— Nourrice, heureusement je suis roi, et vainqueur, et maître de Milan! J'ai le droit de croire à présent que mon enfant vit. S'il n'est que perdu, **nous** le retrouverons!

X

FÊTE A MILAN

En rentrant au camp, François eut le plaisir de voir son armée en liesse. Le Français finit la guerre aussi gaiement qu'il la commence. Ce n'étaient partout que chevaux qu'on harnachait, reîtres qui fourbissaient leurs armes, lansquenets qui frisaient leurs moustaches en rêvant de plus douces batailles, de combats où la mitraille serait remplacée par le feu des regards.

Le roi gagna vite sa tente, où il manda ses officiers. Il avait des ordres à donner.

— Pardailhan, quelle est la plus belle rue de la ville?

— La *via del Duomo*, sire.

— Eh bien, va toi-même dire à Sforza que nous défilerons par la *via del Duomo*.

— De Gordes, envoyez des hommes à chaque

porte, à chaque brèche des murs. Veillez à ce qu'aucun habitant ne sorte de Milan.

Et de Gordes et Pardailhan disparurent.

— Trémonts?

— Sire...

— Vous avez des hommes qui parlent l'italien?

— Oui, sire.

— Qu'ils se répandent par la ville et crient à son de trompe que les enfants âgés de moins de trois ans devront être tenus au premier rang des habitants le long de la *via del Duomo*, à droite, en partant des fortifications.

— Tous?

— Vous ajouterez que les parents ou les gardiens de celui qui manquerait seraient punis de mort. Je le veux. Allez.

Trémonts s'inclina et sortit.

— Sire, demanda doucement La Palisse, voudriez-vous me permettre de réfléchir à haute voix?

— Si cela te plaît. Je n'ai plus qu'à m'habiller.

— Il sera dit que j'aurai éprouvé à Milan toutes les surprises. Je vous y vois l'ami d'un Chevalier Noir qui est loin d'être le mien...

— Ah! la première fois que tu as abordé ce sujet, je t'ai prié de l'abandonner.

— Je fais ensuite la connaissance d'un ange merveilleux qui soudain se transforme en une épouvantable bossue et aujourd'hui je vous entends donner l'ordre d'étaler devant vous toute la marmaille italienne. Je vous assure que, s'il s'était agi des jeunes filles de quinze à dix-huit ans, j'aurais mieux compris.

— Que tu comprennes ou non, mon brave maréchal, ce sera comme j'ai dit. Que verrais-tu d'étrange à ce qu'ayant rencontré dans la mêlée une jeune femme cherchant son enfant perdu, je lui eusse promis de le lui faire retrouver ?

— Ah ! très bien !

Et le roi fit appeler Hilaire. Hilaire, c'était ce soldat que nous avons vu dans la petite maison de la *via del Giardino*.

François l'attira dans un coin et l'envoya dire à la nourrice de se préparer à prendre part au défilé. Deux heures après, l'armée française faisait son entrée solennelle à Milan.

Nous n'avons plus ici qu'à copier les mémoires du temps, qui ne tarissent pas d'éloges sur cette admirable cérémonie militaire. Revêtu d'une armure d'or, monté sur un cheval blanc, tout caparaçonné d'argent et de brillants, le jeune roi, épée au poing, méritait bien ainsi d'être appelé par sa mère, Louise de Savoie : « Mon glorieux et triomphant César, subjugateur des Helvétiens. »

Douze cents gens d'armes, — puisque déjà l'on désignait ainsi le corps d'élite qui porte encore ce nom, — marchaient devant lui, « la lance sur la cuisse. » A ses côtés caracolaient les princes de son sang, le duc d'Alençon, le duc Charles de Bourbon, les comtes de Vendôme et de Saint-Pol, le duc de Lorraine, le comte de Guise, au milieu desquels il avait voulu que figurât son brave La Palisse.

Derrière eux venaient quatre-vingt douze seigneurs, tant français que lorrains, puis quatre-vingt mille hommes de pied, marchant en bataille, tous en armes. Six mille lansquenets à cheval fermaient la marche. Au Dôme, où le roi devait descendre pour faire son oraison, étaient réunies, en toilette d'apparat, les rares dames qui avaient suivi l'armée, entre autres la sœur du duc d'Alençon, la marquise de Montferrat, qui ne quittait jamais son mari. Autour d'elles étaient rangées toutes les princesses italiennes.

En vérité, il semblait, à leur visage souriant, que c'étaient leurs époux qui avaient remporté la victoire. Le fait est qu'aucune d'elles ne se récria quand la belle duchesse de Sforza, venant au-devant du jeune roi, lui dit :

— Sire, pour tous les Milanais, c'est encore un plaisir que d'être vaincus par des Français.

Mais pendant qu'avait lieu ce ruisselant défilé, une femme, une Française pourtant, avait la mort dans le cœur. C'était la nourrice. Le roi l'avait fait placer par Hilaire entre les hommes de pied et les lansquenets.

Grâce à l'ordre qu'il avait donné, — si les soldats milanais se trouvaient sans armes, à la gauche de l'armée française, — les femmes, les vieillards, occupaient tous la droite de la *via del Duomo*. Et plus de quinze cents enfants âgés de trois ans au plus — effet pittoresque et charmant — étaient tenus à hauteur d'homme et au premier rang, ainsi que l'exigeait l'édit.

Oh ! comme elle les regarda, la pauvre femme ! Elle était venue, pleine d'espoir. Elle pensait :

— Personne n'aime être condamné à mort. Le ravisseur se dira : « On ne reconnaîtra pas l'enfant, » mais il sera là.

Y était-il ? Et, devant la haie d'enfants, elle passait, cherchant si parmi eux n'était point le fils de la Pâlotte et du duc d'Angoulême, aujourd'hui roi de France. Hélas ! il ne lui fallait pas longtemps pour dire :

— Non, ce n'est pas celui-ci, ni celui-là, ni celui-là.

Mais, comme ces chers petits étaient au nombre de quinze cents, — long chapelet de têtes blondes et de joues roses s'étendant des fortifications au Dôme et du Dôme au château, — il y avait de l'espoir.

Les princes du sang et La Palisse avaient suivi le roi au Dôme. Pendant que François Ier, agenouillé, remerciait Dieu de la victoire qu'il lui avait donnée, La Palisse, qui avait parfois le tort de mêler le profane au sacré, murmurait dans son cœur cette prière d'amant :

— Seigneur, vous qui m'avez si souvent protégé, vous qui m'avez permis de prendre Milan, faites que mon roi tienne sa promesse et m'autorise à me reposer. Je n'ai plus que trois choses à vous demander : D'abord, daignez, ô Dieu bon, placer sur mon chemin madame Isaure. Ensuite encouragez-la à m'aimer. Permettez enfin que nous goûtions ensemble de longs jours dans mon vieux château de La Palisse.

Au moment où le roi, sortant du Dôme, mit le pied sur les marches de ce beau monument, les hautbois, les trompettes, les clairons retentirent... François ne les entendit même pas... Il avait vu, protégée par le soldat Hilaire et l'attendant auprès de son cheval, la nourrice de son fils. Il n'eut pas besoin de lui parler. Deux regards furent seulement échangés. Celui de la nourrice disait : « Je ne l'ai pas vu. » Celui du roi répondit : « Espérance ! Il est peut-être parmi ces enfants qui t'attendent du Dôme au château. Va. » Et François remonta à cheval pendant que la pauvre femme, haletante, attendait le défilé pour reprendre la place qui lui avait été assignée.

Trois quarts d'heure après, le roi s'arrêtait devant le château de Milan, sur le seuil duquel l'attendaient le duc de Sforza, Galeas Visconti « et tout plein d'aultres seigneurs, chacun en faisant son mieux. »

De nouveau François mit pied à terre, non plus au son des musiques de l'armée française, mais à celui des instruments milanais. Roi et duc s'avancèrent l'un vers l'autre et se prirent la main. Le duc fit un signe. Les clairons se turent.

S'agenouillant alors, il dit ces mots que nous a transmis Robert de la Marck, seigneur de Fleurange, l'un des trois fils du fameux *Sanglier des Ardennes* :

— Sire, je me viens rendre à vous, comme votre serviteur, vous suppliant qu'il vous plaise de me retenir à votre service. Je vous promets par ma foi que je me sens le plus heureux homme de mon lignage, d'être tombé dans les mains d'un prince tel que vous.

A quoi François Ier répondit :

— Monseigneur duc, soyez le très bien venu. Je suis persuadé que vous n'aurez jamais qu'à vous louer de moi. Comme témoignage de l'amitié que je désire nouer avec vous, je vous invite à vous rendre en France auprès de madame ma mère qui est régente. Elle vous fera un merveilleusement bon accueil et vous apprendra à aimer notre beau pays.

La paix était faite. On ne procède plus de même aujourd'hui. Qui nous eût dit qu'on en arriverait à regretter le moyen âge ?

Au lieu d'être condamné à payer une indemnité de guerre, Sforza reçut le premier mois de la pension que lui avait promise La Palisse, — pour n'avoir pas la peine de le bombarder — et les réjouissances commencèrent.

« N'y eust jamais prince en Italie, dit toujours

Fleurange, qui feust mieux festoyé des seigneurs et dames que feust le jeune et beau grand roi de France. Et vous asseure que bonne chère et masques n'y feurent pas oubliées. »

Malheureusement François ne pouvait donner à ces fêtes que sa seule présence ! Son entrain ordinaire, sa gaieté native y faisaient défaut. La nourrice n'avait point retrouvé son enfant ! Pauvre petit ! Qu'était-il devenu ? Vivait-il seulement ? Ainsi, des amours et des bonheurs de sa jeunesse, le roi n'avait plus que le souvenir attristé ! La Pâlotte lui avait été ravie, et son fils courait le monde entre les bras de mercenaires !... Au moment où François s'abandonnait à ces pensées navrantes, Chabannes entra.

— Où donc avais-je la tête, se dit-il en apercevant le maréchal ? Voilà le vainqueur de Milan et voilà mon sauveur. Puisque madame Isaure et la Pâlotte ne font qu'une, c'est La Palisse lui-même qui me rendra mon cher passé.

Et il l'appela.

— Aurais-je l'occasion de vous servir, mon cher sire ?

— Chabannes, t'amuses-tu ?

— Pas plus que vous n'avez l'apparence de le faire, sire.

— Chabannes, cette fête m'importune, Chabannes, je suis le plus heureux des soldats et le plus malheureux des hommes.

La Palisse lui saisit les mains.

— Alors, parlez, sire, je vous en prie, je saurai vous comprendre...

Et le vieux maréchal soupira...

— J'aime, reprit le roi.

— Comme moi !

5.

— Et je ne suis pas aimé...

— Comme moi!... Mais, pour vous, Sire, c'est invraisemblable.

— Le plus cruel, c'est que j'ai perdu les traces de celle dont la conquête me serait plus précieuse que la conquête de Milan.

— Fin de la ressemblance. Moi, je sais où je suis toujours à même de me faire repousser.

— Et c'est à La Palisse ou à Paris qu'habite madame Isaure ?

— A Paris, Sire.

— Ah bah! et loin de ton hôtel ?

— Toujours trop loin, hélas !...

— Dans quel quartier ?

— Voilà bien des questions, pensa La Palisse, qui ajouta tout haut : Sire, je serais si facilement jaloux de vous !

— Tu aurais tort. Si je voulais savoir où logent tes amours, ne serais-je pas à même de te faire suivre?

— Quant à cela, je défierais tous les espions du monde. La vie du premier drôle qui se permettrait de m'emboîter ne ferait pas long feu. Mais le duc a l'air de vous chercher, Sire.

Sforza en effet errait dans les salons, tournant la tête à droite, à gauche.

Le roi se leva.

— Sire, lui dit le duc venant au-devant de lui, il est de mon devoir de m'inquiéter de votre repos et de celui de votre brave armée. Vous dormirez mieux dans ce château que sous votre tente. Quant à vos officiers, qui ne pourraient tous tenir ici, les principaux habitants de la ville sollicitent l'honneur de leur offrir l'hospitalité.

— A merveille et merci.

— Et où me logerez-vous, moi? demanda La
Palisse.

— La duchesse s'est faite, pour l'occasion, inten-
dante militaire. Elle-même s'est chargée de la dis-
tribution des logis. Si vous voulez prendre la peine
de vous informer auprès d'elle...

Le maréchal aussitôt prit congé de François Ier et
s'en alla saluer la duchesse.

— Maréchal, lui dit-elle, je vais vous faire un
plaisir extrême. Les plus belles dames de Milan ont
brigué la faveur de vous avoir sous leurs toits.
Savez-vous qui l'a emporté?

— N'en connaissant aucune, je n'aurais eu de
prédilection pour personne et les remercie toutes
également.

— Celle qui vous logera est certes la plus belle
qui soit au monde. Vingt seigneurs se sont battus
pour elle. Toute l'Italie masculine va envier votre
heureux sort.

— Me sera-t-il au moins permis de vous demander son nom?

— C'est la princesse Balbina.

Quoi! La princesse Balbina, celle que, par dérision, La Palisse avait donnée pour épouse à son
scribe Buffalora revenait encore à la charge et
demandait maintenant à loger son insulteur?

— Au fait, se dit le maréchal, les femmes sont
ainsi. Plus vous les humiliez et plus elles vous
recherchent.

Tout en creusant cette banalité, au lieu de se dire
que la Balbina ne devait l'attirer que pour se venger, le naïf capitaine feignait d'écouter le gentil
babillage de la duchesse de Sforza qui lui trouvait
d'autant plus d'esprit qu'il la laissait parler.

Mais les ducs de Bourbon et de Lorraine vinrent à leur tour saluer la belle vaincue. Le vainqueur était libre ; il déposa un galant baiser sur la blanche main de la Milanaise et prit congé de la cour.

En traversant les salons pleins d'invités, de lumière et de musique, où, ne connaissant personne, il se trouvait absolument seul, il eut tout le loisir de se rappeler les dernières paroles du roi et porta machinalement la main à sa ceinture où devait être la précieuse image de madame Isaure.

Il poussa un formidable juron. Sa ceinture était veuve du beau médaillon ! Il allait probablement se mettre dans une violente colère contre le roi, contre Milan, contre les événements, contre la nature entière. Un sourire le calma soudain.

Ce sourire s'épanouissait sur le charmant visage de la duchesse de Sforza, qui, connaissant mieux que lui les êtres du château, était arrivée avant lui à la sortie des salons, et l'ayant aperçu, s'approchait de nouveau.

— Maréchal, lui dit-elle, je ne permettrai pas que vous vous égariez dans Milan à la recherche du palais de la princesse Balbina. Attendez un moment ; ma voiture vous y portera.

Et après avoir donné des ordres à un laquais, elle désigna à La Palisse confus un divan de velours qui s'allongeait sous un berceau de fleurs naturelles.

Le maréchal l'y conduisit et le papillotage recommença.

— Vous êtes certainement ravi d'aller chez la princesse, dit-elle tout d'abord en jouant de l'éventail. Mais vous ne parlez pas ! Vous semblez préoccupé ?

— Oh ! qui le serait auprès de vous, belle dame ?

Je me rappelais seulement des propos étranges qu'on lançait sur... le dos de votre princesse.

— Ah ! très bien. En France, vous appelez ça un jeu de mots. Calomnie odieuse, mon cher maréchal. La princesse a le dos mieux fait que moi.

La Palisse fut bien forcé de se récrier, car la duchesse, disant cela, fit un mouvement d'épaules qui trahit des merveilles.

— Seulement, reprit-elle, j'avoue qu'elle est des plus fantasques, ce qui a autorisé les gens à mettre en circulation des bruits vraiment bouffons. Ainsi, elle ne sort qu'environnée de gardes qui semblent ses geôliers. Ses discours sont souvent incohérents. Les uns la disent folle, les autres magicienne. La vérité est qu'elle a peur d'être enlevée parce que sa beauté l'a déjà exposée à cette mésaventure, dont elle est sortie à son honneur. Elle est distraite parce qu'elle a le droit de l'être à son âge, et toute sa magie consiste en ceci, qu'orpheline de bonne heure, elle a dirigé elle-même ses intérêts et a eu l'intelligence d'accroître singulièrement sa fortune, mais le laquais annonce ma voiture ou plutôt la vôtre. Je ne veux pas retarder votre bonheur.

Et la duchesse se retira en laissant le maréchal extrêmement perplexe.

— Aurais-je eu tort de la donner à Buffalora ? se demanda-t-il. Eh non, que diable ! Je n'ai pas rêvé. J'ai bien vu la bosse. Une grosse bosse tortueuse et pointue. Enfin, je vais savoir !

Et il monta en voiture.

XI

APRÈS LA FÊTE

Le premier soin de La Palisse, en descendant devant la demeure enchantée, fut de faire promener les lanternes à un mètre du sol et de chercher si, par hasard, il n'avait pas perdu le fameux médaillon en tombant du haut de l'échelle.

Nous savons que ce portrait ne pouvait être là...

Mais profitons de l'occasion pour faire remarquer que le maréchal était après tout d'une fidélité relative.

Il a beau se récrier quand la duchesse de Sforza lui dit que la Balbina a le dos plus joli qu'elle, toujours nous le voyons revenir à madame Isaure, que nous ne connaissons pas encore, mais qui nous fera, hélas! pleurer un jour.

Après un quart d'heure de vaines recherches, La Palisse congédia la voiture et souleva le marteau de la porte.

La porte s'ouvrit. Ce palais aussi semblait être en fête. Mille lumières y éclairaient des millions de fleurs. Trois tapis de largeur inégale et superposés conduisaient au grand salon. Tout le long des escaliers et des vastes couloirs se tenaient, debout et en grand costume, non plus des nains, mais bien de superbes gaillards, qui, sur leurs habits de laquais, portaient de l'or à foison.

— M. le maréchal Jacques de Chabannes de La Palisse! avait crié le premier.

Et le dixième répéta la même annonce que dit, à son tour, le vingtième. Cela n'en finit plus.

Le maréchal était assourdi... et bien ennuyé. Il monta cependant. Arrivé au premier étage, le seul qu'il connût, si l'on s'en souvient, il marcha plus à l'aise. Et cependant, le luxe de lumières, de fleurs et de laquais était partout le même. Quelques pas encore, et le brave général allait se trouver dans le salon d'honneur, dans ce salon où il avait d'abord rencontré le nain qui l'avait mené devant la princesse Balbina, où il avait ensuite poursuivi vainement le Chevalier Noir. Ce salon était plein de monde, qui faisait grand bruit... Mais à l'annonce de son nom, un silence de mort se produisit soudain. La Palisse entra.

Faut-il dire qu'aussitôt ses yeux cherchèrent la Balbina, qu'elle fût naine ou élancée? La princesse n'y était pas. On peut être brave devant une armée d'ennemis et peureux dans un salon regorgeant d'inconnus. Cela se voit même souvent.

Il fallut que La Palisse fît appel à tout son courage pour oser dire à la personne la plus proche de lui :

— Je désirerais présenter mes hommages à la princesse Balbina.

Cette personne, qui était cependant une jeune blonde, à l'air des plus aimables, feignit de ne pas l'entendre. Il se dirigea vers un gros personnage, qui devait être un diplomate.

— Pardon, monsieur, lui demanda-t-il, madame la princesse Balbina n'est-elle point encore revenue du château ?

Le gros personnage eut un de ces gestes expressifs qui, dans tous les pays, signifient :

— Je ne comprends pas votre langue.

Ma foi, La Palisse perdit contenance.

Il essaya de se promener dans le salon. La foule était si compacte que toute circulation était impossible. Il tenta de se mêler aux groupes. A son approche, les groupes se refermaient et le laissaient en dehors.

— Je n'ai qu'à m'asseoir, se dit-il.

Et il se dirigea en s'amincissant, en se glissant dans la foule, vers les divans, qu'à sa première visite d'assiégeant, il avait remarqués sous les panneaux. Il ne restait plus sur ces divans une seule place libre.

Vraiment, c'en était trop. La position était insoutenable. Il n'eut plus qu'une pensée, celle de se retirer, et regagna, comme il put, la porte par laquelle il était entré. Cette porte était fermée. Il tourna le bouton. Ce simple mouvement fit retentir un coup de cloche formidable.

A ce bruit, la scène changea soudain. Toutes les lumières s'éteignirent. Un chœur de rires stridents, diaboliques, éclata. La Palisse, affolé, éperdu, tira son épée et traça un long cercle autour de lui.

Partout la pointe rencontra le vide. Alors une pâle clarté se répandit, qui tout naturellement attira ses regards.

Cette clarté venait de la grande glace du fond sur laquelle s'allongeait en caractères de feu qui semblaient avoir été écrits par Satan, un seul mot. La Palisse lut ce mot, qu'il ne connaissait que trop pour l'avoir entendu dans la chambre de Louis XII, à l'église de Villefranche, dans le carrefour des Alpes.

Ce mot était : LACHE !

XII

BRAVE ET LACHE

Avoir exposé durant trente années sa poitrine aux coups de l'ennemi, avoir conquis tous ses grades sur les champs de bataille, avoir vaincu à Marignan, pris Milan, puis être, après tant d'exploits, appelé « Lâche! » en vérité cela devait exaspérer, outrer le maréchal La Palisse. Il était déjà affolé; il sortit des gonds.

Et la duchesse de Sforza qui prétendait que la Balbina n'était pas magicienne! De combien de maléfices ne venait-il point d'être victime depuis qu'il avait mis le pied dans cette maison maudite! Sur la glace étincelait toujours l'injure sanglante pendant que le chœur des rires continuait il ne savait où... Il s'élança et d'un coup d'épée fit voler la glace en éclats.

— Lâche, lui cria une voix qui sortit du mur et qu'il reconnut en tressaillant.

Ce n'était pourtant pas la voix sombre et caverneuse du Chevalier Noir; c'était la voix claire et stridente d'une femme irritée, d'une femme dont il se souvenait.

Il recula, terrifié. En brisant la glace sans tain, il avait pratiqué une ouverture au milieu de laquelle se dressait, éclairée tout à coup par les flammes bleuâtres de deux lampadaires, l'ombre de cette femme.

— Me reconnais-tu? dit cette ombre.

Pour la première fois de sa vie, La Palisse eut honte de lui-même. Sa conscience venait de s'éveiller.

— Ah! c'est facile d'aimer, reprit la voix. Et de tromper surtout. Et d'abandonner. Les ennemis se défendent. La femme qui aime se livre. Elle croit! Et on la prend. Et on la laisse. On est un grand capitaine; on est environné de toute une renommée d'honneur et de loyauté. La femme peut-elle penser que cet honneur est de convention, que cette loyauté n'est pas pour elle? Et je t'ai aimé. Il y a longtemps de cela; il y a vingt ans. Et celui qui m'avait confié son nom, le noble comte de la Chesneraye est mort en me surprenant dans tes bras. Et tu t'es dit qu'alors il faudrait m'épouser et je ne t'ai plus revu. Capitaine, maréchal, — car on t'a fait maréchal, je crois? — tu es un lâche!

Le maréchal resta muet devant un tel débordement d'injures qui toutes étaient méritées.

La comtesse de la Chesneraye continua :

— Et pendant un an, deux ans, dix ans, je me suis dit : « Il reviendra! il m'aimait. Ses paroles n'étaient pas trompeuses. Il ne peut être perfide à ce point. Qu'un laid visage se couvre d'un beau masque, soit! Mais le cœur ne se masque.point. Mais quand un soldat qui, cent fois, a risqué sa vie pour son pays jure fidélité à une femme, ce soldat ne ment pas! Il n'y a point de marchands d'honneur. Chabannes reviendra. » Oui, je me disais cela. Et, le front collé contre les vitres du manoir, je contemplais la route, m'attendant à chaque minute à t'y voir apparaître. Je croyais que tu te battais. Je n'étais pas jalouse de la France. Puis un jour, j'ai appris tout. Depuis que je l'attendais, mon amant avait été l'amant de soixante femmes. L'homme, dont je croyais le cœur aussi vaillant que son épée, était un de ces vulgaires séducteurs pour qui l'amour est un jeu d'un instant. J'avais eu foi en un caprice, j'avais pris une étincelle pour une étoile. Lâche, lâche!

Depuis un moment, la comtesse, ayant mis le pied sur le divan, était descendue dans le salon. Son profil de reine se détachait, accentué et dramatique, sur la clarté bleuâtre qui sortait du boudoir. Madame de la Chesneraye, qui devait avoir trente-huit ans, mais que la souffrance avait sinon vieillie, du moins amincie et pâlie, semblait être la statue de la Justice vengeresse.

La Palisse, profondément ému et rongé de remords, était tombé à genoux devant elle.

— Pardonnez-moi... pardonnez-moi... répétait-il.

— Point de grâce! reprit-elle. Je suis... le châtiment! J'ai rêvé la chose la plus épouvantable, la plus atroce, la plus monstrueuse que l'on puisse imaginer...

— Laquelle?

— Oh! sois tranquille, je vais te la dire...

Quelle menace était contenue dans les dernières

paroles de la comtesse de la Chesneraye? Qu'allait apprendre La Palisse?

— Je vous en supplie, dit-il, parlez !

— Tremble alors, répondit-elle, et rougis de ton passé tout en redoutant l'avenir. Tremble ! Ah ! regarde-moi donc. Ai-je l'air de vouloir ton bonheur? Dix ans, je t'ai espéré; a-t-on plus de patience? Quand j'ai été éclairée, — non pas sur ton crime à mon égard, mais sur l'ensemble de tes crimes, sur tes infidélités, sur tes trahisons, — je me suis juré d'être la vengeresse, non pas de moi seulement, mais de toutes celles qui t'ont aimé! Mon malheur est que toutes ne soient point là, m'entendant et mesurant ta punition.

— Que voulez-vous donc faire?

— Je veux, mon bel amoureux, que personne ne t'aime vraiment, — personne! — dût celle que tu aimerais mourir au moment même de te donner le bonheur! Je veux, mon glorieux maréchal, toi qui t'enorgueillis d'être l'honneur de la France, je veux que tu deviennes... son bouffon! Oui, par mes machinations, plus tu grandiras en bravoure, plus tu grandiras en ridicule aussi!...

— Oh! vous êtes épouvantable! Je vous en conjure, grâce!... Oui, j'ai été criminel. Je le sens, maintenant, — trop tard, je le sais bien, mais je ne demande qu'à racheter le passé... Ayez donc pitié... Vous qui vous êtes donnée à moi, consentez à laver la honte, à réparer le crime, accordez-moi votre main !

— Vous épouser? Jamais! L'honneur n'a pas vingt ans de patience. Autant que je t'ai aimé, je te hais! Et tu le verras bien...

XIII

AU MATIN

Toute la nuit, La Palisse la passa ainsi, courbant le front sous les injures et les menaces de la comtesse de la Chesneraye, la suppliant vainement de lui accorder le pardon. Au matin, le pauvre général put se demander s'il n'avait pas rêvé, s'il n'avait pas été la victime du plus épouvantable des cauchemars.

Après une dernière insulte, il était tombé sur un divan, la tête dans les mains. Lorsque, croyant avoir trouvé un argument irrésistible, il se leva pour convaincre son ancienne maîtresse, le salon était vide... Un panneau descendu de la boiserie avait remplacé la glace qu'il avait brisée. Seuls, les débris de celle-ci témoignaient de la réalité des faits qui allaient avoir une si grande importance sur la vie du maréchal.

Et soudain, un grand bruit se fit à l'étage infé-
rieur. Des éclats de voix montèrent jusqu'à lui.

— Parrain, où êtes-vous? demanda Gaston de
Maulévrier.

La Palisse respira. Si mêlée d'aventures qu'eût
toujours été son existence, sa vie passée lui semblait
ourdie de calme et de bonheur paisible à côté de
cette odieuse nuit si féconde en maléfices, en jon-
gleries et en menaces infernales. La présence de
Gaston allait donc le ramener dans la réalité. Jamais
il n'était arrivé à Gaston de sortir d'une glace et de
disparaître comme un fantôme.

— Je suis là, filleul, répondit La Palisse.

Et il se dirigea vers la porte de sortie. Il tourna,
cette fois sans peur, le bouton qui avait fait retentir,
huit heures auparavant, un si formidable coup de
sonnette.

La porte s'ouvrit. Le cauchemar était donc bien
fini!

— Ah! parrain, s'écria Gaston, en se jetant dans
les bras du maréchal, embrassez-moi sur les deux
joues, je vous apporte une bien bonne nouvelle.

— Une bonne nouvelle! Ça me changera.

— Et un bon mot du roi. Voyez.

Gaston sortit de son pourpoint un rouleau de
parchemin que son parrain ouvrit et lut aussitôt.

— Ah! bravo! fit La Palisse, le roi est de parole.
C'est mon congé! Je puis partir.

— Mais vous ne partirez pas avant les fêtes!
Songez donc, mon parrain! on nous promet toute
une semaine de banquets, de joutes et de masca-
rades.

— Eh bien, banquette à l'aise et joute et déguisetoi. J'ai mon congé. Je ne passerai pas une nuit de plus à Milan.

— On ne dort donc pas à l'aise dans ce palais?

— Filleul, on y a fait toute la nuit un tel tapage que je serais bien content d'en connaître la cause. Viens avec moi la demander respectueusement à la princesse.

Eh oui, pourquoi ne pas l'avouer? Le valeureux capitaine était fort aise d'avoir un compagnon pour la visite minutieuse qu'il se proposait de faire dans ce palais ensorcelé.

Visite inutile. Le palais maintenant semblait inhabité. Nulle part, il ne trouva trace de la comtesse de la Chesneraye, qui s'était sans doute retirée par le chemin qu'avait pris le Chevalier Noir. Le rapprochement qu'il fit entre ses derniers lui suggéra une pensée. La comtesse et le chevalier n'étaient-ils pas une seule et unique personne?... Heureusement pour La Palisse, un mot de Gaston fit diversion aux pressentiments qui le torturaient.

— Parrain, au lieu de nous promener dans ce désert, ce qui d'ailleurs n'est qu'à moitié convenable, pourquoi ne pas nous adresser aux laquais qui gardent le rez-de-chaussée?

— Par la sambleu ! tu as raison.

— Ils nous diront où trouver la princesse Balbina.

— Descendons.

Et, après cette vaine promenade dans le palais décidément abandonné, ils se rendirent au rez-de-chaussée, où ils trouvèrent une dizaine de laquais qui, semblant exténués de fatigue, étaient étendus sur les divans de l'antichambre et ne se levèrent même pas à l'approche des deux Français.

— Nous voudrions rendre nos devoirs à la princesse, leur dit Gaston.

— Elle est partie.

— Partie ! et pour où ?

— Pour Paris, avec son nouvel époux.

— Il signor Buffalora ! s'écria La Palisse.

— Précisément. Nous avons passé toute la nuit à préparer les bagages. Ils ne savent quand ils reviendront.

— Et pourriez-vous nous donner leur adresse à Paris ?

— Certes. Il signor Buffalora l'a écrite lui-même sur l'ardoise qui est accrochée là, devant vous, un peu à gauche.

La Palisse prit l'ardoise. Elle portait ces mots admirablement calligraphiés :

— Hôtel de l'Hydre d'or, rue de la Cerisaie.

— Je connais cet hôtel, fit Gaston. C'est un de nos meilleurs.

— Répondez, dit La Palisse aux laquais. La princesse Balbina est-elle cette belle personne que me vantait hier la duchesse de Sforza ou cette naine bossue que, moi, j'ai vue ici.

— Elle est cette belle personne dont vous parlez et elle est naine et bossue, quand il lui plaît, seigneur, de même qu'elle serait géante, si elle le voulait.

— Vous moquez-vous de moi, drôle ? s'écria-t-il en mettant la main à son épée.

— Eh non, seigneur, puisqu'elle est magicienne.

— Magicienne ! C'est bien ce que je pensais. Et que va-t-elle faire à Paris ?

— Gagner de quoi nous rendre heureux et gras jusqu'à la fin de nos jours.

6

Il n'en fallait pas plus à La Palisse pour le consoler.

— Magicienne ! Et pour vivre, se dit-il. Bravo, bravissimo ! Je suis assez riche pour lui faire bâtir un palais en lingots d'or. Elle m'expliquera tout ; elle me dira tout. La comtesse de la Chesneraye l'a achetée. Je puis bien l'acheter à mon tour, et elle me fera aimer de madame Isaure ! Je suis sauvé ! La Palisse, mon ami, il y.a encore de beaux jours pour toi !... Viens, Gaston.

— Où cela ?

— Eh ! parbleu, au château des Sforza. C'est bien le moins que je remercie le roi et que je prenne congé de lui.

Au château, François Ier, levé depuis longtemps selon son habitude, avait déjà distribué tous ses ordres de commandant en chef, expédié toutes ses signatures de roi et même rempli ses devoirs d'homme. Il venait d'écrire à sa mère, Louise de Savoie, qui était folle de lui et que, d'ailleurs, il adorait. Elle-même nous a conservé le texte de sa lettre. Le voici : « Je suis assuré, pauvre mère, que vous serez bien aise de voir votre fils sain et entier, après tant de souffrances qu'il a endurées et soutenues pour servir la chose publique. Je n'ai plus qu'une hâte, celle de revoir notre chère France. J'aurai donc la joie proche de vous presser dans mes bras. Une semaine encore de réjouissances que je dois à l'honneur de notre beau pays et de sa fière armée et je ne penserai plus qu'à vous. »

A sa mère seule ? Était-ce exact ? Nous qui lisons même dans le cœur des rois, nous savons bien qu'après le plaisir d'embrasser sa mère, François s'attendait au bonheur de retrouver, d'embrasser la Pâlotte.

S'il laissait aujourd'hui le parrain de Gaston partir pour Paris, c'est qu'il était sûr, mieux équipé et mieux monté que lui, d'y arriver avant lui... Aussi fut-ce en souriant qu'il souhaita « bon voyage » à La Palisse. Celui-ci, ivre de joie, le remercia avec effusion, embrassa ses compagnons d'armes et se mit en route sans retard.

Aux portes mêmes de Milan, un spectacle étrange l'attendait. Non loin de lui passa soudain, rapide comme un oiseau, l'ange qu'il n'eût point marié à Buffalora, la magicienne pourtant, mais ni naine ni bossue, et tout au contraire resplendissante de jeunesse, de grâce et de beauté.

Bien qu'elle fût emportée au quadruple galop d'un cheval de sang, il la poursuivit, il allait l'atteindre...

A ce moment, une dizaine de nains, montés sur des chevaux africains, le cernèrent, se cramponnèrent aux quatre hommes d'armes qui le suivaient et empêchèrent le maréchal et sa suite d'avancer jusqu'à ce que trois d'entre eux, ayant entouré de même, et lié, bâillonné la jeune femme l'eussent enlevée sous ses yeux...

DEUXIÈME PARTIE

LA MAITRESSE DU DUC D'ANGOULÊME

—

I

APRÈS LA GUERRE

Il y avait deux mois que le Milanais était à nous. Depuis longtemps déjà, le màréchal Chabannes de La Palisse était rentré à Paris.

François Iᵉʳ, après s'être arrêté dans plusieurs villes de France, venait également d'y arriver. Il était descendu à l'hôtel des Tournelles, qu'il habitait alors.

Le soir où nous sommes, un grand bal s'y préparait en l'honneur du jeune roi qui, pendant sa courte absence, avait remporté plus de victoires qu'il ne comptait d'années.

Tous les glorieux capitaines qui avaient concouru à ces victoires, tous les artistes qu'il avait connus et admirés à Milan pendant les huit jours de fêtes qui suivirent l'entrée solennelle de nos troupes, le duc de Sforza lui-même et les princes italiens qui l'accompagnaient à Paris, devaient assister à ce bal dont nous aurons à parler longuement.

Quant à La Palisse, qu'avait-il fait à Paris depuis son arrivée? Rien. Parti de Milan avec l'intention bien arrêtée d'aller chez la princesse Balbina, épouse de son scribe d'un jour, il avait, en route même, renoncé à ce projet.

L'histoire des nains l'avait décidé à ne plus jamais puiser à cette source d'aventures.

— Ah! non, s'était-il dit après être parvenu à se délivrer des avortons et avoir vainement tenté de retrouver la princesse, plus de magie, plus de sorcellerie! Ces chevaux africains, ces nains, ce Buffalora, cette bosse qui pointe et disparaît, cette naine qui s'allonge, tout cela me rendrait fou! Je ne dois plus avoir qu'un souci: me faire oublier, vivre dans la paix en tâchant d'y avoir pour compagne l'adorée de mon cœur, la belle des belles, madame Isaure!

Se faire oublier, lui, La Palisse, le vainqueur de Milan? Était-ce possible!

On ne parlait que de lui. On ne vantait que lui. François Ier était assez grand pour n'être point jaloux et permettre le succès à ses côtés.

Puis, dans l'ombre, une femme, l'éternelle vengeresse, la comtesse de la Chesneraye veillait... Était-ce elle qui avait empêché d'aboutir tous les efforts tentés par lui pour retrouver madame Isaure? Tandis que Paris s'apprêtait à dormir, que l'hôtel des Tournelles s'allumait, et que La Palisse, furieux d'être forcé de se rendre chez le roi, s'habillait, un cavalier, enveloppé dans un manteau, le toquet enfoncé sur les yeux et la main sur la coquille de sa rapière, traversait le pont Saint-Michel et disparaissait dans le dédale de ruelles obscures, qu'on appelait déjà le pays Latin.

Il marchait d'un pas rapide et se retournait de temps en temps pour voir s'il n'était pas suivi. Mais, comme le reste de Paris, le pays Latin était plongé dans les ténèbres et ses rues étaient désertes. A cette époque, le peuple se couchait tôt. Au bout d'un quart d'heure de marche, l'homme atteignit la rue Saint-André-des-Arts, et s'arrêta sous le porche d'une vieille maison à l'aspect sinistre, qui était depuis longtemps l'objet de la curiosité générale au pays Latin, — curiosité jusqu'à ce jour inassouvie. Par qui était-elle habitée ? Nul ne le savait. Jamais les croisées, qui donnaient sur la rue, ne s'ouvraient ; jamais aucun bruit ne se faisait à l'intérieur.

Quelques écoliers racontaient pourtant dans les tavernes du voisinage que parfois, la nuit, on voyait passer et repasser une ombre silencieuse derrière ses vitraux coloriés, et qui étaient alors éclairés.

Quelquefois aussi, le matin, à la première heure, on avait vu sortir de cette maison un vieux valet à cheveux blancs, portant encore le costume mi-partie et le large chapeau que le roi Charles VIII avait mis à la mode.

Cet homme, qui avait un panier à la main, entrait chez les fournisseurs de bouche, comme on disait en ce temps-là, et achetait quelques menues provisions ; puis il sortait, fermait soigneusement la porte derrière lui, et on ne le voyait plus reparaître durant deux ou trois jours. Habitait-il seul cette maison ?

On aurait pu le croire, et cependant les écoliers, dont les jeunes têtes étaient portées au merveilleux, prétendaient, eux, tout le contraire.

Les uns soutenaient qu'un mari jaloux y tenait enfermée une épouse infidèle. Les autres affirmaient que cette demeure était celle d'un alchimiste qui cherchait, lui aussi, la pierre philosophale. Mais les uns et les autres avaient tort, comme nous allons le voir.

Le cavalier qui venait de s'arrêter sous le porche, au lieu de soulever le marteau de bronze qui pendait à la porte, prit un sifflet à sa ceinture et en tira un son aigu.

Puis, il tourna la tête à droite et à gauche pour s'assurer qu'il était bien seul dans la rue.

La rue était déserte, autant qu'il put en juger, car la nuit était sombre. Au coup de sifflet, une fenêtre s'ouvrit, non point au premier étage, mais au rez-de-chaussée, une fenêtre garnie d'épais barreaux de fer.

— Est-ce vous, Amaury ? dit une voix.

— C'est moi, dit le cavalier.

Un petit bras blanc et potelé, une main délicate, passèrent à travers les barreaux et vinrent chercher la main du cavalier, qui y mit un froid baiser.

— Ah ! dit la voix, j'ai bien peur depuis quelques jours.

— Peur ?

— Oui, les écoliers, à ce que dit Hubert, votre vieux valet, se sont mis en tête de pénétrer dans la maison et de savoir qui l'habite.

— Oh ! fit le cavalier avec l'accent de la menace.

— Hubert les a vus rôder toute la soirée autour de la maison, et a cru entendre l'un d'eux qui disait :

«La nuit prochaine, coûte que coûte, il faudra savoir si c'est le diable ou une personne humaine qui a fait son logis de cette maison. »

— Eh bien, soyez tranquille, dit le cavalier, je veillerai.

— Amaury, mon ami, reprit la voix féminine, est-ce que vous ne me délivrerez pas bientôt ?

— Vous allez quitter cette maison.

— Quand ?

— Demain.

— Qui sait si d'ici à demain les écoliers n'y seront point entrés ?

— Non, dit le cavalier, je suis là.

— Mais pourquoi voulez-vous que je déménage encore ?

— Parce que le sire de La Palisse me paraît être sur vos traces.

— Qu'est-ce que cela fait ? Ne me connaissez-vous pas ? O Amaury ! Amaury ! je commence à n'avoir plus foi en vous.

— Vous avez tort, Isaure.

— Mais enfin, puisque vous savez que je ne serai jamais ni à lui ni à personne, pourquoi vous méfiez-vous ainsi de moi ?

— C'est mon secret, dit brusquement le cavalier.

— Et pour être ainsi gardé, ce secret est donc bien important.

— Il l'est, pour moi du moins.

— Ah ! murmura la jeune femme derrière l'horrible grillage de cette fenêtre, si je savais où est mon enfant, vous ne me tortureriez pas ainsi...

— Je vous le rendrai quand il en sera temps, Isaure.

— Ainsi donc, je vais quitter cette maison demain ?

— Oui.

— Et où me conduirez-vous ?

— De l'autre côté de l'eau, dans une demeure magnifique, où vous vous trouverez fort heureuse

— Heureuse ? Jamais.

— Bonsoir, Isaure, acheva Amaury en posant un second baiser sur la petite main de la jeune femme

— Bonsoir, répéta-t-elle en soupirant.

Et elle ferma le volet intérieur de la fenêtre.

Le cavalier s'en alla, non point par où il était venu, mais par la route opposée, et descendit vers la Seine où, auprès du bac de Nesles, il y avait un cabaret fameux que l'on appelait « l'Hôtellerie du Grand-Charlemagne. »

Ce cabaret, au mépris de l'édit du couvre-feu était ouvert toute la nuit. Le bon roi Louis XII, qui était un roi pieux et raisonnable, avait plusieurs fois commandé qu'on le fît fermer dès neuf heures et qu'on en chassât les écoliers, les soudards et les ribaudes qui s'y querellaient chaque nuit.

Mais les archers du chevalier du guet avaient été battus la première fois qu'ils s'y étaient présentés, et, depuis, le roi Louis XII était mort.

Or, le duc d'Angoulême, qui avait de plus grandes préoccupations que le tapage nocturne de sa bonne ville de Paris, François de Valois, en montant sur le trône, avait répondu au prévôt des archers qui lui portait ses doléances :

— Mon bel ami, dites-moi, d'abord, quels sont les buveurs habituels de l'hôtellerie du Grand-Charlemagne.

— Des lansquenets, Sire.

— Bon ! Et puis ?

— Des écoliers.

— Après ?

— Et des ribaudes.

— Ah ! s'il y a des ribaudes, fit le roi en riant, c'est une preuve que l'amour a chassé la politique et qu'on n'y trame point de complots contre le bien du royaume. Laissez-les boire et s'amuser, si tel est leur bon plaisir.

Cette indulgence du roi avait d'ailleurs une cause secrète, comme on le pourra voir par la conversation de deux personnages qui causaient attablés devant une cruche de vin de Guienne, lorsque le cavalier qui venait d'échanger quelques mots avec madame Isaure entra lui-même dans le cabaret.

II

A L'HOTELLERIE DU GRAND-CHARLEMAGNE

Les deux personnages étaient des écoliers, à en juger par leur souquenille à capuchon, serrée de près à la taille par une ceinture d'où pendaient une écritoire et une dague. L'un était jeune et presque imberbe, l'autre avait déjà la barbe quelque peu grisonnante. Le premier était évidemment un jeune provincial nouvellement arrivé à Paris, car il questionnait son compagnon sur toutes choses.

— Mon joli poulet, disait le vieil écolier, juste au moment où le cavalier entrait sans bruit et s'asseyait devant l'une des tables libres, mon joli poulet, je n'ai jamais marchandé l'instruction à la jeunesse ; mais j'ai grand'soif encore, et nous n'avons plus de vin. Si tu veux savoir pourquoi le cabaret du Grand-Charlemagne est toujours ouvert, demande une autre cruche.

Le jeune écolier frappa sur la table et appela le tavernier.

— Du vin ! dit-il.

Puis il jeta un quart de pistole devant lui pour payer l'écot.

— C'est fort bien, reprit le vieil écolier. Apprends donc comment il se fait que François I⁰ʳ protège le Grand-Charlemagne.

— J'écoute, dit l'adolescent.

— Figure-toi qu'au temps où il n'était pas encore roi, notre bien-aimé monarque s'appelait le duc d'Angoulême.

— Tout le monde sait cela.

— Il avait épousé madame Claude, la fille du roi Louis XII. Mariage politique. *Ergo* mariage des plus froids, ce qui n'empêchait pas la future reine d'être excessivement jalouse.

— Il paraît qu'il y avait de quoi, dit le jouvenceau en riant.

— C'est vrai. Le duc François avait eu mainte aventure galante à la cour. Mais chacune avait affreusement tourné.

— Comment cela ?

— Quand une dame venait à l'aimer, il arrivait malheur à cette dame. Si elle avait un mari, on envoyait celui-ci dans quelque gouvernement éloigné, et elle était obligée de le suivre.

Si elle était demoiselle ou veuve, le roi Louis XII lui disait un matin : « Ma volonté est que vous épousiez le capitaine de mes gardes ou tel autre seigneur que j'aime beaucoup. »

A la fin, lassé de tous ces obstacles, de toutes ces embûches, le duc François résolut d'aller chercher une maîtresse en un lieu où les gens de cour n'au-

7

raient aucun pouvoir. Et il s'en vint au pays Latin. Mais, dès sa première promenade, il s'arrêta devant une maison, au premier étage de laquelle demeurait une jeune et jolie fille que nous avions appelée la « Pâlotte, » parce qu'elle était très pâle. On la disait même malade et destinée à mourir jeune.

Le duc François s'affubla d'une cape d'écolier et se mit à courtiser la Pâlotte. La Pâlotte l'aima. Pendant plusieurs mois, les choses allèrent à merveille. Chaque soir, le duc François sortait furtivement du Louvre. Madame Claude le faisait suivre ; mais, au lieu de se rendre directement chez sa belle, il passait la Seine au bac de Nesle et entrait ici.

— Ah ! je commence à comprendre.

— Le tavernier le conduisait dans sa plus belle chambre, lui ôtait ses habits de prince et l'habillait en écolier.

Ce qui faisait que les espions de madame Claude, qui avaient vu entrer un gentilhomme, ne prenaient nulle garde à l'écolier qui s'en allait au pays Latin.

Cependant, une nuit, le prévôt des archers, qui avait reçu des ordres, fit une perquisition dans l'hôtellerie. Il y eut une bataille épouvantable à la suite de laquelle les archers furent repoussés ; mais, le malheureux tavernier se mit à trembler bien fort et crut qu'il serait pendu haut et court, le dimanche suivant, par ordre du roi, à la porte de son cabaret.

Heureusement, le duc François qui, pendant la bagarre, était fort tranquillement auprès de la Pâlotte, le duc François vint, le lendemain, voir Pernillet...

— Qui ça, Pernillet ?

— Eh ! le cabaretier.

— Bon... Et que lui dit le duc François ?

— Il lui dit : « Moi vivant, il ne vous arrivera aucun mal et je vous autorise à me demander, quand je serai roi, telle faveur que vous désirerez, et qui vous sera immédiatement accordée. »

— Et devenu roi, le duc tint-il parole ? demanda encore le jeune écolier.

— Sans doute, puisque la taverne a le privilège de demeurer ouverte toute la nuit.

— Mais le roi n'y vient plus ?

— Jamais.

— Et la Pâlotte ?

— On ne sait ce qu'elle est devenue.

Le mystérieux cavalier qui, après avoir causé avec madame Isaure à travers les barreaux de la fenêtre, s'était venu asseoir dans un coin de la taverne, n'avait pas perdu un mot de la conversation des écoliers, et, tout en paraissant plongé dans une rêverie profonde, les observait à la dérobée.

Le plus jeune, toujours questionneur, reprit :

— Mais vous me direz bien, maître Simon, ce que, vous et vos compagnons, comptez faire cette nuit ?

— Je te le dirai si tu veux être des nôtres.

— Hein ? Comment cela ?

— Nous nous sommes promis de savoir ce qui se passe dans certaine maison.

— Où cela ?

— Au pays Latin.

— S'agirait-il de cette maison qui nous intrigue tous ?

— Précisément.

— Et comment donc saurez-vous ce qui s'y passe ?

— En y entrant.

— Cette nuit même ?

— Parfaitement et tu vas comprendre pourquoi nous avons choisi cette nuit. Le roi donne une fête à l'hôtel des Tournelles, tu as dû en entendre parler.

— Certes ; mais quel rapport ?...

— Les archers, le prévôt, les hommes d'armes, tout ce qui, en un mot, pourrait nous gêner, est aux Tournelles.

— Je ne connais pas ton plan, fit l'écolier pensif. Mais suppose que, malgré cette fête, le guet passe et nous arrête...

— Eh bien ?

— Quel sera notre sort ?

— Peut-être serons-nous pendus, dit tranquillement le vieil écolier.

— Peste ! murmura l'adolescent, mais je n'arrive pas de Caen, en Normandie, pour me faire pendre, moi !

— Alors ne viens pas avec nous ; seulement, pour me payer mes révélations inutiles, fais-moi donner une troisième cruche.

L'écolier, qui payait sa bienvenue, ne se fit pas prier. On apporta une nouvelle cruche de vin, et comme le vieil écolier se versait à boire, la porte du cabaret s'ouvrit et deux autres clercs se vinrent asseoir à la table des deux premiers.

— Ah ! ah ! dit maître Simon, vous êtes exacts, mes amis..

L'un des clercs dit tout bas :

— Nous venons de parcourir le pays Latin en tous sens ; il n'y a pas un seul archer.

— Tout est-il prêt ?

— Oui.

— Nos costumes, nos insignes et nos armes ?...

— Tout cela nous attend dans une maison voisine.

— Quelle heure est-il ?

— Minuit.

— Eh bien, allons ! dit maître Simon.

Et il se leva en vidant un dernier verre de vin. Tous ses compagnons, à l'exception du jeune écolier, l'imitèrent.

— Décidément viens-tu avec nous ? lui dit maître Simon.

— Dame, si je savais que je ne cours aucun danger !...

— Viens donc, tu ne seras pas pendu !

— Allons, soit, fit l'écolier. Et puis, vous dites qu'il n'y a pas d'archers au pays Latin...

Et le jeune étudiant suivit les autres.

Alors le cavalier, qui n'avait pas cessé de les observer, se leva et appela le tavernier.

Perniller accourut.

— Comment, c'est vous, monsieur Amaury ? dit-il.

— Oui. J'attendais Gaston de Maulévrier qui m'a donné rendez-vous.

— Eh bien, attendez-le, il viendra ; messire de Maulévrier n'a jamais manqué à un rendez-vous.

— Oui, mais il tarde trop, et le temps me presse...

— Alors ?...

— S'il vient, on lui dira qu'il me trouvera dans la

rue Saint-André-des-Arts. Il saura ce que cela veut dire.

Et le cavalier sortit précipitamment en murmurant :

— Il ferait beau voir qu'avec ma bonne rapière je ne vinsse pas à bout de quatre écoliers ivres, fussent-ils déguisés en démons et armés comme des lansquenets.

Et il doubla le pas. Déjà les écoliers disparaissaient dans l'éloignement, au milieu des ténèbres de la nuit.

III

MILAN A PARIS

Pendant ce temps-là, l'hôtel des Tournelles s'emplissait de monde.

Au milieu des dames, fières d'être admises pour la première fois à la cour, trônait La Palisse qui était vraiment las d'être félicité, admiré, choyé, mais qui s'apprêtait à louer à son tour François Ier d'avoir emprunté à l'Italie le galant usage d'émailler ses salons de hautes chevelures et de blanches poitrines. Tout à coup un nom retentit, qui le déconcerta.

Le laquais venait d'annoncer le prince Buffalora. Buffalora à la cour! Qu'est-ce que cela signifiait? Le maréchal salua les dames et alla au-devant de son ancien scribe.

— Toi, ici! fit-il dédaigneusement.

— Comme vous voyez, monseigneur. Mais vous

auriez tort de me traiter avec mépris. On ne ravale point son œuvre. C'est vous, il est vrai, qui m'avez fait prince et millionnaire, mais je n'en suis pas moins aujourd'hui digne d'être invité à la cour. Et la preuve, c'est que j'y suis.

— Alors, qu'espérez-vous y faire, *prince*?

— Oh! nous serions mal ici pour causer. Le roi ne doit faire son entrée que dans une heure. Si nous nous promenions un instant autour de l'hôtel?... J'aurais beaucoup de choses à vous apprendre.

— Soit!

Et le sire de La Palisse et maître Buffalora sortirent, laissant les seigneurs présenter leurs hommages aux dames en attendant qu'elles n'aient plus d'oreilles que pour le roi. Ils s'en allèrent donc tous les deux, côte à côte, le maréchal de France et le prince italien, le long de la berge de la Seine, suivis à distance par le vieux barbier Pantaléon, qui ne cessait de gémir sur les caprices éternels de son maître à la tête grisonnante.

— Monseigneur, dit tout d'abord le prince Buffalora, vous avez eu tort réellement de dédaigner la Balbina.

— Elle était bossue, répondit La Palisse, qui ne pensait pas sans un certain remords à la façon dont il s'était conduit à Milan.

— Ah! soupira le poète, elle est pourtant bien belle?

— Je le sais, la tête est jolie...

— Et votre seigneurie ne s'imagine pas les trésors d'amour...

— Eh bien, fit brusquement le maréchal, vous devez être satisfait, alors, mon prince?

— Moi, monseigneur!

— Sans doute, puisque vous l'avez épousée !

Buffalora soupira plus fort.

— Ah ! oui, dit-il, mais...

— Mais quoi ?

— C'est comme si je n'étais pas son mari.

— Plait-il ? fit le naïf La Palisse.

— Ah ! mon histoire n'est pas gaie, geignit l'Italien. Elle prouve une fois de plus que le monde est encore livré aux horreurs de la barbarie.

— Que veux-tu dire ?

— Car enfin, poursuivit Buffalora avec animation, vous êtes un grand homme de guerre, monseigueur, mais le bras qui tue vaudra-t-il jamais la main qui écrit ? Non... Eh bien !...

— Eh bien ! quoi ?

— J'ai beau être le mari de la princesse Balbina, ce n'est pas moi qu'elle aime.

— Et qui donc ?

— C'est vous, dit Buffalora d'une voix lamentable.

La Palisse se redressa comme s'il eût été son propre filleul, Gaston de Maulévrier en personne. Et le barbier Pantaléon, qui s'était rapproché peu à peu, secoua les bras en signe de deuil. Mais, en se redressant, le maréchal avait levé la tête et il lui avait suffi de faire ce mouvement pour voir la chose du monde la plus étrange, la plus extraordinaire, la plus fantastique qu'il eût jamais pu imaginer.

— Ah ça, où suis-je ? s'écria-t-il en se cramponnant à Pantaléon.

— Mais à Paris, monseigneur, répondit l'ancien scribe.

— Alors qu'est donc ce palais ?

— Celui de ma femme, maréchal.

7.

— Bâti en deux mois?

— Certes, et sur le plan de celui de Milan. Vous savez bien que la princesse est magicienne.

Quoi, La Palisse avait fui Milan pour retrouver à Paris cette *demeure enchantée* où il avait été si malheureux! Du coup, c'en était trop! D'un revers de bras, il écarta le mari de la sorcière et reprit, tout affolé, le chemin de l'hôtel des Tournelles.

IV

OU LE ROI SE SOUVIENT...

François Ier se préparait au bal, en soupant joyeusement avec ses familiers.

Le grand peintre Léonard de Vinci, qu'il avait arraché à l'Italie, était à sa droite, Gaston de Maulévrier à sa gauche.

— Oui, disait ce dernier, mon parrain a d'abord été vu dans les salons. Puis, tout à coup, il s'est envolé on ne sait où.

— Ah! fit le jeune monarque avec un soupir, ce brave maréchal a dans le cœur un volcan incessamment en feu. Il aura encore tourné sa flamme vers quelque belle qu'il a suivie. Il est bien heureux!

— Sire, observa Maulévrier, à qui la pendule disait qu'il n'était pas temps encore d'aller à la taverne du Grand-Charlemagne, sire, Votre Majesté parle de l'amour comme les damnés du paradis.

— C'est un peu vrai, cela, fit le rói, devenant songeur. Je suis damné !

— Mais, sire, reprit Maulévrier, un roi qui ne serait ni jeune ni beau, comme Votre Majesté, n'aurait encore qu'à souhaiter pour que les plus belles
femmes de son royaume vinssent à l'aimer.

— Hélas ! dit François, c'est possible, mais...

Et il vida sa coupe emplie de Falerne.

— A ce soupir, reprit Maulévrier, qui espérait
obtenir, en parlant, des renseignements sur celle
dont le roi, on s'en souvient, lui avait demandé le
précieux portrait, — à ce soupir, on serait tenté de
croire que Votre Majesté a quelque amour inassouvi
dans le cœur.

— Peut-être...

Il se fit autour du roi un respectueux silence. Et
François buvant de nouveau, dit alors :

— Tu as raison, Maulévrier, je suis comme le
maréchal, j'ai un volcan dans le cœur. Seulement
le mien brûle sous des cendres.

— Mais, sire, rien ne vous serait plus facile que
de les disperser.

— Si tu savais comme tu te trompes !

— Pourtant cette femme que vous daignez aimer...

— On me l'a enlevée, comprends-tu?...

— Quand le roi voudra la retrouver...

— Eh ! non ! Il y a même des heures où je me dis
qu'on l'a tuée, peut-être...

Le peintre florentin, silencieux jusque-là, prit à
son tour la parole :

— A la mélancolie de ses discours, dit-il, on voit
que Votre majesté a souffert beaucoup.

— Et je souffrirai chaque fois que je songerai à

elle, fit le roi qui, décidément, avait le vin senti-
mental.

— Quelle est donc la femme de haut rang, demanda Maulévrier, qui a eu l'honneur d'être ainsi
aimée de vous?

— Je parie pour la belle comtesse de Chateau-
briand, que son mari, vieux et jaloux, aura fait
enfermer en quelque sombre manoir, dit un des seigneurs assis à la table du roi.

— Moi, dit un autre, je parie que c'est la fille du
comte de Poitiers.

— Et aucun de vous ne devine, répondit le roi.
La femme qui me tient au cœur, la femme que j'ai
aimée pendant plus d'un an, était une pauvre fille
du pays Latin.

— C'est impossible! s'écria Gaston à qui le souvenir du médaillon faisait perdre le respect. Une
bachelière n'a pas cette grâce, cette distinction,
cette noblesse dans les traits!

— Comment sais-tu?.. demanda le roi qui s'arrêta
soudain sur un signe de Maulévrier.

Et il reprit :

— J'oubliais! Tu l'as vue... en peinture du moins.
Il ne faudrait peut-être pas avoir tant de mémoire,
beau page... Ah! messeigneurs, j'ai plus aimé cette
fille de petit état, j'avais bien dit, que toutes les
duchesses de mon royaume. Il est vrai que je n'étais
pas roi en ce temps-là, mais que je m'appelais simplement le duc d'Angoulême.

— Pourquoi donc, demanda Léonard, Votre Majesté l'a-t-elle quittée alors?

Le roi, de plus en plus mélancolique, répondit :

— Ma foi! le souvenir le plus triste a toujours sa
douceur, et je veux vous dire cette histoire.

On regarda François de Valois avec une respectueuse curiosité.

Il poursuivit :

— Il y avait un an que j'étais amoureux comme un véritable écolier. Chaque soir, en dépit de la surveillance que le roi Louis, non moins jaloux que sa fille, ma légitime épouse, faisait exercer sur moi, je m'en allais au pays Latin où la Pâlotte, — c'était le surnom de celle dont je vous parle, — me prenait pour ce que je prétendais être.

Un jour je m'oubliai et laissai à mon doigt un anneau d'un grand prix, dont la pierre était gravée à mes armes.

Ma pauvre Pâlotte vit cet anneau, comprit que j'étais un grand seigneur, et se mit à sangloter.

— Pourquoi pleures-tu ? lui demandai-je.

— « Ah ! fit-elle, parce que vous êtes quelque prince qui a fait de mon amour une fantaisie et qui m'abandonnera au premier moment. »

Je la rassurai de mon mieux, et, tout en convenant que j'étais le duc d'Angoulême, je lui jurai un éternel amour... Elle allait être mère ! Elle me jeta ses bras blancs autour du cou et s'écria :

— « Ah ! mon doux seigneur, je crois à la fatalité... Une voix mystérieuse m'annonce un grand malheur. »

— Folle ! murmurai-je en la baisant au front.

— « Quelque chose me dit, reprit-elle, que je vous vois aujourd'hui pour la dernière fois. »

Je lui fis les plus doux serments, et comme le jour commençait à poindre, je la quittai en lui promettant de revenir le soir même. Quand je rentrai au Louvre, un de mes officiers m'apprit que le roi me mandait auprès de lui.

Cette nouvelle ne pouvait me paraître que fort désagréable. Louis XII ne me mandait jamais que pour me faire des reproches. Cependant, à mon grand étonnement, je le trouvai gracieux et souriant.

— Mon fils, me dit-il, j'ai l'intention de m'en aller courre un cerf aujourd'hui dans la forêt de Fontaibleau, et je voudrais que votre Altesse Royale m'accompagnât.

Je m'inclinai en signe d'obéissance. Une heure après, j'étais à cheval à la droite du roi. Nous n'arrivâmes à Fontainebleau qu'à dix heures du matin. Il était plus de midi quand on attaqua un vieux dix-cors qui, au lieu de ruser devant les chiens, piqua une ligne droite et détala tout d'une traite jusqu'à la forêt de Montargis. A dix heures du soir, le cerf n'était pas encore pris et la nuit était si épaisse que force nous fut de rompre les chiens.

— Voilà un vigoureux dix-cors, nous dit le roi, qui s'était conduit comme un jeune homme, en dépit de la maladie qui le minait lentement. Nous le relancerons demain.

Nous couchâmes au château de Montargis, et je soupirai en songeant que la Pâlotte m'attendrait en vain. Le lendemain, on remit le cerf sur pied. Le veneur le plus expérimenté m'avait juré ses plus grands dieux que l'animal se rembûcherait et retournerait sur ses pas.

Il n'en fut rien. C'était un cerf voyageur. Il continua à filer droit devant lui et gagna les forêts de la Bourgogne. Nous le chassâmes tout le jour, jusqu'à la nuit, et ne le prîmes pas.

— Par sainte Anne d'Auray, la patronne de la reine Anne, mon épouse! dit le roi, je crois que ce cerf est sorcier, et je le ferai brûler.

On coucha sur place. Le lendemain, les chiens, qui étaient sur les dents, furent remis sur la piste et le cerf magique fut lancé de nouveau. Cette fois, il se laissa prendre, un peu après le coucher du soleil, sur la lisière des bois du Morvan. Nous étions à soixante lieues de Paris.

— Mon beau cousin et neveu, me dit alors Louis XII avec un malin sourire, nous allons visiter le baron de Tanlay, un de nos plus fidèles gentilshommes, dont le château est à deux lieues d'ici.

Comme je ne pouvais pas dire au père de mon épouse : « Ma maîtresse m'attend et me doit croire mort, » je fis contre fortune bon cœur. C'était un si grand honneur pour le baron de Tanlay de recevoir le roi, qu'il nous offrit une fête qui dura trois jours pleins. Le matin du quatrième, Louis me fit venir à son chevet, et me dit :

— Mon beau cousin et neveu, vos équipages sont prêts.

— Quels équipages? demandai-je avec étonnement.

— Je vous donne le commandement de mon armée d'Italie qui campe sous les murs de Vérone. Allez me prendre cette ville.

— Mais, sire, objectai-je ! j'aurais pourtant besoin, avant que de partir...

— De retourner à Paris, sans doute?

— Oui, sire.

— C'est impossible. Je veux qu'on me prenne Vérone au plus vite.

Et comme je faisais la grimace, il ajouta :

— Vous serez roi quelque jour, et vous aimerez être obéi. Obéissez-moi donc, et partez!

Il fallut se plier à ses volontés. J'échangeai mon

justaucorps de buffle contre une bonne cuirasse, et je me mis en route pour l'Italie.

— Je gage, fit Maulévrier, que Votre Majesté avait un peu oublié la Pâlotte?

— Nullement, dit François. Et en voici la preuve : j'avais parmi mes écuyers, un gentil garçon, assez rusé et qui m'était tout dévoué ; il s'appelait Amaury.

— « Va-t'en à Paris, lui dis-je, montre cet anneau à la Pâlotte et dis-lui de te suivre. Tu l'amèneras en Italie. »

— Eh bien, fit encore Maulévrier, Amaury exécuta-t-il les ordres de Votre Majesté?

François répondit :

— J'arrivai en Italie, je pris le commandement de l'armée, j'emportai Vérone d'assaut, après un siège de huit jours. Il y en avait quinze que je m'étais séparé de mon écuyer.

A la fin du siège, le maréchal de Tavannes, qui m'apportait de nouveaux ordres du roi — car il venait de Paris en droite ligne ; — le maréchal me remit un message qu'Amaury lui avait confié.

— Il avait retrouvé la Pâlotte sans doute? fit Maulévrier.

— Non, au contraire, il m'annonçait que la Pâlotte avait disparu du pays Latin, et je ne doute pas, acheva François en soupirant, que, de concert avec le roi son père, madame Claude de France ne l'ait fait enlever.

— Et, dit encore Maulévrier, jamais votre Majesté n'en a eu de nouvelles?

— Jamais.

— Et... Amaury?

— Je ne sais ce qu'il est devenu.

— Ah! fit Maulévrier, qui se mordit les lèvres pour réprimer un sourire.

— Et l'on prétend, dit un des seigneurs avec admiration, que votre Majesté n'est point fidèle!

— Oh! morte ou vivante, j'aimerai toujours la Pâlotte!

Léonard dit à son tour :

— Le feu roi était trop bon pour lui avoir ôté la vie, on l'aura enfermée dans quelque couvent...

— C'est bien possible.

— Et, puisque Votre Majesté y tient toujours...

— Si j'y tiens! s'écria le roi.

— Chacun de nous, alors, doit s'efforcer de la retrouver!

— Eh bien, messieurs, reprit François de Valois, à bon entendeur, salut! Je récompenserai magnifiquement celui de vous qui me rendra la Pâlotte! A celui-là, je promets vingt mille écus d'or.

Maulévrier se leva.

— Où vas-tu donc? dit le roi.

— Je me mets en campagne, sire.

— Comment! déjà?

— Je suis pressé...

— De toucher les vingt mille écus d'or?

— Et surtout de plaire à votre Majesté, sire.

— Je le crois, fit le roi, car en ta qualité de filleul de La Palisse, tu n'as pas besoin d'argent. Le maréchal te baillera autant de seigneuries que tu en voudras.

Maulévrier fronça le sourcil et secoua le tête.

— On aurait tort de croire cela, sire, dit-il. Mon parrain le maréchal, avec toute sa bravoure, est un vieux fou...

— D'accord, murmura le roi.

— Qui perd la tête pour madame Isaure.

Ce fut au tour du roi de froncer le sourcil. Lui, qui savait que madame Isaure n'était autre que la Pâlotte, essaya aussi de faire parler Gaston.

— Ah ça, décidément, qu'est-ce que cette madame Isaure? dit-il.

— Voilà ce que tout le monde se demande.

— Tu ne l'as donc jamais vue?

— Jamais, sire.

— Et tu crois que ce vieux fou de La Palisse l'épousera?

— Je le crains, sire.

— Ce qui fait que tu n'auras rien de l'héritage, s'il a des enfants.

— Il en aura, sire, n'en doutez pas.

Tous les courtisans se mirent à rire. Le roi seul pencha tristement la tête ; il pensait au pauvre petit être qu'il avait vainement fait chercher à Milan... Mais Maulévrier avait déjà jeté son manteau sur ses épaules. Il dit :

— Vous voyez bien, sire, que j'ai grand besoin de retrouver la Pâlotte et de toucher les vingt mille écus d'or.

Et il prit congé du roi. Quand il fut hors de l'hôtel des Tournelles, le filleul de La Palisse se tint le petit discours suivant :

— J'avais rendez-vous avec Amaury à minuit, à l'hôtellerie du Grand-Charlemagne. Or, cette conversation nous a menés plus loin que minuit et j'ai fait attendre Amaury. Mais quand il saura ce qui m'a retardé, il me pardonnera.

Maulévrier passa la Seine au bac de Nesle. Quand

il entra dans la salle du Grand-Charlemagne, Pernillet vint à lui.

— Messire, M. Amaury est parti, dit-il.

— Sais-tu où il est allé ?

— Il attend votre Seigneurie rue Saint-André-des-
Arts.

— Ah ! bon ! fit Maulévrier, qui repartit sur le
champ, je sais où...

Et il se dirigea vers l'endroit désigné.

V

RUE SAINT-ANDRÉ-DES-ARTS

Au moment d'entrer enfin dans le vieil hôtel de madame Isaure la Pâlotte, rappelons les noms de ceux de nos personnages qui, dans des buts différents, se trouveront ensemble devant cet hôtel et *posons la scène,* comme on dit au théâtre.

Nous avons vu sortir successivement, de l'hôtellerie du Grand-Charlemagne, d'abord nos quatre écoliers qui, désœuvrés curieux, vont profiter des conseils de Simon pour pénétrer le mystère de l'étrange maison. Dans l'ombre, les suit Amaury, le gardien infidèle de la Pâlotte, qui, ayant trouvé sans doute plus d'avantages à servir madame Claude que le roi, s'est fait le Bartholo de cette malheureuse devancière de Rosine. Mais un autre homme avait intérêt à ce que jamais le roi ne revît son ancienne maîtresse.

Cet homme, c'était Gaston de Maulévrier dont les
vingt ans étaient tombés follement épris de la Pâlotte
à la seule vue de son portrait. Un jour, par hasard,
le nouveau page avait rencontré, comme cela ne
pouvait manquer, l'ancien écuyer du roi.

Les deux amis du passé avaient fêté, le verre en
main, cette heureuse rencontre. Le vin a le princi-
pal mérite de délier les lèvres. Amaury avait fait
part à Gaston de son joli métier. Or, comment celui-
ci aurait-il pu le lui reprocher, lui qui en profitait,
lui à qui cette trahison semblait réserver madame
Isaure ?

Depuis, de fréquents rendez-vous avaient eu lieu
entre les deux jeunes gens précisément à l'Hôtellerie
du Grand-Charlemagne et nous savons qu'Amaury,
lassé d'y attendre ce soir son ami, lui avait fait dire
de le rejoindre rue Saint-André. Pour que notre
énumération soit complète, rappelons enfin qu'à
travers la nuit se sauve La Palisse, toujours accompagné du dévoué Pantaléon. Un homme aussi suit
le maréchal. C'est Buffalora, qui a ses projets et
ne veut pas perdre sa proie.

— Monseigneur, mon brave seigneur, crie-t-il,
ne marchez pas si vite. Attendez-moi, écoutez-moi !
Je ne veux que votre bien...

Tarare ! Le vainqueur de Milan, qui professait
une sainte horreur pour la Balbina et ses sortilèges,
avait recouvré ses jambes de vingt ans. Mais tout à
coup, il s'arrêta, comme cloué sur le sol. Qu'avait-
il donc vu ? Était-ce donc elle enfin ?

Oui, sa promenade avec l'époux de la princesse
l'avait mené au delà de la rue Saint-André, et en
traversant de nouveau cette rue, pour regagner l'hôtel des Tournelles, il venait de reconnaître, derrière

une fenêtre éclairée de l'hôtel qui intriguait tant l'écolier Simon, le profil adorable, adoré de madame Isaure. Enfin, il n'y avait plus à en douter, c'était bien là qu'elle habitait ! Car Amaury se trompait quand il s'imaginait que le maréchal était sur les traces de madame Isaure.

La vérité est que La Palisse, la cherchant partout, errant partout, avait naturellement été vu rôdant autour du fameux hôtel.

— Bénie soit mon étoile, dit-il, presque sous le nez de Buffalora stupéfait.

Et il alla soulever le marteau de la porte.

Le marteau retomba. La porte ne s'ouvrit point.

Il recommença, et vainement encore. Buffalora s'approcha.

— Pardon, monseigneur, dit-il, mais vous me paraissez avoir besoin de mes services. Je ne connais pas encore le but que vous poursuivez, mais c'est vous-même qui m'avez fait le mari de la magicienne, et je me chargerais bien de pénétrer dans cette maison !

— Sans qu'il arrive malheur à madame Isaure ?

— Ah ! c'est d'elle qu'il s'agit, se dit Buffalora. Excellent renseignement.

Et il répondit tout haut :

— Oh ! bien certainement.

— Si tu faisais cela, s'écria le maréchal, je te ferais bailler par le roi des titres de noblesse.

— J'en ai, dit Buffalora ! mais n'en eussé-je pas, je préférerais encore autre chose.

— Quoi donc ?

— Une bonne seigneurie ou un gros sac de pistoles.

— Tu auras l'un et l'autre, dit le maréchal.

— Mais comment feras-tu pour t'introduire dans la maison?

— C'est mon affaire... Vous verrez...

— Chut! dit Pantaléon. Écoutez!...

— Qu'est-ce? fit La Palisse.

— Regardez.

Le maréchal suivit des yeux la main étendue du barbier et vit un groupe de quatre personnes apparaissant à l'entrée de la rue.

— Ces gens-là vont nous troubler, dit le maréchal.

— Ce sont de braves gens qui rentrent chez eux.

— N'importe! reprit La Palisse, taisons-nous, demeurons dans l'ombre et laissons-les passer.

Or ces gens, au contraire, loin de songer à rentrer chez eux, avaient précisément le même but que La Palisse, celui d'entrer dans la maison qui recélait madame Isaure. C'étaient maître Simon et sa bande.

— Diable, fit tout bas Buffalora, c'est le guet...

— Si l'on allait nous emmener au fort l'Évêque, murmura Pantaléon, qui aimait de moins en moins les aventures.

Les écoliers, en effet, s'étaient arrêtés dans la chambre de l'un d'eux pour se travestir en soldat du guet. Mais Amaury, qui n'avait cessé de les suivre et qui les avait attendus à la porte de la maison où ils s'étaient déguisés, ne pouvait être trompé par ce travestissement. Simon et ses amis n'étaient plus qu'à quelques pas de madame Isaure.

— Hé, hé! dit Buffalora, c'est assez drôle cela...

— Quoi donc?

— On dirait que le guet se dirige vers la demeure de votre belle.

— Oui, il s'arrête...

— Le chevalier frappe à la porte...

Mais personne n'ouvrit cette porte. Seulement la lumière s'éteignit. Simon frappa plus fort, puis, cessant tout à coup de cogner :

— Au nom du roi, fit-il, ouvrez !

Cette fois la porte tourna sur ses gonds. Un vieillard effaré apparut sur le seuil.

— Ne nous faites pas de mal, supplia-t-il en tremblant.

Les écoliers, sans lui répondre, allaient l'écarter du bras et s'introduire dans l'hôtel, quand Amaury, s'élançant au milieu d'eux :

— Arrière, drôles, s'écria-t-il, ou c'est moi qui vous livre au véritable guet.

Sans se déconcerter, Simon se tourna vers ses compagnons :

— Courage, amis, dit-il. Ils ne sont que deux, dont un invalide. Nous sommes quatre.

Simon comptait sans les trois personnages qui, dissimulés dans l'ombre de la vaste entrée de la maison voisine, avaient observé toute la scène.

— Mort de ma vie ! Chabannes à la rescousse ! fit l'impétueux maréchal.

Et il bondit au milieu de la rue, en plein clair de lune, sa bonne épée à la main et fondit, l'arme haute, sur les écoliers. Mais ces derniers, à l'exception toutefois du tout jeune homme que maître Simon avait embauché, étaient assez braves et soutinrent le choc.

Buffalora et le barbier avaient suivi le maréchal au milieu de la rue.

8

— Bon ! dit Simon, qui avait tiré du fourreau une longue rapière, nous allons être alors quatre contre cinq. Nous avons encore l'avantage.

— Ah ! ah ! fit le maréchal, les drôles ne lachent pas pied.

Buffalora avait tiré son épée en disant :

— Décidément j'étais destiné à devenir soudard !

Puis il avait attaqué un des écoliers tandis que le barbier Pantaléon, qui malgré sa vieillesse était encore une lame respectable, se chargeait du troisième. Quant au plus jeune des clercs, celui qui avait voulu savoir pourquoi l'hôtellerie du Grand-Charlemagne demeurait ouverte pendant la nuit, il avait pris la fuite et pendu si bien ses jambes à son cou qu'il avait disparu avant qu'Amaury songeât à lui donner la chasse.

Ce dernier avait en tête bien autre préoccupation. Il avait reconnu le maréchal et se disait :

— Si La Palisse me débarrasse de ces bandits, ma situation n'en devient que plus critique. Je suis forcé pour le remercier de lui offrir l'hospitalité et je ne peux pourtant pas introduire le loup dans la bergerie.

Aussi Amaury cherchait-il le moyen de se glisser dans l'hôtel et d'en clore solidement la porte. Mais, pour cela, il fallait deux choses : La première, c'était que Simon fût écarté du seuil de cette porte. La seconde, c'était que La Palisse ne le vit pas. D'ailleurs, messire de La Palisse, tout vaillant homme de guerre qu'il fût, avait fort à faire en ce moment. L'écolier Simon était d'une force et d'une taille peu communes, et il tirait l'épée comme un maître d'armes italien. Le maréchal lui porta coup sur coup deux bottes sérieuses, qui furent parées, et, s'il n'avait eu lui-même une cuirasse, il eût fait connaissance avec la pointe de l'épée de Simon..

Les deux autres écoliers, non moins résolus, tenaient également tête au barbier et à Buffalora.

— Mort de ma vie ! s'écria le maréchal, voilà un gaillard qui s'escrime fort bien.

— Ah ! vous trouvez, mon gentilhomme ? ricana l'écolier Simon.

— Et ça me va faire grand chagrin de te passer mon épée au travers du corps.

— Bah ! dit l'écolier, ne vous gênez pas... et si vous trouvez le chemin, entrez.

— Il le faudra bien, dit le maréchal, car pour rien au monde je ne permettrai que tu pénètres dans cette maison.

— A vous dire la vérité vraie, cher seigneur, reprit Simon l'écolier, nous avons, vous et moi, deux volontés tout à fait opposées.

Le maréchal se fendit à fond.

Simon fit un saut de côté et esquiva le coup ; déjà le maréchal était revenu à la parade.

— Oui, cher seigneur, continua l'écolier d'un ton narquois, j'ai fait un pari et je veux gagner.

— Quel pari ?

— Que je saurai qui loge dans cette maison.

— Ah ! tu ne le sais pas ?

— Ma foi ! non. Il y a des gens, au pays Latin, qui disent que c'est le diable.

— Je ne crois pas, fit La Palisse en riant.

Et, un peu radouci par cet aveu de l'écolier, il commença à le ménager.

— D'autres, poursuivit Simon, prétendent qu'il y loge des faux monnayeurs...

— En vérité ! fit le maréchal, et c'est pour le savoir que tu t'es déguisé en soldat du guet ?

— Justement.

— Eh bien, mon garçon, répliqua le grand capitaine d'un ton protecteur et paterne, si tu as un peu de bon sens, tu suivras mon conseil.

— Voyons ?

— Tu t'en iras te coucher.

— Oh ! non pas, dit Simon, dont, une fois de plus, l'épée glissa sur la cuirasse du maréchal, je ne m'en irai pas ainsi.

— Et pourquoi ?

— Parce que je veux dire à mes amis qui habite cet hôtel.

— Si tu consens à t'en aller, je vais te l'apprendre sur-le-champ.

— Ah ! ah !

— Cette maison est habitée par une jeune et jolie femme.

— Vrai ?

— Que j'aime et veux faire respecter. Maintenant que te voilà prévenu, vas-t'en, mon garçon, et laisse-moi te faire tous mes compliments ; tu tires fort bien l'épée, et si, au lieu d'avoir affaire à moi, tu t'étais escrimé contre mon imbécile de barbier, ce serait déjà un homme mort.

— Vos éloges me touchent profondément, seigneur, répondit Simon, mais je ne m'en irai pas.

— Ah ! par exemple !

— Et, puisqu'il y a en cette maison une femme jeune et jolie, je veux poursuivre l'aventure.

— Ah ! misérable !

— Dame ! fit l'écolier, en amour, chacun pour soi. La femme est au plus heureux ; et si je parviens à vous coucher là tout de votre long, je tâcherai de consoler votre maîtresse.

La colère vint au cœur du maréchal qui se remit à attaquer vigoureusement l'écolier en disant :

— Ah ! tu veux me prendre ma maîtresse ! Eh bien, aussi vrai qu'on me nomme La Palisse...

— La Palisse ! exclama l'écolier en poussant un cri.

— Oui, La Palisse, maréchal de France, drôle ! fit le vieux guerrier ; La Palisse qui pourrait te faire pendre et qui te fait l'honneur de croiser le fer avec toi !

Mais déjà Simon avait bondi en arrière, hors de la portée de l'épée du maréchal, et il disait :

— Grâce ! monseigneur, grâce !

— Ah ! tu as peur ! fit le maréchal.

Le barbier Pantaléon, tout en s'escrimant avec son jeune écolier, qui passait le temps à rompre, était à cent pas d'eux à droite pendant que maître Buffalora, dont l'adversaire rompait non moins bien, était à cinquante pas à gauche.

— Ah ! tu as peur ! répéta le maréchal, s'adressant à Simon l'écolier.

— Oui, monseigneur, j'ai peur d'étendre par terre le plus brave soldat de France et je remets ma rapière au fourreau.

Puis, s'effaçant, il ajouta :

— Entrez dans cet hôtel, monseigneur. Quand il n'y a qu'une femme, l'amour doit être pour vous seul.

— Par ma foi, tu n'as pas perdu ton temps à l'école. Tu t'exprimes à ravir. Donc je te remercie.

Et, après avoir tendu la main à l'écolier, il se mit en devoir de profiter de son offre, c'est-à-dire d'en-

8.

trer chez madame Isaure. Mais une phrase l'arrêta.

Une phrase proférée par Amaury. Celui-ci, en effet, s'étant tourné vers le vieux valet resté sur le seuil de la porte, avait dit :

— Hubert, va auprès d'Isaure et si on entre, n'hésite pas, poignarde-la !

Heureusement La Palisse conserva sa présence d'esprit. Il fit un signe que l'écolier comprit. Et pendant que Simon s'élançait sur les pas du vieillard, le maréchal et Amaury tombaient en garde l'un devant l'autre...

— Mort de ma vie, criait La Palisse, il faut en découdre une fois encore !

— A moins que vous ne consentiez à vous éloigner, répondit Amaury en lui portant la pointe de son épée au visage.

Le maréchal esquiva le coup et répliqua tout en se tenant en garde :

— Ne sais-tu pas que cette maison renferme une femme que j'aime ?

— Isaure ! murmura Amaury avec rage.

— Précisément.

— C'est ma sœur.

— Ah ! tu m'en vois ravi, dit le maréchal en riant.

— Ma sœur est une honnête femme, s'écria Amaury.

— J'en suis très persuadé.

— Et elle ne saurait être votre maîtresse.

— Non, mais elle sera ma femme. Est-ce à vous ou à messire votre père que je dois demander sa main ?

— Ni à l'un ni à l'autre !

— C'est que je me suis mis en tête de l'épouser, cher beau-frère.

— Jamais !

— Si la chose vous déplaît, je n'ai donc pas d'autre ressource que d'enlever moi-même l'idole de ma vie.

Amaury joua un dernier coup pour effrayer le maréchal.

— Ah ! dit-il avec explosion, ma sœur va mourir !

— Bah ! dit le maréchal, c'est peu probable..

— Mon valet la tuera !

— Oui, oui, j'ai bien entendu ; mais vous avez tort de vous effrayer, attendu que si vous avez donné l'ordre à votre valet de tuer madame Isaure, moi, j'ai fait signe à un excellent ami qui s'est hâté de pénétrer dans la maison derrière ce valet. Si vous tenez donc absolument à éprouver quelque inquiétude, que ce ne soit point pour votre sœur, mais bien pour votre homme. Mon jeune ami l'a garrotté sans doute, à moins qu'il ne l'ait tué, car mon signe lui donnait naturellement carte blanche.

Cette fois-ci, le sire Amaury perdit toute patience ; il se rua sur le maréchal, qui n'était pas homme à le craindre. Amaury était affolé. La Palisse avait tout son sang-froid.

— Mon cher seigneur, disait-il en ferraillant, vous avez tort de ne me point bailler votre sœur en mariage.

— Elle ne me quittera jamais, rugit Amaury.

— Pourtant je la prendrais sans dot, et le roi, si on y tenait, me ferait duc comme il m'a fait maréchal.

— A moins que je ne vous tue !

— Quant à vous, qui n'êtes pas riche peut-être, je vous donnerais une de mes seigneuries.

— Je veux garder ma sœur, hurla Amaury.

Il se fendit imprudemment et vint s'enferrer sur l'épée du maréchal.

— Le maladroit ! murmura La Palisse.

Le fer échappa aux mains d'Amaury qui tomba.

En ce moment Simon revint.

— C'est fait ! dit-il.

— Tu as attaché le valet ?

— Oui.

— Et madame Isaure ?

— Vous allez la voir.

— Bravo, dit le maréchal en se penchant sur Amaury qui baignait dans son sang. Es-tu un peu chirurgien ? demanda-t-il à l'écolier.

— Un peu, monseigneur.

— Eh bien, prends soin de ce gentilhomme à qui je viens de faire une petite déchirure.

Simon se pencha à son tour sur Amaury.

— Aïe, aïe, fit-il.

— Quoi donc ?

— Il sera mort avant une heure.

— C'est fâcheux, murmura le maréchal, car peut-être madame Isaure voudra porter son deuil et je ne sais pas si le noir lui va bien.

— Mais qui donc est cet homme ?

— Le frère de madame Isaure, à ce qu'il prétend. En tous cas, c'est un bien désagréable sire ! Je lui ai fait des propositions superbes ! Il voulait ma vie, j'aime encore mieux avoir la sienne.

Et le maréchal s'apprêtait à entrer dans la maison,

lorsqu'un nouveau personnage arriva par l'un des bouts de la rue et, grâce au clair de lune, reconnut La Palisse.

— Mon parrain ! dit-il.

— Quoi ? fit le maréchal, toi ici ! Ah ça, mais, il n'y a donc personne chez le roi !

Gaston de Maulévrier aperçut le cadavre et jeta un cri.

— Seigneur ! dit-il en désignant Amaury, qu'avez-vous fait ?

— J'ai essayé de lui faire entendre raison...

— En le tuant ?

— Non, je lui ai parlé d'abord.

— Ah ! mon parrain...

— Mais il était entêté.

— Que voulait-il donc ?

— M'empêcher d'enlever madame Isaure, que je prétends épouser.

Maulévrier étouffa un rugissement de rage.

Mais, en ce moment, accourut Buffalora, qui venait de désarmer son adversaire.

— Diable, fit Simon à sa vue, nous avions oublié nos amis !...

Pantaléon, en effet, s'escrimait toujours contre le troisième écolier.

Simon appela ce dernier. En un instant, chacun fut au courant de la situation.

— Allons ! dit le maréchal aux deux camarades de Simon, je vous confie ce garçon. Aidez-le à mourir en paix. Quant à nous, ajouta-t-il, rendons-nous auprès de madame Isaure qui ne s'attend pas à ma visite. Simon, montre-nous le chemin.

Et il entra dans la maison.

Pendant que Simon conduisait La Palisse et qu
Maulévrier, Buffalora et Pantaléon le suivaien
messire Amaury se tordait dans les convulsions d
l'agonie, entre les deux écoliers qui s'efforçaien
vainement de panser sa blessure !

VI

SERVITEUR ET CHAMBRIÈRE

Avant d'introduire M. de La Palisse auprès de madame Isaure, racontons ce qu'avait fait, entendu et vu Simon en suivant le vieil Hubert. Tout d'abord, il s'était perdu. Le serviteur d'Amaury avait sur lui une légère avance qui avait suffi pour qu'une porte se fermât entre le poursuivi et le poursuivant.

Cette porte close, Simon ne pouvait plus aller qu'à l'aventure. C'est ce qu'il fit. Il laissa son épée au fourreau, mais il prit sa dague et marcha.

En allant de chambre en chambre, il ne tarda pas à rencontrer une porte entrebâillée, derrière laquelle vacillait une lampe au souffle du vent. Il poussa la porte et se trouva au seuil d'une grande salle assez triste et complètement déserte.

— Marchons toujours ! se dit-il.

A l'extrémité opposée de la salle, il entendit un

bruit confus de voix. Il se colla contre la port
derrière laquelle se faisaient entendre les voix, e
ces mots parvinrent à son oreille :

— Tu as donc bien peur de M. Amaury ? deman
dait une femme.

— Oh ! certes, répondit une voix plus grave, il es
homme à nous tuer tous les deux comme des chiens

— Mais enfin, que veut-il faire de madam
Isaure ?

— Dieu seul le sait !

La porte avait une fente. Simon y appliqua so
œil. Il vit alors un vieillard et une jeune fille. L
vieillard n'était autre que Hubert. La jeune fill
avait le béguin rond et la robe brune d'une cham
brière.

— Avant d'agir, écoutons, pensa-t-il.

— Ainsi, disait la jeune fille, vous devez la tue
si l'on entre ! Et vous croyez que si vous refusie
de la frapper, monsieur Amaury vous tuerait ?

— Et toi aussi, dit le vieillard.

— Jamais un frère n'a été jaloux à ce point-là d
sa sœur.

— Madame Isaure n'est pas sa sœur, répondit le
vieillard.

— Que dites-vous ?

— La vérité !

— Cependant, demanda la jeune fille, s'il était
l'amant de madame Isaure, messire Amaury viendrait ici plus souvent.

— Il n'est pas son amant.

— Qu'est-il donc ?

— Ah ! je ne sais pas. Tout cela est bien étrange.
Ce que je puis te dire, Marion, c'est que madame
Isaure subit toutes ses volontés et ne se révolte

jamais.— Et la chambrière, à qui le valet venait de donner le nom de Marion, continua :

— Depuis quand êtes-vous au service de madame Isaure ?

— Depuis trois ans.

— Et vous avez toujours vu messire Amaury l'enfermer ainsi ?

— Oh ! dit le vieillard, il fut un temps où madame Isaure n'était pas sous sa domination.

— Ah !

— C'était le bon temps, alors, soupira le vieillard, et, depuis, j'ai bien souvent songé à m'en aller trouver le roi pour lui dire la vérité.

— Le roi ?

— Oui, le roi François de Valois, premier du nom.

— Il protégerait donc madame Isaure ?

— Oh ! certes, fit le vieillard, soupirant toujours, si le roi savait ce qu'il en est...

Comme le vieil Hubert parlait ainsi, la porte de la chambre où, dans sa terreur, il se laissait si bien interroger par Marion la chambrière, s'ouvrit brusquement, et Simon, qui avait remis sa dague à la ceinture, se montra, l'épée nue, sur le seuil.

— Eh bien, mon ami, dit-il au vieillard stupéfait, je suis des gens du roi, tu le peux voir à mon costume ! Conte-moi donc les jalousies de messire Amaury, le tyran de madame Isaure.

En voyant apparaître Simon ainsi armé, la chambrière avait jeté un cri d'effroi.

L'écolier lui prit le menton et lui dit :

— Ne crains rien, ma belle enfant, quand on est jolie à croquer comme toi, les gens d'épée ne sont pas à redouter.

9

Et s'adressant au vieillard qu'il secoua :

— Voyons, vieux drôle, fit-il, conduis-moi auprès de ta maîtresse.

Mais le vieillard répliqua :

— Tuez-moi plutôt.

— Imbécile ! dit Simon. Puisque je viens la délivrer !... Je te répète que je suis des gens du roi.

— Vous mentez ! Mon maître vous l'a dit tout-à-l'heure...

— Je te jure...

— Vous me tuerez, ajouta le vieillard, mais vous ne saurez point où est ma maîtresse, et, si vous ne vous retirez à l'instant, j'obéis à messire Amaury !

— Et tu la tues ? Toi ? Ah, ah, ah ! mais après tout, la maison n'est pas si vaste, et je trouverai bien madame Isaure.

— Cherchez, ricana le vieillard, la chambre qu'elle habite n'a ni porte ni fenêtre.

— Alors, dit Simon en riant, on y parvient par le tuyau de la cheminée ?

— C'est possible, fit maître Hubert, d'un ton narquois. Si vous voulez de l'argent, monseigneur, cherchez par toute la maison, peut-être en trouverez-vous ?

— Ce n'est pas de l'argent que je veux, c'est madame Isaure saine et sauve !

— Vous ne la trouverez pas.

Et, ce disant, le vieillard, qui avait au côté une longue rapière, mit la table du repas entre lui et l'écolier, dégaîna et prit la fière attitude d'un homme destiné à résister jusqu'à la mort.

— Aussi vrai que je me nomme Simon, s'écria l'écolier, je vais te clouer contre ce mur ! — Et il allongea le bras. Mais le vieillard recula. Simon sauta par-dessus la table et fondit sur lui, l'épée tendue. Inutile effort! Le valet, reculant toujours, était arrivé jusqu'au mur, avait paré tant bien que mal, puis donné un vigoureux coup d'épaule dans la boiserie, dont un panneau avait tourné sur des gonds invisibles.

Et l'épée de l'écolier avait filé dans le vide...

— Tonnerre! exclama Simon en voyant Hubert disparaître, il va pour sûr tuer madame Isaure.

La chambrière tremblait dans un coin, de tous ses membres. Mais en entendant dire que le vieil Hubert tuerait madame Isaure, elle s'écria:

— Ne craignez rien, il l'aime trop pour cela.

Simon, rassuré par l'accent donné à ces mots, reprit le menton de la jeune fille.

— Alors, dit-il, tu peux me dire où est ta maîtresse?

— Oui, certes.

— Conduis-moi auprès d'elle.

— Oh! répondit-elle, pas avant que vous ne m'ayez fait une promesse.

— Laquelle?

— C'est que vous m'emmènerez hors d'ici, et que vous m'arracherez à la colère de messire Amaury.

— Certainement, on t'emmènera, fit Simon l'écolier en lui mettant un gros baiser sur le cou ; mais M. de la Palisse doit s'impatienter. Cherchons vite madame Isaure.

La chambrière tout à fait tranquillisée par le baiser de Simon, répondit:

— Hubert a eu raison.

— En quoi? s'il te plaît.

— Quand il vous a dit que madame Isaure habitait une chambre qui n'a ni porte ni fenêtre.

— Mais enfin, par où y entre-t-on ?

— Hubert seul le sait.

— Mais où est-il, ce diable d'homme ?

— Ah ! fit Marion la chambrière, si vous ne vous gaussez pas de moi... si vous m'emmenez vraiment avec vous...

— Eh bien !

— Je vous dirai où est le vieil Hubert.

— Tiens, je te prends pour femme, je le jure sur tes magnifiques yeux, dit Simon.

— Alors, venez avec moi, fit la jeune fille.

Et elle ajouta :

— Il n'est pas loin ; il s'est servi de la cachette florentine.

— Qu'est-ce donc que cela encore ? fit Simon que cette série d'aventures commençait à irriter.

— Je ne sais pas l'histoire, dit la chambrière, mais je vous assure que l'endroit où il est porte le nom de cachette florentine. Et comme cette ca- chette n'a pas d'autre issue que...

— Comment ! on n'y entre que par ce panneau de boiserie qui vient de s'ouvrir et de se refermer ?

— Oui, dit Marion, tenez, cherchons donc autour de cette rosace.

— Bon ! fit Simon qui passa sa main sur la boiserie.

— Sentez-vous un ressort ?

— Oui.

— Eh bien, pressez- le.

Simon fit ce que lui disait la jeune fille et le panneau de la boiserie tourna de nouveau. Alors l'écolier se vit au seuil d'un petit réduit de six pieds carrés, au fond duquel le vieil Hubert s'était réfugié tout tremblant.

— Enfin, vieux sorcier! lui dit-il, tu ne m'é-
chapperas plus.

Et il se rua sur lui.

— Grâce ! cria le vieillard.

— Dis-moi où est ta maîtresse?

— Faites-moi plutôt mourir...

— Mais imbécile ! dit Simon, tu l'aimes pourtant?

— Puisque je suis prêt à donner ma vie pour
elle !

— Eh bien, je viens la délivrer.

— Non, non, dit l'entêté vieillard, rien ne me
prouve cela.

— Mais, triple butor, fit Simon, sois donc plus
logique, quand tu me vois au courant de tout. Il
n'y avait sur la terre qu'un homme que tu redou-
tais, c'était ton maître. Or, ton maître n'existe
plus...

— Que dites-vous?

— Dame, crois-tu que depuis que j'essaie de te
convaincre, le brave maréchal de La Palisse n'a
pas eu le temps de l'étendre sur le pavé?

— Ah ! si cela était !...

— En veux-tu la preuve? Si tu vois ici le maréchal, crois-tu que c'en est fait de ton maître?

— Oui, et je vous conduirai tout de suite auprès de madame Isaure.

— Eh bien, je vais l'aller chercher, dit Simon.
Mais, auparavant, je prendrai une petite précaution.

Et se tournant vers Marion restée dans la première pièce :

— Donne-moi les embrasses de ces rideaux. Et
fais vite si tu veux que je te délivre.

Moitié par peur, moitié par espérance, elle lui obéit. La petite précaution qu'il voulait prendre était de lier solidement les pieds et les mains du vieillard ; après quoi, il sortit en tirant par le bras Marion la chambrière. Cinq minutes après, le vieil Hubert avait devant les yeux le maréchal en personne derrière lequel Gaston de Maulévrier tortillait sa moustache avec fureur, et venaient aussi Buffalora et Pantaléon, qui semblaient peu tranquilles.

Simon, dénouant une des embrasses, rendit au vieil Hubert l'usage de ses jambes et le poussa par les épaules. Le vieillard enfila alors un long corridor. Puis, quand il fut au milieu, il s'arrêta et chercha une dalle qui avait un signe particulier. Ce signe n'était autre qu'un point noir qui se détachait au milieu ; on eût dit un clou enfoncé dans la pierre. Alors Hubert frappa du pied et dit au maréchal :

— Venez vous mettre à côté de moi, monseigneur.

La Palisse acquiesça à l'invitation du vieux valet sans comprendre ce qu'il voulait faire. La dalle sur laquelle ils se trouvaient alors placés tous deux était assez large. Tout à coup cette dalle trembla sous les pieds du maréchal, et La Palisse, étourdi, sentit le sol s'agiter sous lui.

La dalle venait de s'abaisser exactement comme chez la Balbina quand le nain était entré sous terre. Gaston et Pantaléon poussèrent une exclamation de surprise et d'effroi.

Mais Buffalora se mit à rire et dit à Maulévrier :

— Je connais cela, ne craignez rien.

La dalle remonta.

Quant à M. de La Palisse et au vieil Hubert, ils avaient disparu.

. . . .

Le mécanisme qui venait de faire basculer La Palisse était des plus ingénieux. La dalle tournait sur des charnières que mettait en mouvement le ressort sur lequel le vieil Hubert devait poser le pied. Elle jouait à peu près comme la trappe d'une oubliette, avec cette différence toutefois que ceux qu'elle précipitait, au lieu de tomber dans quelque abîme, se trouvaient dans une vaste corbeille d'osier, suspendue au plafond d'un boudoir que nous décrirons tout à l'heure.

Le poids de la personne que cette corbeille recevait la faisait descendre le long d'une poulie, tandis que la dalle reprenait sa place habituelle. En rassurant ses compagnons effrayés de voir disparaître le maréchal, Buffalora avait eu raison de leur dire:

— Je connais cela!

Ces sortes de pièges étaient fort usités à cette époque, surtout en Italie, où, bien certainement, le seigneur qui avait fait bâtir la maison de la rue Saint-André-des-Arts avait dû séjourner. Le nom seul de « la cachette *florentine* » l'indiquait déjà. Le maréchal commença par jeter un cri; puis, l'instinct de la conservation et un besoin d'équilibre venant à son aide, il se cramponna au vieux valet. Mais ce fut l'affaire de dix secondes; La Palisse se trouva dans la corbeille, puis la corbeille toucha le sol, et tout cela si rapidement, qu'il avait eu à peine le temps de respirer.

La salle souterraine dans laquelle il venait de pénétrer d'une si étrange façon était, du reste, telle que l'avait annoncée le vieil Hubert. On n'y voyait trace ni de porte ni de fenêtre. Tendue d'une étoffe rouge à dessins orientaux, elle avait au milieu un lit de repos, sur lequel madame Isaure était endormie. Un épais tapis jonchait le sol, et la corbeille était descendue sans bruit. Madame Isaure ne s'éveilla point.

Alors le vieil Hubert, entraînant le maréchal dans un angle :

— Monseigneur, lui dit-il, est-il bien vrai du moins que vous ayez tué messire Amaury ?

— Dame ! il n'est peut-être pas mort, mais mon épée, entrée par la poitrine, lui est sortie par derrière.

— Dieu veuille qu'il en meure ! murmura le vieux valet.

— Pourquoi donc ! fit le maréchal surpris.

— Parce que, alors, vous pourrez épouser madame Isaure.

— J'y compte bien.

— Ah ! c'est que, fit le vieil Hubert, messire Amaury vivant, la chose eût été impossible.

— Bah ! bah ! dit le maréchal, j'ai accompli bien d'autres prouesses.

— Oui ; mais vous n'avez jamais pu forcer la volonté d'une femme.

— Cela dépend.

— Eh bien, moi, dit le vieil Hubert, je vous jure, monseigneur, que tant que messire Amaury aurait vécu, madame Isaure n'aurait pas voulu vous épouser.

— On ne saurait donc m'aimer ?

— Je ne dis pas cela ! Mais qu'elle vous aime ou non, là n'aurait pas été l'obstacle, monseigneur.

— Et où eût-il été?

— Messire Amaury ne voulait pas que madame Isaure se remariât.

— Comment! est-elle veuve?

— Elle vous le dira, monseigneur.

— Ah! fit le maréchal un peu désappointé.

Mais il porta ses regards vers le beau visage de la jeune femme endormie, et l'amour le reprit si bien au cœur qu'il murmura avec un soupir :

— Après ça, puisqu'elle est veuve, c'est que son mari est mort et on n'est pas jaloux du passé.

Puis après un silence :

— Mais quel intérêt avait-il donc, cet Amaury, à ce que madame Isaure ne m'épousât point?

Hubert ne répondit pas.

— Et puis, reprit le maréchal, nous ne sommes pas en un siècle où l'on violente les femmes.

— Il faisait mieux que la violenter.

— Que faisait-il donc?

— Il lui avait pris son enfant.

— Ah! dit La Palisse, qui, encore une fois, se mordit les lèvres, elle a un enfant?

— Oui, monseigneur,

— Une fille ou un garçon?

— Un fils.

— Et il le lui a pris?

— Oui, et il eût tué ce pauvre petit être, si madame Isaure avait résisté à ses volontés.

— Le misérable!

En prononçant ce dernier mot, le maréchal haussa la voix. Un soupir souleva la poitrine de madame Isaure, qui se réveilla. . . . . . .

A la vue du maréchal, elle eut un mouvement de terreur.

9.

— Madame, dit le vieil Hubert, rassurez-vous.
C'est moi qui ai amené M. le maréchal auprès de
vous.

— Malheureux ! fit la jeune femme en se dressant sur son séant.

— C'est moi, reprit le serviteur, parce que je
sais que M. le maréchal vous aime...

— Ah ! de toute mon âme, murmura le vieux
guerrier.

— Mais tu veux donc qu'Amaury me tue !

— N'ayez crainte, dit le maréchal qui osa lui
prendre la main et la baisa.

Elle se méprit à ces paroles.

— Ah ! monseigneur, dit-elle, vous êtes brave,
vous êtes loyal, et vous croyez que, pour éloigner
de moi tout danger, il vous suffira d'aller provo-
quer cet homme et de le tuer ?

— C'est fait, dit froidement La Palisse.

— Que dites-vous ? exclama la jeune femme avec
frayeur.

— Je l'ai tué !

— Vous... l'avez... tué... lui ! lui !... Amaury ?...

— Oui.

Madame Isaure s'était dressée sur son séant, les
cheveux en désordre, l'œil hagard.

— Vous l'avez tué ? répéta-t-elle d'une voix
étranglée.

— Oui... dit le maréchal assez calme.

— Et mon enfant ! qu'a-t-il fait de mon enfant ?...

— Ah ! c'est juste, murmura La Palisse, vous
avez un enfant.

Elle jeta un nouveau cri, et deux ruisseaux de
larmes jaillirent de ses yeux.

— Mon enfant! dit-elle, où est mon enfant?

— Mais je ne sais pas, moi... fit le maréchal consterné.

— Et vous avez tué Amaury!

— Dame! Je croyais vous rendre service.

— Et il est mort sans vous dire ce qu'il avait fait de mon enfant? Ah! ce n'est pas lui seulement que vous avez tué, monseigneur! dit la pauvre mère avec une explosion de douleur.

Et elle se mit à sangloter. Une espérance vague illumina le cerveau de La Palisse:

— Après ça, dit-il, je lui ai passé mon épée au travers du corps, mais qui sait...

— Que voulez-vous dire? fit-elle anxieuse.

— Il n'est peut-être pas encore mort, et s'il a un reste de vie, il me dira...

Le maréchal, en parlant ainsi, jeta les yeux autour de lui, cherchant une porte, et oubliant qu'il était entré dans cette chambre d'une assez étrange façon.

— Comment sort-on d'ici? dit-il.

— Comme on y entre! répondit Hubert. Mais ce n'est pas vous, monseigneur, qui aurez le secret d'Amaury.

— Et qui donc? fit le maréchal.

— Ce sera moi. A vous, il le refuserait peut-être.

— Oui, tu as raison, murmura madame Isaure, qui se tordait de désespoir, va, Hubert, va, mon vieil ami.

Le vieux serviteur se plaça dans la corbeille et fit jouer un ressort planté dans le parquet et absolument semblable à celui qui était dans la dalle du plafond. La corbeille s'enleva, la dalle tourna, et Hubert remonta dans le corridor, où Gaston de Maulévrier, le barbier Pantaléon et l'ancien scribe Buffalora attendaient fort impatiemment.

VII

LE ROMAN D'ISAURE

La Palisse et madame Isaure étaient demeurés seuls. Le maréchal, ne songeant point à s'étonner de cet enchevêtrement d'aventures qui, depuis une heure, se succédaient pour lui sans relâche, regarda madame Isaure priant, pleurant, et, au travers de ses larmes, plus belle que jamais.

Or, toutes les théories, tous les calculs du bon capitaine à l'endroit des femmes en général et de madame Isaure en particulier, se trouvaient combattus, sinon complètement renversés par ce qu'il voyait et entendait. D'abord, La Palisse avait pensé que madame Isaure était une gente et sage damoiselle, et on lui apprenait qu'elle était veuve et qu'elle avait un enfant. Ensuite, il s'était imaginé avoir affaire à une coquette, et il voyait une femme en deuil. Mais quand l'amour tient fort au cœur, il ne s'effraye pas outre mesure de semblables métamorphoses.

Tous ces petits désenchantements n'empêchèrent point La Palisse de tomber aux pieds de madame Isaure, de lui baiser les mains avec transport et de lui dire :

— Ah ! je vous aime... je vous aime...

Elle se redressa comme si ces paroles eussent été pour elle la provocation d'un aveu.

— Monseigneur, dit-elle, voulez-vous m'écouter ?

— Parlez... je vous écouterai... mais je vous aime ! dit le maréchal qui perdait la tête.

Elle se réfugia derrière les rideaux de son lit, et y prit à la hâte un grand manteau dans lequel elle s'enveloppa.

Puis, séchant ses larmes, elle vint s'asseoir, calme, froide et digne, en face du maréchal.

— Monseigneur, dit-elle, puisque vous m'avez délivrée du plus odieux des tyrans, je puis parler.

— Mais... cet homme... n'était donc pas votre frère ?...

— Non...

— Qu'était-il donc ? dit le maréchal que l'angoisse prit à la gorge.

— Mon bourreau !

— Je ne comprends pas...

— Ah ! monseigneur, c'est une triste histoire que la mienne. J'ai été une pauvre femme trahie, trompée, réduite aux dernières limites du désespoir. On m'a volé mon enfant, on l'a fait disparaître... et puis, comme c'était désormais mon amour unique, ma seule affection, on m'a dit : « Si tu ne

deviens pas une esclave, si tu n'obéis pas toujours... ton enfant mourra. »

— Mais qui a osé vous dire cela? exclama le
maréchal.

— Amaury, monseigneur.

— Quel empire avait donc cet homme sur vous?

— Oh! pas d'autre que celui que lui donnait le
rapt de mon enfant; cela, je vous le jure.

La Palisse respira, il craignait de recevoir un
coup plus rude que si un suisse lui eût déchargé
sur la tête sa lourde épée à deux mains.

Seulement madame Isaure continua :

— J'avais donné mon cœur tout entier.

— A qui? à ce misérable truand? fit le maréchal
avec colère.

— Non... à un autre...

La Palisse courba la tête. Au regard de madame Isaure, il était visible que cet autre n'était
pas lui... Elle poursuivit avec exaltation :

— J'ai été abandonnée par un homme qui
m'avait pris tout mon amour.

— Et... cet homme... quel est-il?

— Un prince, monseigneur, un vaillant officier
qui est tout près du trône, et dont je ne puis révé-
ler le nom.

— Ah! vous me le direz à moi, fit La Palisse, et
j'irai trouver le roi qui est mon ami...

— Taisez-vous, monseigneur, s'écria-t-elle avec
effroi. Le roi a voulu me faire mettre à mort.

— Le roi! Ah! c'est impossible, le roi est un
preux chevalier. Le roi François faire mettre à
mort une femme?...

Madame Isaure jeta un cri :

— Le roi François, dites-vous?

— Oui.

— Le roi Louis est donc mort ?

— Mais il y a bientôt trois ans.

— Et ... c'est... le duc François d'Angoulême... qui... lui a... succédé ? murmura la jeune femme, dont la voix tremblait d'émotion.

— Mais sans doute...

— Ah ! fit-elle , je crois que je meurs...

Et elle s'évanouit dans les bras de La Palisse, qui s'était toujours mieux entendu à pousser un cheval au fort de la mêlée qu'à donner des soins à une femme.

— A moi ! au secours ! cria-t-il d'une voix terrible.

La dalle du plafond tourna, et le vieil Hubert reparut dans la corbeille qui descendit lentement.

— Ciel ! dit le valet en voyant sa maîtresse évanouie, vous l'avez donc tuée aussi ?

— Mais non... seulement je lui ai parlé du roi.., et ça lui a donné une telle émotion...

Hubert s'était penché sur madame Isaure, que le maréchal venait de placer sur son lit, et dont le cœur battait à se rompre.

— Maintenant, dit-il en lui faisant respirer des sels, il s'agit de ne point la remettre dans cet état quand elle reviendra à elle.

— Qu'est-ce encore ? demanda La Palisse qui commençait à perdre la tête.

— Je sais où est l'enfant.

— Amaury n'est donc pas mort ?

— Non, dit Hubert, mais il n'en vaut guère mieux. Deux d'entre les jeunes gens de tout à l'heure l'ont transporté dans un cabaret où ils lui donnent des soins.

— Mais pourquoi diable ta maîtresse s'est-elle évanouie en apprenant que le roi François régnait?

— Ah! soupira le vieil Hubert... je le sais, moi...

— Et comment pouvait-elle ignorer que le roi Louis XII fût mort ?

— Telle était la volonté d'Amaury.

— Ça! exclama La Palisse qui prit Hubert par le bras, je veux que tu me dises tout, car tu dois tout savoir, toi !

— Je sais tout, en effet, monseigneur.

— Quoi! s'écria-t-il, ce prince...qui l'a abandonnée, serait-il donc?..

— Ce prince s'appelle aujourd'hui le roi François 1er.

— Ah! diable! murmura M. de La Palisse. Voilà un glorieux prédécesseur auquel je ne m'attendais pas et dont je me serais bien passé.

Puis, tout en frappant avec plus de dépit dans les mains de la pauvre femme dont la syncope persistait :

— Et le prince l'a vraiment quittée ?

— Non, monseigneur, c'est Amaury qui a persuadé cela à madame Isaure et qui, sous peine de mort, m'a contraint à le lui laisser croire.

— Mais qu'était-ce donc que cet Amaury ?

— Un écuyer du duc d'Angoulême.

— Mon ami, dit la Palisse avec douleur, je suis un homme de guerre, je n'ai pas l'esprit subtil à débrouiller les intrigues et les complications. Explique-toi bien clairement.

— Autant que je le pourrai, monseigneur.

Alors le vieil Hubert s'exprima ainsi :

— J'étais l'écuyer de messire Amaury, comme lu[i]
même était l'écuyer du duc d'Angoulême.

Il arriva que le roi Louis XII, qui voulait à to[ut]
prix éloigner le duc de Paris, précisément à cau[se]
de madame Isaure, l'emmena à Fontainebleau po[ur]
courre un cerf. Comment cette chasse conduisit [le]
duc jusque sous les murs de Crémone, cela, je ne
sais pas au juste, mais ce que je sais bien, c'e[st]
qu'en Italie le duc regrettait vivement sa maîtress[e.]
Il chargea messire Amaury d'aller la lui chercher [à]
Paris. Messire Amaury partit et je le suivis. Il fa[ut]
vous dire, monseigneur, murmura humblement [le]
vieil Hubert que j'étais fort attaché à messire Ama[u-]
ry, qui est un gentilhomme du Bas-Poitou. Je l'ava[is]
vu naître et je le croyais brave et loyal.

Quand nous fûmes de retour à Paris, ce ne fut p[as]
chez la maîtresse du duc qu'il se rendit d'abord, ce f[ut]
au Louvre où le roi Louis XII venait de rentrer.

— Je devine, murmura La Palisse, il allait trah[ir]
les secrets du duc d'Angoulême?

— Justement. Le roi Louis XII était fort jalou[x]
pour le compte de madame Claude de France, s[a]
fille.

Amaury dut lui dire ceci :

« Sire, je suis joueur, débauché, et je n'ai plus [un]
sou ni mailles; si Votre Majesté me veut faire un[e]
bonne pension de vingt mille écus d'or par an, [je]
lui promets que jamais le duc d'Angoulême ne sau[ra]
ce qu'est devenue sa maîtresse. »

— Et le roi accepta?

— Oui, certes. Alors Amaury me dit : « Je [te]
donne à choisir, ou ma dague en plein cœur, o[u]
ton obéissance passive. » La peur me prit. Je lui ju[-]
rai de lui obéir fidèlement.

Nous allâmes alors dans la petite maison où demeurait en ce temps-là la maîtresse du duc.

— Madame, lui dit Amaury, je vous viens quérir de la part du duc d'Angoulême.

Elle eut un cri de joie suprême.

— Où est-il, fit-elle? où est-il, mon bien-aimé prince?

Il lui conta que le roi avait voulu la faire enlever, et que le duc, alarmé, l'avait chargé, lui Amaury, de la conduire en un petit manoir perdu au milieu des bois, entre Melun et Fontainebleau, où elle vivrait sous le nom de madame Isaure et où il viendrait la rejoindre. La Pâlotte allait être mère ; elle adorait son duc et ne pouvait manquer d'ajouter foi aux paroles d'Amaury ; elle le suivit. Nous partîmes au coucher du soleil, elle dans une litière fermée, messire Amaury et moi chevauchant auprès d'elle.

A minuit, nous arrivâmes au petit manoir indiqué. C'était une habitation solitaire et abandonnée. Madame Isaure eut peur un instant, mais Amaury la rassura.

— Quand doit venir le duc? fit-elle en trouvant la maison déserte.

— Peut-être cette nuit, peut-être demain.

La nuit s'écoula, puis la journée du lendemain, puis la suivante.

Le duc, comme vous le pensez bien, monseigneur, ne vint pas. Amaury, en revanche, trouvait madame Isaure fort belle, et en était devenu amoureux.

— Après? fit le maréchal avec rage.

— Enfin, un soir que madame Isaure pleurait, Amaury se mit à genoux devant elle, et lui dit :

— « Madame, le duc est un traître et est un lâche il ne vous aime plus ; il est parti pour l'Italie ; vou ne le reverrez jamais. »

Et comme elle fondait en larmes, il ajouta :

— « Le roi Louis m'avait commandé de vous con duire ici et de vous y mettre à mort, mais j'ai eu pi tié de vous... et si vous voulez m'aimer... »

— Ah ! le misérable ! exclama La Palisse.

— D'amitié, oui, répondit-elle. Mais je me sui donnée, je ne me reprends pas.

— Ah ! c'est très-bien, cela ! fit le brave maréchal

Hubert continua :

— Madame Isaure devint mère. D'abord Amaur lui permit de garder auprès d'elle son enfant. Puis comme de temps en temps elle se mettait à doute des paroles de mon maître et qu'elle voulait absolu ment voir le duc, Amaury lui enleva son fils, le ca cha et lui dit : « Vous ne bougerez pas d'ici ou vou ne reverrez jamais votre enfant. »

— Quand je songe, murmura La Palisse, que j'a regretté un instant d'avoir tué ce truand-là... Tu e bien sûr qu'il mourra, au moins !

— Je l'espère. Ah ! il y a eu de terribles scènes dans ce pauvre petit manoir de la forêt !

Pendant deux ans, mon maître y garda madam Isaure qu'il malmenait d'autant plus qu'il était tou jours amoureux d'elle. En ai-je entendu, mon Dieu Combien de fois n'a-t-il pas essayé de la violenter Mais elle résista toujours, se disant capable de sa crifier l'enfant au père.

Amaury d'ailleurs était un débauché, et il ne pou vait aimer éternellement la même femme. Il fini par se fatiguer de tourmenter madame Isaure ; sou vent il la laissait sous ma garde pendant des moi ntiers, et s'en allait à Paris vivre dans le jeu et la débauche.

Le roi Louis XII payait exactement les vingt mille écus. Mais un jour, il mourut. Amaury revint au manoir, pestant, jurant et criant qu'il était ruiné.

— Madame, dit-il à madame Isaure, nous allons monter à cheval.

— Et... où allons-nous? demanda-t-elle toute tremblante.

— A Paris, répondit-il.

Le vieux valet en était là de son récit, lorsque des coups précipités retentirent dans le plafond de la salle.

— Qu'est-ce que ceci? dit La Palisse en regardant Hubert.

— Nous allons le savoir, fit ce dernier.

Et il remonta, puis redescendit un instant après.

— Monseigneur, dit-il, il paraît que messire Amaury n'a plus que quelques minutes à vivre, et qu'il voudrait vous faire sa confession avant de mourir.

La Palisse savait maintenant Amaury si intimement lié à la vie de madame Isaure, qu'il était possédé d'une curiosité vraiment ardente :

— J'y vais tout de suite, répondit-il au vieil Hubert ; toi, donne des soins à ta maîtresse. Dès qu'elle reviendra à elle, amène-la à mon hôtel de la rue des Lions, que je mets tout à fait à sa disposition. Qu'Amaury vive ou meure, on ne peut être en sûreté dans cette maison machinée.

Pourtant M. de La Palisse s'était familiarisé avec le genre de locomotion de la corbeille, car il se plaça lui-même dedans et remonta.

Sa suite l'attendait dans le corridor.

— Venez, monseigneur, dit Simon, venez vite.

Au bout du corridor, le maréchal et l'écolier trouvèrent l'escalier et descendirent rapidement. La porte de la rue était toujours grande ouverte.

— Où est donc notre mourant? demanda le maréchal.

— Je vais vous conduire, répondit Simon.

Et l'écolier l'entraîna jusqu'au cabaret où ses deux camarades avaient transporté Amaury.

C'était un assez honteux réduit que ne hantaient, pendant le jour, que de pauvres écoliers.

Après bien des hésitations, le cabaretier s'était décidé à recevoir le mourant et lui avait cédé son lit. Voyant son parrain s'attarder dans l'oubliette, Gaston de Maulévrier était accouru au chevet du blessé. Amaury roulait autour de lui des regards auxquels l'approche de la mort donnait une expression farouche.

— Ah! disait-il en s'adressant à Maulévrier, si tu avais été exact au rendez-vous que tu m'avais donné, je serais plein de vie, et comme c'est toi qui es cause de ma mort, je veux me venger. Le maréchal va venir et je lui dirai tout.

— Me voilà, fit La Palisse en entrant, suivi de Pantaléon et de Buffalora.

— Ne l'écoutez pas, mon parrain, dit vivement Maulévrier, il a le délire. Ainsi il prétend que je lui avais donné rendez-vous, et je ne le connais pas!

— Tu mens! hurla le mourant. Non-seulement nous nous connaissons, monseigneur, mais nous avons fait un pacte.

— Ce n'est pas vrai! s'écria Maulévrier.

Le maréchal regarda froidement son filleul.

— Mais laisse-le donc parler, dit-il, je verrai si je puis le croire.

Et la révélation d'Amaury allait être terrible pour Gaston !

Le mourant, en effet, reprit en désignant le filleul de La Palisse :

— C'est de sa faute si je meurs. Je me vengerai. Monseigneur, défiez-vous de lui. Deshéritez-le. Il veut vous prendre madame Isaure...

— Lui !!!

— Cet homme a le délire, criait Gaston.

Mais le mourant, dont la voix s'affaiblissait de plus en plus, poursuivit :

— Tu sais bien que je dis vrai, Gaston. Tu aimais la Pâlotte pour n'avoir vu que son portrait. Quand je t'ai raconté son histoire, quand je t'ai expliqué comment la femme que recherchait ton parrain n'était autre que l'ancienne maîtresse du roi, tu m'as donné de l'argent pour que je continue à l'éloigner à la fois et du roi et du maréchal.

— Mon parrain... je vous jure... balbutia Maulévrier.

Mais le maréchal ne lui répondit pas.

Et, s'adressant à Amaury :

— Et l'enfant... où est-il ?

— Je l'ai dit à Hubert ; il le sait.

— Tu ne l'as pas trompé, au moins ?

— Sur le salut de mon âme, qui bientôt va être aux mains de Dieu, je vous jure que j'ai dit la vérité.

— Un mot encore, murmura le maréchal avec accablement. Madame Isaure m'aurait-elle aimé ?

— Non, monseigneur. Ni lui non plus, ajouta Amaury, en désignant Gaston.

— Qui donc aime-t-elle?

— Le roi François... toujours... Adieu... monseigneur.

La voix d'Amaury s'éteignit ; il fit un brusque soubresaut sur son lit et ferma les yeux.

Il était mort. Alors M. de La Palisse prit son neveu par les épaules et le poussa dehors en lui disant :

— Toi, mon drôle, je te vais donner un bon conseil. Ne reparais jamais en ma présence.

— Oh! fit le barbier Pantaléon avec un soupir de satisfaction, si tout cela pouvait rendre mon maître sage !

Maulévrier s'en allait, hors de lui ; il murmurait :

— Je suis un homme perdu !

— Mais non, dit Buffalora en le rejoignant.

— Mon parrain ne me pardonnera jamais.

— Bast !

— Et il épousera madame Isaure.

— Oh! je vous réponds du contraire, dit l'ancien scribe. Il serait trop heureux ! Or, si on ne peut lui retirer la gloire, je sais quelqu'un qui lui défend l'amour !

— Vrai ?

— Dame ! je serais même bien content de pouvoir compter sur vous à l'occasion.

— Certes !

— Alors, mon cher seigneur, retournez à l'hôtel des Tournelles, amusez-vous bien et attendez les événements.

Et Buffalora laissa Maulévrier s'éloigner à demi consolé.

VIII

OU BUFFALORA TRIOMPHE...

Cependant le barbier Pantaléon se réjouissait fort, en espérant que ces mésaventures continuelles décideraient enfin son maître à se retirer au château de La Palisse.

Quant au maréchal, il venait de frapper sur l'épaule de l'écolier en disant :

— Toi, Simon, tu es un brave garçon et tu me plais !

— En vérité ! monseigneur ?

— Et je veux t'adopter et te laisser mon bien ! Tu m'as rendu service ce soir. Il ne me plaît pas que tu continues ce vilain métier de clerc où l'on a si rarement l'occasion d'être sage...

— C'est donc comme dans l'armée ! ne put s'empêcher de grogner Pantaléon, qui se rappelait sans cesse les folies de son maître.

10

Le maréchal leva son poing et le laissa retomber sur les épaules du barbier.

— Voilà pour t'apprendre à trop parler, dit-il tandis que le pauvre Pantaléon pliait à demi assommé.

Et, continuant à s'adresser à Simon :

— Je te veux nommer capitaine ; je te donnerai une compagnie de reîtres, et nous ferons de concert les plus beaux combats du monde.

— Oh! mais auparavant, interrompit le barbier, nous avons bien autre chose à faire.

— Plaît-il? dit le maréchal.

— D'abord, nous devrions aller un peu dans notre château de La Palisse.

— Et pourquoi ?

— Dame! pour relever une des tours qui s'est écroulée, ensuite pour visiter nos vassaux.

Mais la folie reprit le maréchal!

— Et madame Isaure? fit-il...

— Appelez-la donc la Pâlotte, monseigneur? murmura insidieusement Pantaléon.

A ce nom de la Pâlotte, le maréchal tressaillit.

— D'abord ce n'est pas une fille de noblesse, ajouta le barbier.

— Bon! je suis assez noble pour deux.

— Et puis, elle a été la maîtresse du roi.

La Palisse fit la grimace.

— C'est égal, dit-il, je l'emmènerai loin de Paris... le roi ne la reverra jamais...

— Oui, mais elle ne vous aime pas, vous, monseigneur ; l'homme, qui dort à jamais dans la salle voisine, vous l'a dit.

— Corpo di Bacco! exclama une voix retentis-

sante, il ferait beau voir qu'une femme n'aimât pas
mon cher seigneur !

Pantaléon se retourna et poussa un cri de rage.
C'était Buffalora qui revenait.

— Monseigneur, dit-il, n'écoutez donc pas ce bé-
lître de barbier, qui ne vous fera faire que des sot-
tises.

— Tu crois ! dit le maréchal encore hésitant.

— Je fais mieux que de le croire, j'en suis
sûr.

— Il dit pourtant que madame Isaure... ne m'aime
pas...

— Il a raison.

— Tu vois bien, alors...

— Mais il ne sait pas pourquoi elle ne vous aime
point.

— Pourquoi donc ? demanda La Palisse.

— Parce que vous êtes vieux..

— Ah ! ne me rappelle donc jamais mon
âge !

— Le grand malheur ! Quand vous serez
jeune...

— Te moques-tu de moi ?

— Je m'en garderais bien, mais n'avez-vous pas
fait de moi l'époux de la magicienne ?

— Elle me rajeunirait ?

— Certes !

— Quand ?

— Mais quand vous voudrez...

— Tout de suite ! fit le maréchal avec une impatience d'enfant.

— Soit, venez avec moi, alors.

Pantaléon leva les yeux au ciel.

— Et dire, murmura-t-il, en regardant Simon l'écolier d'un air piteux, que si ce maudit scribe m'en eût laissé le temps, mon maître était sauvé !

Le sire de La Palisse suivit donc il signor Pancracio Buffalora. Le scribe, malgré sa petite taille, faisait des pas de géant, et le vieux guerrier avait peine à le suivre. Néanmoins, le tenace barbier Pantaléon ne voulut point abandonner son maître. Simon et lui sortirent du cabaret, laissant à la garde de Dieu et de l'hôtelier le corps encore chaud de messire Amaury.

Puis ils emboîtèrent le pas au maréchal. Ce dernier tourna bien deux ou trois fois la tête en arrière comme s'il eût eu remords de sa conduite ; mais Buffalora, de sa voix la plus mielleuse, chantait un hymne à la jeunesse éternelle !

— Ah ! monseigneur, disait-il, vous avez cinquante-deux ans et, dans trois jours, vous serez plus jeune et plus beau qu'un adolescent.

— Ne veux-tu pas te gausser de moi, au moins ? disait le crédule maréchal.

— Moi, monseigneur ! y songez-vous ? me gausser du plus grand capitaine de notre temps, du guerrier le plus loyal, du chevalier le plus galant ! Ah ! monseigneur...

— Ainsi, vraiment, la Balbina a dérobé son secret à la nature ?

— Oui, maréchal.

— Mes cheveux redeviendront noirs ? Ma peau, tannée et sillonnée de rides profondes, retrouvera la souplesse qu'elle avait autrefois ?

— Oui, monseigneur.

— Et combien de temps faudra-t-il pour que cette métamorphose s'accomplisse ?

— Quatre ou cinq jours.

— Pas davantage?

— Non, monseigneur.

Tout en jasant ainsi, le maréchal traversait de nouveau les petites ruelles du pays Latin et approchait de l'hôtel de la Balbina. De temps en temps, il se retournait, se demandant si, au lieu de suivre Buffalora, il ne ferait pas mieux d'aller finir sa soirée à l'hôtel des Tournelles. Chaque fois, au clair de lune, il voyait le barbier et Simon l'écolier, le suivant à distance.

A un moment, un dernier remords le prit, et les sages paroles du barbier lui revinrent en mémoire...

Il interrompit sa course et parut hésiter.

— Que faites-vous, monseigneur ? demanda Buffalora.

Voyant son maître s'arrêter, le barbier avait doublé le pas.

— Ce que je fais? répondit le maréchal, je réfléchis.

— A quoi pouvez-vous réfléchir, monseigneur?

— Ne serait-il pas plus digne de moi de suivre les avis de Pantaléon !

— Et que désire donc Pantaléon? fit le scribe d'un ton railleur.

— Il me conseille de monter à cheval en sa compagnie et de piquer des deux jusqu'à mon château de La Palisse.

Tandis que le maréchal causait ainsi, le barbier Simon gagnait du terrin.

— Diable! pensa Buffalora, il faut frapper un grand coup. Au fond, je vois bien, dit-il tout haut, que vous n'aimez qu'à moitié madame Isaure !

A ce nom, La l'alisse tressaillit des pieds à la tête et son cœur se reprit à battre.

10.

Mais Pantaléon approcha et s'écria :

— Il ferait beau voir un homme de race comme le sire de La Palisse, un gentilhomme de la plus vieille noblesse de France, épouser une femme qui a été la maîtresse du roi.

Buffalora haussa les épaules.

— Barbier, mon ami, dit-il, vous n'êtes qu'un sot.

— Et pourquoi cela, maître scribe ? fit Pantaléon avec colère.

— Pourquoi ? mais parce que M. de La Palisse n'a jamais songé à épouser madame Isaure.

— Ah !... fit La Palisse ému et charmé, car cette réponse de son ancien scribe lui ouvrait des horizons tout nouveaux.

— M. de La Palisse, continua froidement Buffalora, va devenir jeune et beau, et madame Isaure sera trop heureuse d'accepter ses hommages.

Cette fois, Pantaléon fut battu.

Le bon sens du maréchal ne tint pas contre cette dernière combinaison de l'Italien, et il s'écria :

— Buffalora a raison, je verrai si madame Isaure m'aime pour moi et non pour mes châteaux et seigneureries. Barbier, mon ami, tu m'ennuies et tu ferais bien de t'en aller coucher.

Sur ces mots, La Palisse fouilla dans sa poche et en retira sa bourse.

— Tiens, dit-il à Simon, voilà pour faire chère lie, mon amie. Quand tu n'en auras plus, tu reviendras me voir.

— Ainsi, monseigneur, fit Pantaléon tentant un dernier effort, vous allez suivre cet homme ?

— Certainement, je vais le suivre.

— Mais savez-vous seulement où il vous mène ?

— Oui, chez la magicienne.

— Je vais avec vous, monseigneur.

— Je te le défends !

— Mais c'est peut-être un piège que vous tend ce maudit Italien.

— Et Jeannette ! dit le maréchal en frappant sur la garde de son épée.

C'était le nom qu'il donnait dans les grands moment à sa bonne rapière. Et comme le barbier insistait encore, le maréchal le reprit par les épaules et lui donna une forte poussée. Puis, il continua son chemin.

Buffalora était ravi. Tous deux traversèrent le quartier Latin et s'engagèrent dans le quartier qu'on appelle aujourd'hui le noble faubourg.

— Ah ! nous voici devant la demeure de la princesse, fit le maréchal en reconnaissant le palais milanais.

— Oui, monsieur, répondit l'ancien scribe en soulevant le marteau de la porte.

La porte s'ouvrit.

Le jour commençait alors à poindre et les premières clartés de l'aube blanchissaient les toits voisins. Le maréchal se trouva au seuil d'un long vestibule éclairé par une lampe suspendue à la voûte.

Au bout de ce vestibule étaient les premières marches d'un escalier.

— Venez, monseigneur, dit Buffalora qui avait refermé la porte derrière lui.

Puis il prit à sa ceinture un de ces sifflets d'argent dont se servait la Balbina et le porta à ses lèvres.

Au bruit, un être difforme accourut. Le maréchal reconnut le nain qu'il avait déjà vu à Milan. Le nain portait un flambeau ; il salua M. de La Palisse avec un éclat de rire peu respectueux.

— Tiens ! dit-il, c'est le seigneur qui n'a pas voulu épouser la princesse.

— Esclave ! dit Buffalora d'un ton sévère, si tu manques de respect au plus valeureux des guerriers français, je te ferai couper la langue. Où est la princesse ?

— Dans son oratoire, répondit le nain.

Et il gravit, le premier l'escalier, pour éclairer le maréchal, qui s'appuyait sur l'épaule de Buffalora

XI

EN CARROSSE

Que La Palisse, trompé par Buffalora, s'imagine que la magicienne va lui donner la jeunesse et la beauté qui le feront aimer de madame Isaure, soit ! Une telle crédulité était pardonnable en 1516 chez un homme de guerre.

A cette époque le mystérieux avait toujours raison. Louise de Savoie elle-même ne racontait-elle point que si son fils, le glorieux François, premier du nom, avait triomphé à Milan, c'est parce qu'une flèche de feu, vue par ses propres yeux, avait traversé les nues, au-dessus de la France !

Pour nous, qui sommes plus sceptiques et qui croyons moins à la magie qu'aux réalités tangibles, laissons en souriant le maréchal entrer chez la Balbina, et allons voir pendant ce temps-là si Hubert est parvenu à ramener la raison madame Isaure.

Eh bien, la chose avait été longue, mais le vieil Hubert avait la patience de son âge.

— Ah! que s'est-il passé? fit madame Isaure en ouvrant les yeux.

— Le maréchal de La Palisse vous a délivrée de votre bourreau.

— Oui, je me souviens. Ils se sont battus... C'est bien cela... Il l'a tué...

Et elle poussa un cri terrible.

— Mais alors mon enfant! mon enfant! demanda-t-elle.

— Rassurez-vous, je sais où il est. En mourant, le misérable a eu des remords... Il m'a tout dit.

— Et mon fils vit, au moins?

— Il vit!

— Où est-il? je veux le voir tout de suite...

Et, disant cela, Isaure se couvrit d'un vaste manteau qui reposait sur un meuble et prit place dans le fameux panier.

Hubert était affolé.

— Mais, madame, répéta-t-il, ce n'est pas prudent. Vous venez d'être affreusement malade. Attendons à demain.

— Ah! fit-elle avec une grande autorité, Amaury est mort, tu l'as dit. Je suis ma seule maîtresse maintenant. Fais jouer le secret.

Le vieux valet, qu'étonna fort la nouvelle attitude d'Isaure, mais qui était habitué à obéir, mit le pied sur le bouton que nous avons décrit.

Il allait donner la clef des champs à sa maîtresse quand il s'arrêta tout à coup.

— Eh bien? fit Isaure.

— Un moment, je vous en prie. C'est qu'il faut penser à tout. Qui sait si nous reviendrons jamais ici?

Et le prudent vieillard ramassa dans les corbeilles et sur les étagères les objets de prix qui restaient à Isaure, souvenirs du temps fortuné où elle s'appelait la Pâlotte.

— Tout cela pourra servir, dit-il en en formant un paquet. Maintenant, sortez d'abord, quand vous serez en haut, vous ferez redescendre le panier et vous appuierez sur le bouton correspondant, pour que je sorte à mon tour.

Ce qui s'opéra exactement. Dans les pièces du haut, Hubert se livra à de nouvelles perquisitions, s'empara de même de tous les objets de prix faciles à emporter, en emplit le vieux carrosse qui jadis servait à Amaury quand il venait de Fontainebleau à Paris, prit un sac de pistoles et dit :

— Attendez.

Puis il sortit et gagna de nouveau l'hôtellerie où reposait toujours Amaury entre les deux écoliers.

— Voici de quoi enterrer ce gentilhomme, dit-il à ceux-ci. Quant à vous, mon maître, ajouta-il en se tournant vers l'hôtelier, venez, que je vous parle.

Et il l'entraîna jusque dans l'écurie, où cinq ou six chevaux efflanqués n'auraient rien trouvé à manger dans le râtelier.

— Personne ne voudrait de ces bêtes-là, fit-il, moi, je vous en prends deux, toutes garnies.

En quelques minutes, l'affaire fut conclue. L'hôtelier lui-même se chargea d'atteler la voiture. Isaure prit place à l'intérieur. Hubert monta sur le siège, après avoir fermé les portes de la maison, et fouetta les chevaux.

Il n'avait pàs fait cinquante pas que deux incidents l'attendaient, deux incidents dont l'un devait

combler de joie Isaure, et dont l'autre allait
le malheureux Hubert dans une terreur é
C'était à quelques mètres de l'auberge où
était mort. Au moment même où Hubert pa
vant cette hôtellerie, l'hôtelier en sortait tou
en criant :

— Monseigneur ! monseigneur !

Hubert eut tort de se redresser fièrement.
lier ne l'appelait ainsi que parce qu'il avait
sement soldé.

— Monseigneur, vous avez oublié de vi
poches...

— A qui ?

— Au mort. Il y avait cela dedans.

Et il tendit un paquet. Isaure qui avait mi
à la portière, le saisit au passage. Ce paquet
tenait que des lettres, recélées par Amaur
ces lettres étaient le complément indispens
sa confession. Grâce à elles, madame Isaur
pouvoir retrouver son enfant !

Or, à l'instant précis où Hubert se retourna
écouter l'hôtelier, quatre hommes masqués,
officiers venaient précisément d'importer d
nais en France l'usage du masque, qui devai
ter tant d'intrigues ; — quatre hommes m
disons-nous, se glissaient contre les murailles
rêtaient devant la maison de madame Isaure,
duisaient une clef dans la serrure de la porte d
et pénétraient dans l'hôtel.

Rien ne nous empêche de faire connaître t
suite ces hommes.

Ils appartenaient à la maréchaussée.

Madame Claude, en effet, femme légitime de
çois Iᵉʳ, et, à ce titre, on ne peut plus jalou

madame Isaure, avait de fortes raisons de se méfier
d'Amaury le viveur, le joueur, le dépravé, et le faisait surveiller à prix de lourdes pistoles par le chevalier du guet.

Or, celui-ci, par une ronde faite quelques instants
auparavant, avait appris la mort d'Amaury et venait
en personne s'assurer de la présence de madame
Isaure, puisque cette belle paraissait tant inquiéter
madame Claude, qui payait si bien!

TROISIÈME PARTIE

LES SORTILÈGES DE LA BALBINA

I

LE MIROIR MAGIQUE

Pendant ce temps-là, le crédule maréchal n'avait qu'une chose en tête : rajeunir.

Aussi ne prêta-t-il que peu d'attention aux épais tapis qui recouvraient les marches de l'escalier de la magicienne et aux vases de fleurs exotiques placés à chaque repos. Au premier étage, le nain poussa devant lui les deux battants d'une porte en annonçant :

— Monsieur le maréchal de La Palisse !

Alors le maréchal s'arrêta ébloui. L'illusion était complète. La salle dont il venait de franchir le seuil ressemblait à s'y méprendre à celle du palais de Milan, dans laquelle il avait déjà vu la Balbina. C'étaient les mêmes tentures aux couleurs éclatantes, même clarté mate et voluptueuse projetée par des lampes à globes d'albâtre, et sur une sorte de trône, la Balbina dans son manteau rouge... la Balbina, toujours belle, et dont la pose savante dissimulait la difformité.

— Ah ! maréchal, dit-elle d'un ton moqueur, je savais bien que vous me reviendriez tôt ou tard.

Cette voix, où perçait l'ironie, déconcerta quelque peu le vieux guerrier.

— C'est Buffalora qui m'a amené, balbutia-t-il.

Il se retourna et fut fort étonné de ne plus voir son ancien scribe. Buffalora s'était éclipsé.

— Mais où est-il donc ? dit le maréchal.

— Buffalora est mon esclave, dit la Balbina, bien qu'il vous ait pris l'idée d'en faire mon mari, cher seigneur. Il n'est mon époux que pour le monde et, comme il sait que je vous aime toujours, je n'ai eu qu'un signe à lui faire pour qu'il nous laissât en tête-à-tête.

— Hum ! pensa le maréchal qui, tout en admirant la jolie tête de la Balbina, se souvenait de sa taille horrible et de sa bosse hideuse ; mais ce n'est pas pour elle que je suis venu ici !

Cependant il fit bonne contenance, et baisa fort galamment la main que la magicienne lui tendait.

— Je sais pourquoi vous êtes ici, fit-elle. Ma science n'ignore rien. Vous voulez rajeunir...

— Dame ! tout le monde à mon âge aimerait assez cela... fit le maréchal.

— Dans le but unique de vous faire aimer de madame Isaure ?

— C'est que... balbutia La Palisse.

— Ah ! cher seigneur, reprit-elle d'une voix harmonieuse et caressante, vous n'auriez pas besoin de vous rajeunir, pour que, moi, je vous aimasse...

— Bon ! pensa La Palisse, il paraît qu'elle tient beaucoup à mon amour ! Pourquoi, diable, aussi, est-elle bossue ?

La Balbina reprit :

— Ainsi, vous voulez rajeunir pour plaire à madame Isaure ?

— Puisque vous le savez... répondit-il.

— Quel âge désirez-vous avoir, vingt ans ou trente ?

— Oh ! trente, dit La Palisse. A vingt ans, on n'a aucun succès auprès des femmes.

— Eh bien, dit la Balbina, vos souhaits seront accomplis. Voyez-vous ce rideau ?

Et elle désignait de la main une draperie rouge qui paraissait masquer une porte.

— Il est assez visible.

— Savez-vous ce qu'il y a derrière ?

— Est-ce que je suis magicien, moi ? fit La Palisse.

— Un miroir.

— Eh bien ?

— Ce miroir va vous refléter, non tel que vous êtes, mais tel que vous serez.

— En vérité !

Et comme le maréchal poussait cette exclamation, les lampes perdirent de leur éclat ; il ne régna plus dans la salle qu'un demi-jour. La Palisse se dirigea vers le rideau pour l'écarter.

— Arrêtez ! dit la Balbina, j'ai encore quelques mots à vous dire.

— Parlez vite, je vous en prie, fit le maréchal, qui était pressé de se voir jeune.

— Vous me trouviez belle à Milan ?

— Mais je n'ai pas changé d'avis, répondit galamment le vieux guerrier.

— Alors pourquoi me préférez-vous madame Isaure dont le cœur s'est donné à un autre.

— Eh ! dame ! balbutia le maréchal, qui ne pouvait pourtant pas s'empêcher de penser que la Balbina était trop bien avec le Chevalier Noir.

Celle-ci continua :

— Vous aimez madame Isaure, et vous n'en serez certainement aimé que si vous redevenez plus beau que le roi François.

— Pendant que vous y serez... murmura-t-il.

— Moi, au contraire, reprit la Balbina, je vous aime comme vous êtes...

Le maréchal, pour brusquer la situation, fit un pas encore vers la draperie qui recouvrait le miroir magique.

— Je n'ai pas tout dit, s'écria la Balbina en l'arrêtant. Mon cher seigneur, je vous ai vu jadis à mes pieds.

— Il est vrai.

— Vous m'aimiez et vous alliez accepter ma main ; puis, quand je me suis levée, vous m'avez repoussée parce que ma véritable nature est d'être naine et bossue.

— J'avoue que j'ai été un peu désenchanté, murmura le naïf maréchal.

— Eh bien, prenez garde à ceci ; si je vous rajeunis, c'est que je renoncerai complètement à votre amour.

— Bon ! après ? fit La Palisse.

— Et si vous venez jamais à m'aimer, il sera trop tard.

— Ah ! soupira le maréchal, si votre corps était éternellement aussi beau que votre visage !...

— Vous m'aimeriez ?

— Comme un fou.

— Qui sait si ma magie ne parviendra pas à me transformer à jamais, comme je suis parvenue à transformer les autres ?... Tenez, continua-t-elle d'un ton railleur, je vais vous donner un conseil.

— Voyons.

— Renoncez à rajeunir, et oubliez madame Isaure.

— C'est impossible !

— Eh bien, dit la Balbina avec tristesse, écartez ce rideau.

La Palisse obéit. Tout à coup il vit se refléter dans la glace une image, confuse d'abord, puis qui devint plus distincte et représenta peu à peu sa taille, ses vêtements... Soudain il jeta un cri de joie... C'était bien son costume, c'était bien lui, et ce n'était pas lui. La tête était jeune, ombragée de beaux cheveux châtains qui frisaient... Cette apparition eut la durée d'un songe. L'image redevint confuse et s'effaça.

— Ah ! s'écria La Palisse ravi, est-ce donc ainsi que je serai ?

— Oui, dit la Balbina.

— Et dans combien de jours ?

— Avant la fin de la semaine.

— C'est long, dit l'impatient maréchal.

— Ce sera beaucoup trop tôt encore, répondit la Balbina, tout émue.

— Pourquoi donc, trop tôt ?

— Mais parce qu'avant ce temps vous n'aimerez plus madame Isaure !

— Oh ! par exemple !

— Ce n'est pas elle que vous aimerez, mon cher seigneur.

— Et qui donc, alors ?

— Ce sera moi.

La Palisse partit d'un éclat de rire très irrévérencieux.

— Prenez garde ! dit la magicienne, il en est temps encore. Voulez-vous demeurer tel que vous êtes ? voulez-vous m'aimer et m'épouser ?

— Vous savez bien que cela ne se peut, madame, reprit le maréchal.

— Tout est possible.

— Non, pas cela, puisque d'abord vous êtes mariée à Buffalora.

— Et qu'ensuite je suis bossue, n'est-ce pas ? ricana la Balbina.

Le maréchal garda un silence éloquent.

— Une dernière fois, le voulez-vous ? fit-elle encore.

— Non, j'aime madame Isaure, répondit l'entêté seigneur de La Palisse.

— Eh bien ! dit la magicienne, qu'il soit donc fait comme vous le désirez.

Elle avait une baguette à la main. Avec cette baguette, elle frappa sur un timbre. Aussitôt les lampes s'éteignirent, et le maréchal se trouva plongé dans les ténèbres.

— Mort de ma vie ! s'écria-t-il, que faites-vous donc, madame ?

Un éclat de rire lui répondit. Un éclat de rire, moqueur et sarcastique, que suivirent ces mots :

— Pauvre fou !

Puis les ténèbres se dissipèrent, une main invisible ralluma les lampes, et M. de Là Palisse, qui marchait de surprises en surprises, se trouva seul.

— Décidément, murmura le maréchal, je crois que j'ai eu tort de revenir chez cette sorcière.

— Peut-être plus que vous ne le pensez, monseigneur, dit une voix railleuse derrière lui.

Le maréchal se retourna et vit Buffalora.

— Ah ! c'est toi, fit-il. Tu étais là ?

— Oui, derrière la porte.

— Et tu as entendu ?...

— Tout.

— Alors tu n'as pas à être jaloux...

— C'est vous qui le serez, maréchal.

— Pourquoi donc ?

— Parce que, dans une heure, vous serez amoureux fou.

— De qui ?

— De la Balbina.

Le maréchal se reprit à rire, mais, tout à coup, son rire s'éteignit, et il demeura la bouche béante et l'œil fixé sur le miroir magique dans lequel apparaissait maintenant la Balbina. Non plus la naine horrible, la bossue hideuse, essayant de se cacher dans les plis d'un manteau, mais la Balbina que les nains poursuivaient aux portes de Milan, svelte, gracieuse, au port de reine, et plus belle de visage qu'elle ne l'avait jamais été. Cependant sur ses traits s'étendait un voile de mélancolie que dans les courtes apparitions qu'elle avait faites devant lui, il n'avait pas encore eu le temps d'observer et qui l'émut profondément... Aussi ne se lassa-t-il point

de contempler dans le miroir magique la divine créature qui en faisait un si magnifique tableau. L'apparition se montrait complaisante et ne se hâtait point
de s'effacer et de devenir une image confuse comme
tout à l'heure celle de La Palisse, telle qu'il devait
être bientôt, et qui n'avait fait que se montrer et
disparaître...

— Eh bien, maréchal, dit la Balbina d'une voix
sombre, avais-je tort ?

— Oh ! que vous êtes belle ! murmura le maréchal.

Un grognement retentit auprès de lui. C'était maître Buffalora qui se manifestait. Alors l'image s'effaça graduellement et le rideau retomba sur le miroir magique.

— Je rêve..., je rêve... murmurait le maréchal.

Mais après la disparition complète de l'image,
l'émotion de La Palisse se calma peu à peu.

— Tout cela n'est que magie, finit-il par dire !

— Ah ! vous avez bien raison, monseigneur, ap-
prouva Buffalora, et ce qu'il y a de mieux à faire
est encore d'oublier ce que vous venez de voir...
Croyez-moi, ne pensez qu'à la bosse difforme de la
princesse et à la beauté sans égale de madame Isaure,
pour qui vous êtes venu ici.

— Ah ! ah ! dit le maréchal, c'est là le conseil que
tu me donnes, mon maître ?

— Oui, monseigneur.

— Est-il sincère ?

— Oh ! très sincère.

Le maréchal se mit à rire et toisa son ancien scribe
d'un air vainqueur.

— Je t'inquiète ? fit-il.

— Oh ! il n'y aurait pas lieu, dit Buffalora. Vous avez refusé tout à l'heure l'amour de la Balbina.

— C'est pardieu vrai !

— Vous ne pouvez à présent songer à l'aimer.

— Ah ! pardon, fit La Palisse, si elle consentait à rester auprès de moi telle que je viens de la voir...

Buffalora répliqua par un rire moqueur.

— En vérité, monseigneur, dit-il à la fin, vous avez refusé l'amour de la Balbina ; à présent ne le demandez pas, il est trop tard !

Une voix mystérieuse, perdue dans l'espace, comme un écho lointain, répéta ces deux mots :

— Trop tard !

— Jour de Dieu ! s'écria La Palisse, je n'ai jamais eu peur sur un champ de bataille, et voici que je tremble dans cette maison habitée par des nains.

— Voyons, monseigneur, reprit Buffalora, souvenez-vous de madame Isaure !

— C'est la Balbina que je veux !

— Soit, mais laquelle ? la bossue ou l'autre ?

— L'autre, répondit le maréchal, celle qui est droite comme un peuplier.

— Eh bien, vous allez voir, monseigneur, si je suis tranquille sur son compte. Voulez-vous souper avec elle ?

— Ah ! par exemple ? maudit sorcier, s'écria La Palisse, voilà qui serait curieux.

— De souper avec la Balbina.

— Oui.

— Eh bien, que cela soit ! répondit l'Italien.

— Que cela soit ! répéta l'écho mystérieux.

Au même instant, les deux battants d'une porte

s'ouvrirent dans le fond de la salle. Et par cette porte pénétrèrent, avec des torrents de clarté, quatre jeunes filles qui portaient une table merveilleusement servie. Des mets savoureux y fumaient. On voyait étinceler, à travers le cristal des flacons, des vins jaunes ou vermeils. En même temps, une musique enchanteresse soupirait dans l'éloignement.

— Mort de ma vie ! s'écria le maréchal, pince-moi donc le bras, Buffalora, car je crois bien que tout cela est un rêve, et je parierais volontiers que je dors de tout mon cœur, couché sur le lit assez dur de mon hôtellerie.

— Vous ne dormez pas, monseigneur.

— Vrai ? fit La Palisse.

Et pour s'en assurer, le maréchal saisit les mains d'une des quatre jeunes filles et les couvrit de baisers. Buffalora ricana.

— Voilà, monseigneur, de quoi vous faire oublier la Balbina !

— Jamais ! si elle consent à rester telle que je viens de la voir.

— Mais c'est ma femme ! s'écria le scribe.

— Tarare ! dit le maréchal, je m'en moque.

II

LE SOUPER FANTASTIQUE

L'odeur des viandes fumantes, les sons de cette musique qui partait d'un orchestre invisible, achevaient de compléter l'œuvre commencée par les événements multiples de la nuit.

Le maréchal était si fort surexcité qu'il frappa du poing sur la table et dit :

— Je veux la Balbina.

— Me voici, répondit une voix harmonieuse.

Le maréchal jeta un nouveau cri, — un cri d'enthousiasme et d'admiration. La jeune femme qu'avait vue La Palisse dans le miroir magique, entra et vint à lui en souriant ! La même tête qui, tout à l'heure, semblait si déplacée sur le corps difforme de la magicienne avait maintenant, sous un cou de cygne d'une éblouissante blancheur, un piédestal digne d'elle. Seulement on eût dit que cette tête, profitant de ce merveilleux secret que possédait la magicienne, était devenue plus jeune encore.

— A table, monseigneur ! dit la Balbina.

C'était bien la même voix, mais plus douce, plus caressante encore et qui avait perdu son timbre railleur. La Palisse tomba à genoux et prit la main de la jeune fille :

— Ah ! vous aviez raison, dit-il, c'est vous seule que j'aime.

— Il est trop tard ! fit-elle avec tristesse.

Et elle alla s'asseoir devant la table, et força le maréchal à se placer à sa droite. Buffalora voulut prendre place aussi.

— Arrière ! dit La Palisse, que la folie gagnait.

— Comment ! fit le scribe, est-ce que vous ne voulez pas que je soupe avec vous ?

— Non, exclama durement le maréchal.

— Mais... monseigneur...

— Va-t-en ! bouffon... je veux être seul avec mon adorée.

Et il tendit sa coupe à la jeune fille qui la lui remplit d'un vin plus jaune que l'ambre de l'Arabie.

— Je chanterai vos amours, dit l'Italien.

— Mes amours avec la divine Balbina ?

— Oui, monseigneur.

— Alors, reste, bouffon, dit La Palisse en buvant de nouveau.

Et il osa prendre un baiser sur la joue de la magicienne, qui rougit...

— Chante, bouffon, fit-il.

Mais la Balbina répliqua :

— Pas encore ! les danses avant le chant.

Chose bizarre ! En parlant ainsi il semblait qu'elle répétât une leçon. Puis elle lui versa à boire, mais non sans un certain embarras. Buffalora fit un signe à l'une des quatre jeunes filles qui servaient le repas.

Soudain une porte s'ouvrit à chaque coin de la salle, et par chacune de ces portes entra un groupe de jeunes filles, qui, semblables aux premières, se tenaient deux par deux, les mains enlacées, exécutant des danses gracieuses, au son de l'orchestre invisible devenu plus bruyant. Le maréchal buvait toujours, continuait à voler des baisers sur la joue de plus en plus rouge de la Balbina et s'enivrait d'harmonie autant que de vins généreux.

— Mais chante donc, bouffon ! dit-il encore.

— Tout à l'heure, monseigneur.

— Chante ! je le veux ! chante mes amours ! vive la diva Balbina ! mais chante donc, je te l'ordonne !

L'Italien se leva alors, et les danses cessèrent, les jeunes almées disparaissant par les quatre portes... La Palisse s'attendait à une improvisation poétique, à des vers inspirés ; il n'en fut rien.

Tandis que la Balbina, timide, confuse, osait à peine lever ses grands yeux d'azur sur les petits yeux incandescents du maréchal, Buffalora, devançant la postérité, chanta sur un rythme qui trouverait sa place aujourd'hui dans un opéra-bouffe, ces paroles encore plus grotesques :

> Monsieur de La Palisse est mort,
>   Mort de maladie...
> Un quart d'heure avant sa mort
>   Il était encore en vie !

— Drôle ! s'écria le maréchal furieux, te moques-tu de moi ?

— Non, répondit la magicienne, puisque je vais te rendre à une vie nouvelle.

— Ah ! c'est juste, dit La Palisse dont la colère s'évanouit.

Et il allait saisir dans ses bras nerveux la taille de guêpe de la Balbina.

Elle jeta un cri, s'éloigna brusquement de lui et les lampes s'éteignirent soudain...

Quand leur clarté brilla de nouveau, la magicienne, froide, impassible, était assise sur des coussins et fièrement drapée dans son long manteau.

Auprès d'elle un de ses nains tenait un plateau qui portait une fiole et une coupe. La magicienne dit solennellement :

— Monseigneur, pour que je conserve la forme qui vous plaît tant, il faut que vous sortiez triomphant d'une épreuve à laquelle je vais vous soumettre.

— Je ferai mon possible, répondit La Palisse.

D'un geste, la magicienne l'attira auprès d'elle, lui passa ses bras blancs autour du cou et poursuivit :

— Buffalora avait raison, mon doux seigneur, le sire de La Palisse est mort.

— Comment, mort ?

— Oui, car si vous voulez m'aimer, il faut que vous quittiez ce monde.

— Hein ? fit le maréchal en se levant brusquement.

— Je vous emmènerai avec moi dans un pays enchanté, et nous y vivrons éternellement en nous aimant d'un éternel amour.

— Diable ! fit le maréchal, mais le roi François qui a besoin de moi pour lui gagner des batailles ?

— Le roi trouvera d'autres capitaines.

— Et mon manoir de La Palisse que je voulais restaurer ?

— Nous aurons un palais d'or et de rubis digne d'un royaume de fées.

Après avoir parlé ainsi, elle dit quelques mots en italien. Le nain prit le flacon et emplit la coupe d'une liqueur jaune.

— Prends, dit-elle à La Palisse.

— Qu'est-ce que ceci ? demanda-t-il.

— Le poison qui te donnera la vie nouvelle en t'arrachant d'abord à celle-ci.

Mais le maréchal repoussa la coupe.

— Ah ! ma toute belle, vous avez tort de faire fi du monde où nous sommes ; je vous jure qu'il contient de bonnes choses, et nous ferons bien d'y rester.

— Oh ! vous ne m'aimez pas ! dit la Balbina avec un accent déchirant.

— Si, mais le sire de La Palisse a peur de la mort, murmura Buffalora.

— Sang Dieu ! exclama le maréchal à qui ce reproche fit dresser les cheveux sur la tête, on ne me dira pas deux fois que j'ai eu peur. Donnez-moi la coupe, donnez...

Nul ne lui répondit.

Mais la Balbina se leva et s'approcha de lui...

Il jeta un cri de colère et d'indignation...

Elle était redevenue naine et bossue !

— Il fallait faire à temps ce que je vous demandais, dit-elle froidement.

III

OU LA PALISSE DEVIENT SAGE

Pendant quelques minutes, le maréchal demeura frappé de stupeur et comme foudroyé.

Il regardait la Balbina d'un air hébété, passait la main sur ses yeux et cherchait à se convaincre qu'il n'était pas le jouet d'un rêve. La magicienne s'était mise à rire d'un rire satanique, et, malgré sa belle tête, était vraiment hideuse. Le maréchal sentit un flot de colère lui monter du cœur au cerveau.

— Ah ! sorcière de malheur ! dit-il, quand auras-tu fini tes magies et tes sortilèges ?

— Vous ne m'aimez donc plus ? fit-elle en ricanant.

— Je t'ai en exécration, mégère !

Mais la Balbina cessa de railler et de sourire.

— Tout cela est de votre faute, dit-elle. De quoi pourriez-vous m'en vouloir ? Si vous m'eussiez obéi, je serais demeurée telle que j'étais.

— Merci ! dit La Palisse, j'aime mieux m'attacher à une femme moins belle et ne pas quitter ce monde.

Elle haussa les épaules.

— Vous avez été fou, fit-elle, car ce n'était qu'une épreuve.

— Comment ? ce n'était pas la mort que vous m'offriez ?

— Non ; c'était l'amour, le bonheur.

Parlant ainsi, la Balbina saisit la coupe demeurée pleine sur le plateau — cette coupe emplie de ce jaune breuvage qu'elle avait dit être du poison, — et la vida d'un trait.

Puis elle reprit place sur les coussins qui dissimulaient si bien sa difformité, et se drapa de nouveau dans les plis majestueux de son manteau rouge.

En même temps, sa jolie tête avait repris une expression de douceur mélancolique.

— Pourtant vous êtes belle ! murmura le maréchal. Oh ! que n'êtes-vous restée comme vous étiez cette nuit !

— Il est trop tard, répondit-elle avec tristesse.

— Ainsi vous demeurerez bossue ?

— Jusqu'au jour où j'aimerai un homme qui m'aimera. Mais vous, je ne vous aime plus, car vous avez douté de moi. D'ailleurs, ce n'est point pour m'aimer que vous êtes venu ici.

La Palisse soupira et se tut. Quand il n'apercevait plus que l'adorable tête de la Balbina, lorsque le corps hideux de la magicienne avait disparu sous les plis du manteau rouge, un charme invincible l'attirait vers elle.

— Je crois, murmura-t-il enfin, que j'aurais mieux fait de suivre le conseil de Pantaléon qui voulait que je m'en retournasse à La Palisse.

— A votre aise, dit la magicienne. Et, certes, vous aurez raison, car il est fort possible que, tout rajeuni que vous puissiez être, madame Isaure ne vous aime jamais.

En parlant ainsi, elle se leva de nouveau, laissa tomber le manteau et rompit ainsi le charme.

— Telle que vous êtes, dit le maréchal, vous me faites horreur !

Et il prit le bras de Buffalora.

— Viens, fit-il, allons-nous-en de cette maison. La tête m'y tourne et la folie commence à m'y gagner. Adieu, madame, magicienne ou princesse, sur ma parole, vous êtes une étrange femme.

Il fit un pas vers la porte, mais elle le retint d'un geste :

— Mon cher maréchal, dit-elle, je ne vous aime plus d'amour, mais je vous ai aimé, et je veux rester votre amie. Si madame Isaure vous tient trop au cœur, revenez, et je vous rendrai vraiment pour elle votre jeunesse, vos fines moustaches et votre taille élégante de cavalier de vingt ans.

Mais le maréchal secoua la tête.

— Non, dit-il, je suis un vieux cheval de bataille, et décidément j'aime autant garder mon vieux harnais.

Il la salua une dernière fois et sortit.

— Je crois que vous avez raison, monseigneur, murmura hypocritement Buffalora, ma femme est diabolique, et rester plus longtemps ici serait peut-être risquer le salut de votre âme ?

— Tu dis vrai. Me reconduis-tu ?

Et ils s'en retournèrent par les salles jonchées de tapis et les escaliers garnis de fleurs. Des lampes discrètes, placées de distance en distance, guidaient leurs pas. Ce ne fut qu'au bas de l'escalier que la lumière du jour les rejoignit, car il faisait jour depuis longtemps et les rayons du soleil de midi tombaient d'aplomb sur le pavé. Deux hommes étaient venus attendre le maréchal dans la rue. C'étaient Simon l'écolier et le barbier Pantaléon.

— Ah ! monseigneur ! murmura le barbier en sautant au cou de son maître et en versant des larmes de joie, si vous n'étiez la plus vaillante épée du royaume, je vous eusse cru mort !

IV

UNE LETTRE POUR LA PALISSE

Le maréchal, qui d'ordinaire rudoyait Pantaléon, lui serra la main et lui dit :

— Fais-moi grâce de tes questions. Je vais avec toi.

— Où cela, monseigneur ?

— A la Palisse.

— Quand partons-nous ? demanda vivement le barbier.

— Mais tout de suite, si tu veux.

— Rien n'est plus facile, monseigneur ; rentrons vite à l'hôtel ; nos chevaux seront sellés en moins d'une heure.

— Eh bien, allons, reprit La Palisse en hâtant le pas.

— Monseigneur, dit Pantaléon en se penchant à l'oreille de son maître, nous n'emmènerons pas cet homme, au moins ?

Et il désignait Buffalora qui n'eut pas de mal à comprendre qu'il était question de lui.

— Monsieur le maréchal, dit-il, n'écoutez pas votre barbier. A moi aussi, la magicienne fait peur. J'aime mieux redevenir votre simple scribe pour chanter vos exploits.

— Drôle ! dit le maréchal, si c'est comme cette nuit, tu peux te dispenser d'accorder ta lyre.

— Oh ! non, monseigneur, je vous le jure, je chanterai votre gloire en beaux vers de huit pieds... Vous verrez...

L'Italien parlait si humblement, que l'on eût dit qu'il n'avait pas dîné. Le maréchal en eut pitié :

— Eh bien, soit, dit-il, tu nous accompagneras. Toi aussi, l'ami Simon, tu me plais.

Pantaléon fit la grimace, mais il n'osa contrarier son maître, et les quatre hommes continuèrent leur route. Ils passèrent les ponts et, tout en devisant, arrivèrent à l'hôtel de la rue des Lions, où Pantaléon se hâta de commander les chevaux. La Palisse, qui avait encore sur le dos les habits de gala qu'il avait mis la veille pour se rendre chez le roi, endossa son pourpoint de gros drap et chaussa ses éperons.

— Cependant, dit-il, comme il allait monter à cheval, une chose m'embarrasse, barbier, mon ami.

— Laquelle ? demanda Pantaléon inquiet.

— Je ne puis pas quitter Paris sans saluer le roi.

— Qu'à cela ne tienne, dit le barbier, le roi chasse aujourd'hui dans la forêt de Fontainebleau. Nous l'irons saluer en passant. C'est sur notre route.

— Amen ! dit le maréchal qui mit le pied à l'étrier.

Mais, en ce moment, le suisse rentra tout essouf-
flé dans la cour de l'hôtel.

— Monseigneur, dit-il en s'essuyant le front, où,
malgré l'affreux froid qu'il faisait, la sueur perlait,
je vous ai cherché partout pour vous remettre cette
lettre qui est très pressée, paraît-il.

— Qui te l'a donnée ? fit le maréchal en brisant
le cachet.

— Une personne qu'un vieillard a amenée ici cette
nuit même et que, n'ayant pas d'ordre, je me suis
refusé à recevoir.

— Mais comment s'appelle-t-elle ?

— Madame Isaure, à ce qu'elle m'a dit.

— Imbécile ! fit le maréchal, tressaillant d'une
émotion subite.

— Malédiction ! murmura le barbier.

Le maréchal lut tout haut :

« Monseigneur,

» Je n'ai plus d'espoir qu'en vous, qui seul pouvez me rendre mon enfant. M'abandonnerez-
vous ? »

— Non, de par Dieu ! s'écria La Palisse, qui retrouva son enthousiasme et sa jeunesse de cœur.

— Nous sommes perdus ! murmura le pauvre barbier Pantaléon.

Mais le maréchal continua sa lecture :

« Sur votre invitation, disait encore la lettre,
Hubert m'a conduite à votre hôtel, mais votre suisse
n'ayant pas reçu d'ordres, s'est refusé à nous recevoir. Vous nous trouverez rue de la Calandre, à
l'hôtellerie du *Bon Hermite*, où Hubert a des amis.

Tout et tous me font peur. Je ne puis avoir foi qu'en vous. »

— Je vole rue de la Calandre, dit l'ardent quinquagénaire.

Et il poussa son cheval hors de la cour.

Ce que voyant, le barbier, le scribe et Simon l'écolier, qui tous trois étaient en selle, se mirent à le suivre.

Le maréchal avait lancé son cheval au galop. Cinq minutes après, il s'arrêtait sous le porche vermoulu de l'hôtellerie du *Bon Hermite*.

— Le diable s'en est mêlé ! grommela le barbier, à qui La Palisse jeta la bride de son cheval.

— Hélas ! soupira Simon l'écolier.

Buffalora riait sous cape, comme s'il eût prévu ce qui était advenu.

Mais déjà le maréchal se précipitait à l'intérieur de l'hôtellerie. Il avait oublié le roi ; il avait oublié son vieux château ; il avait oublié la Balbina ; il ne savait plus qu'une chose, c'est que madame Isaure avait besoin de lui, et il pensait qu'il n'avait qu'à lui rendre son enfant pour qu'elle fût bien près de l'aimer. Elle le reçut dans une petite chambre dont les fenêtres donnaient sur un jardin planté de vieux arbres. Les oiseaux chantaient dans les ormes dont la cime était caressée par les rayons du soleil. Un vrai paysage de Gaston Coindre.

En plein jour, madame Isaure, que le maréchal trouva vêtue de noir et à demi-couchée sur une ottomane, madame Isaure, disons-nous, était encore plus belle qu'à la clarté des bougies. A sa vue, le maréchal sentit se réveiller en lui, plus vivace que jamais, cette passion violente qui le tenait

12

au cœur depuis bientôt trois années, et qui, jusque-
là, n'avait vécu que d'espérance. La Pâlotte lui tendit la main.

— Ah ! venez, dit-elle, venez. Si vous m'aban-
donnez aussi, je suis perdue.

Le barbier et Simon étaient demeurés dans la rue,
occupés à tenir les chevaux. Buffalora seul avait
suivi le maréchal. Mais celui-ci le cloua d'un geste
impérieux au seuil de la chambre, ferma la porte et
se vint agenouiller devant la jeune femme, dont il
porta la main à ses lèvres.

— Madame, lui dit-il, Dieu me sera témoin que
tout ce qui est humainement possible de faire, je le
ferai pour retrouver votre enfant.

— Ah ! dit-elle, je sais où il est. Des lettres trouvées sur Amaury m'ont tout appris.

— Parlez !

— Il est aux mains d'affreux bandits qui avaient
été salariés par ce misérable.

— Et ils refusent de vous le rendre ?

— Ils demandaient à Amaury, pour le lui donner,
deux mille écus d'or. A moi, ils en demanderont
quatre mille.

Elle baissa la tête et murmura tout bas :

— Et je n'ai pas le quart de cette somme énorme.

— C'est le prix de ma plus pauvre seigneurie, dit
en riant La Palisse. Seulement, vous pensez bien
que je n'ai pas cette somme en mon escarcelle. Mais
si ces misérables se veulent fier à ma parole, ou
tout au moins à mon paraphe, ils seront payés le
lendemain.

Madame Isaure se prit à fondre en larmes, et, à
son tour, elle porta, dans sa reconnaissance, la main
du vaillant capitaine à ses lèvres.

— Holà ! cria La Palisse, en entr'ouvrant la porte, holà ! Hubert ! J'ai une idée meilleure.

Le vieux valet accourut aussitôt ; sa précipitation même était telle qu'il renversa Buffalora qui se trouvait dans l'antichambre.

— Où est cet enfant ? demanda le maréchal.

— Aux mains des truands.

— Et les truands, où sont-ils ?

— Madame Isaure ne vous a donc point fait part des lettres que lui a remises l'hôtelier, chez qui messire Amaury est mort ? La femme à qui notre bourreau avait remis l'enfant a pris la première nourrice qui s'est présentée. Or cette nourrice n'était autre que la sœur de lait de madame Isaure, qui, instruite de tout, se dévouait. Elle a traversé la France, elle est entrée en Italie pour fuir les truands qu'avait mis à ses trousses messire Amaury en apprenant le dévouement de cette femme. Mais les truands sont parvenus à s'emparer de l'enfant à Milan. Aujourd'hui ils sont, comme le roi, de retour à Paris, et donnaient à Amaury un rendez-vous pour ce soir, huit heures, au bord de l'eau, en aval de la tour de Nesle.

— Et ces truands auront l'enfant avec eux ?

— Non, mais si on leur bâille la somme qu'ils demandent, ils iront le quérir.

Tandis que Hubert parlait, le maréchal avait réfléchi :

— Tiens ! dit-il, tu vois cet anneau ?

Et il retira de son doigt une grosse bague ornée de ses armes en ajoutant :

— Porte cela rue des Marmousets, à l'enseigne du « Collier de perles », chez le juif Samuel, qui est le plus riche orfèvre de Paris.

— Je le connais, dit le vieux valet.

— Il connaît bien mieux cette bague, poursuivit La Palisse. Je la lui ai engagée plus de quinze fois, dans des cas semblables.

— Que lui dirai-je, fit Hubert.

— Tu lui demanderas dix mille écus d'or, avec lesquels tu iras au rendez-vous des truands. Tu leur donneras ce qu'ils voudront, pourvu que l'on nous amène cet enfant.

Hubert s'inclina, et La Palisse se remit aux pieds de madame Isaure.

Il était presque nuit lorsque le vieux valet revint.

Il conduisait l'enfant par la main.

Madame Isaure jeta un cri, entoura la petite créature de ses bras et la couvrit de baisers.

Alors messire de Chabannes, sire de La Palisse, fut pris d'un grand sentiment chevaleresque :

— Madame, dit-il, il faut donner un père à cet enfant.

Isaure tressaillit et regarda le maréchal.

Il poursuivit :

— Si vous le voulez bien, je vous emmènerai dès demain dans mon château de La Palisse.

— Et pour quoi faire? dit-elle naïvement.

— Mais pour vous épouser, donc !

Madame Isaure baissa la tête et ne dit pas un mot. Seulement, au bout de quelques minutes, le maréchal, qui attendait une réponse, vit une larme briller dans ses yeux.

— Quoi! je vous fais de la peine, dit-il.

Elle se tut encore et continua à pleurer.

— Ah ! reprit le pauvre maréchal, vous ne voulez donc pas m'aimer ?

Et il se remit à genoux devant elle.

— Je vous aimerai comme un père, dit-elle enfin.

Cette réponse était bien faite pour rendre furieux le vieux guerrier.

— Tonnerre ! dit-il en se levant ; mais vous ne savez donc pas ?

Elle le regarda avec étonnement. Il continua d'une voix plus calme :

— Vous ne savez donc pas que je puis redevenir aussi jeune et aussi beau que votre roi François que vous aimez encore et qui a eu le temps de vous oublier.

Elle le crut fou et tint fixés sur lui ses grands yeux tristes.

— Vraiment ? Est-ce possible ? dit-elle.

— C'est possible, et cela sera. Donnez-moi seulement huit jours.

— Oh ! je vous les donne de grand cœur, fit madame Isaure, qui savait bien qu'ainsi elle ne s'engageait à rien.

— Et si dans huit jours je vous reviens jeune, les cheveux noirs, le teint clair, m'épouserez-vous ?

— Oui, dit la jeune femme en s'empêchant de rire.

Le maréchal bondit hors de la chambre, et saisissant Buffalora qui l'attendait dans le corridor :

— Conduis-moi chez ta femme, dit-il.

— Comment ! vous y voulez retourner, monseigneur ?

— Oui, je prendrai le breuvage ; je boirai tout ce qu'elle voudra, fût-ce la mort !

V

L'OISEAU EST ENVOLÉ

Qu'était devenu Maulévrier ?

Gaston, chassé par le maréchal et se voyant déshérité par avance, s'en était allé d'autant plus pi-
teusement du cabaret où le sire Amaury agonisait,
que sa retraite permettait à La Palisse de rester
seul auprès de madame Isaure. Or, nous savons que
le pauvre garçon aussi était absolument épris de
l'ancienne maîtresse du roi. Nous savons également
qu'au moment où il croyait tout perdu il avait été
consolé par Buffalora, qui, l'ayant rejoint, le récon-
forta en quelques mots et l'engagea à retourner chez
le roi. Déjà le jour paraissait. Les cours intérieures
de l'hôtel des Tournelles retentissaient d'un joyeux
vacarme. A la fête de nuit, la fête de jour allait
succéder. François, en finissant de souper, avait
dit :

— Qui m'aime me suive ! J'ai bonne envie d'aller courre un cerf en forêt de Fontainebleau.

Et comme on suivait le roi partout où il lui prenait fantaisie de se rendre, Maulévrier trouva tous les courtisans à cheval. François aperçut le filleul du maréchal et l'appela :

— Est-ce que tu n'aimes point la chasse, toi ? lui dit-il.

— Mais tout au contraire, Sire.

— Alors tu es de ma suite ?

Gaston de Maulévrier avait pris un air aimable ; un sourire glissait sur ses lèvres.

— Je ne sais pas, dit-il, si le service de Votre Majesté me permettra de l'accompagner.

— Mon service ?

— Oui, Sire.

— Que t'ai-je donc commandé ?

— N'est-il pas convenu que je dois rechercher la Pâlotte ?

— Ah ! c'est juste, fit le roi, mais tu commenceras tes recherches ce soir.

— Non pas, Sire, c'est ce matin même.

— Hum ! fit le roi, mais tu es donc plus pressé que moi ?

— Ah ! dame ! j'ai bien besoin des vingt mille écus... Et puis...

— Et puis, quoi ?

— Je crois que je suis sur la trace.

Le roi fit un soubresaut sur sa selle, car il était déjà à cheval lorsque Gaston était entré dans la cour de l'hôtel.

— Tu dis que tu es sur la trace... de... la Pâlotte ?

— Je le crois, Sire.

— Pâsques-Dieu ! comme disait le roi Louis XI, s'il en est ainsi, je te suis, Maulévrier, et je chasserai un autre jour.

— Non pas, dit Gaston, si Votre Majesté me suivait, elle gâterait tout.

— En vérité !

— Et puis, je suis sur la trace, mais je n'ai pas dit à Votre Majesté que je retrouverais la Pâlotte aujourd'hui...

Le front de François 1er s'était chargé de nuages, et l'on voyait qu'il n'avait plus la moindre envie de s'en aller à Fontainebleau.

Mais Maulévrier lui dit :

— Courrez votre cerf, Sire, et soyez patient jusqu'à demain soir.

— Et... demain soir ?

— Votre Majesté se souvient-elle encore du temps où elle fréquentait le pays Latin ?

— Oui, mais alors je n'étais que le duc d'Angoulême.

— Et maintenant le duc d'Angoulême règne. Mais la nuit, quand le couvre-feu est sonné, le peuple pense que son roi dort aux Tournelles.

— C'est juste.

— Et rien n'empêcherait le roi de redevenir le duc d'Angoulême pour quelques heures.

— Au fait, tu pourrais bien avoir raison. Donc, ajouta François, c'est un rendez-vous que tu me donnes !

— A peu près, Sire.

— En quel endroit ?

— De l'autre côté de l'eau, à l'entrée de la rue Saint-André-des-Arts.

— A quelle heure ?

— Après le couvre-feu.

— J'y serai, dit le roi.

Et il donna congé à Maulévrier et partit pour
ntainebleau avec sa suite.

Maulévrier, lui, quand le roi fut parti, au lieu de
ourner chez madame Isaure, comme on pourrait
croire, gagna le logis qu'il avait dans les combles
l'hôtel des Tournelles et se mit avec empresse-
nt au lit. Son sommeil d'adolescent avait douze
ures de retard. La chambre voisine de la sienne
it occupée par un jeune page du pays de Savoie
i l'avait pris en grande affection. Le page, qui
vait point suivi le roi et qui savait que Gaston
it monté se coucher comme se levait le premier
yon du soleil, ne le voyant pas reparaître, se décida
frapper à sa porte. Maulévrier dormait encore,
en que la journée se fût écoulée tout entière, et il
vait depuis sept ou huit heures qu'il était l'heu-
ux époux de deux femmes. Il est vrai que l'une
ppelait madame Isaure et l'autre la Pâlotte, ce
i ne l'exposait nullement à la pendaison promise
x bigames.

Le page l'éveilla en lui disant :

— Vous dormiez bien, messire ?

— J'étais las.

— Il est venu un seigneur qui voulait vous parler
qui, vous voyant dormir si profondément, a été
s de pitié. Au lieu de vous réveiller, il a écrit chez
i ce billet pour vous.

— Ah ! ah ! Et quel est ce seigneur ?

— Un Italien, le prince Balbini.

— Vite ! où est son billet ?

— Le voici.

Maulévrier brisa le cachet et lut :

« Carissimo mio,

» Notre vieux fou revient à l'instant se mettre
tre les mains de la Balbina ; nous le garderons tr
jours ; mettez le temps à profit. Madame Isa
n'est plus rue Saint-André. Si vous tenez à connaî
sa retraite, faites-moi signe. »

— Oh ! mais, cela va encore bien mieux que je
pouvais l'espérer, murmura Maulévrier. Ma soi
de demain ne sera pas perdue.

. . . .

Le lendemain, en effet, comme on venait de s
ner le couvre-feu, deux hommes sortirent de l'h
des Tournelles par ce que l'on appelait la pote
du bord de l'eau. Ils étaient encapuchonnés d
leurs manteaux et parlaient à voix basse. L'un d'
fit entendre un coup de sifflet. A ce bruit, une pe
barque quitta le large du fleuve et vint touche
berge.

En même temps il cria :

— Est-ce toi, Maulévrier ?

La voix bien connue du pauvre filleul déshé
lui répondit :

— C'est moi qui cherche les femmes disp
rues.

Le roi, — car c'était lui qui venait de quitter
Tournelles, — sauta lestement sur la berge et de
dans la barque.

— Ma foi ! dit-il tout bas à Maulévrier, un roi
France court toujours plus de risques par les r
qu'un duc d'Angoulême. A tout hasard, je

uis fait accompagner par un capitaine de mes gardes.

— Vous avez bien fait, répondit Maulévrier.

— Et... demanda le roi avec émotion, la Pâotte ?

— Je l'ai retrouvée...

— Où est-elle ?

— Dans sa maison... je vais vous y conduire.

— Vite, dit le roi, qui saisit l'une des rames.

En dix minutes, on fut sous l'hôtellerie du *Grand Charlemagne*.

— Marchons ! dit le roi en s'élançant hors de la barque comme s'il avait toujours l'impétuosité et les dix-neuf ans du duc d'Angoulême.

Et il suivit Maulévrier qui pénétra dans le pays Latin et gagna la rue St-André-des-Arts.

— C'est là, dit enfin Gaston en s'arrêtant devant la maison de madame Isaure.

Le plan du protégé de Buffalora est facile à comprendre. Ce plan était-il bien honnête ? Il ne faut jamais oublier que le pauvre jeune homme était, lui aussi, atteint au cœur. Or, les malades sont rarement bons et l'amour non satisfait est le pire des conseillers. Donc, Gaston, qui savait par Buffalora que l'hôtel de madame Isaure était vide, Gaston, que son parrain, avait chassé, déshérité, devait s'efforcer de se constituer un autre appui, tout en empêchant et le roi et La Palisse d'approcher de madame Isaure. En conséquence, il avait résolu ceci :

D'abord de persuader à François qu'il n'avait pas de meilleur serviteur que lui, Gaston de Maulévrier ; ensuite de le brouiller avec le maréchal, — *diviser, c'est régner*, devait dire quarante ans plus tard, Cathe-

rine de Médicis ; — enfin d'être le fortuné troisième
larron, pendant que le roi et le maréchal s'évertue-
raient chacun de son côté, à la conquête de la pauvre Pâlotte, qu'il se chargeait de rendre plus difficile que la conquête du Milanais. Tout cœur sérieu-
sement épris est capable de rêver cette série de petites
infamies.

— Quoi ! reprit le roi, c'est ici que demeure
la Pâlotte ?

— Ou madame Isaure, comme l'appelait mon
parrain. Voulez-vous que je frappe ?

— Non, laisse-moi ce doux soin.

Et François souleva le marteau et frappa rudement. Le guichet grillé ne s'ouvrit pas. Il frappa
plus fort. On ne répondit point.

— Pourtant, mon parrain doit y être, murmura
tristement Gaston... Vous savez qu'il avait déjà
quitté la fête des Tournelles avant que vous ne
fissiez votre entrée. J'ai su que c'était pour venir
ici.

— Ah ! de par Dieu ! s'écria le roi, que la jalousie
mordit au cœur, il n'y reviendra plus. Je le renverrai
en Italie dès demain.

Et il frappa de nouveau, mais toujours en
vain.

— Foi de gentilhomme, fit-il, une porte s'enfonce,
et nous sommes trois.

En une minute, ce fut exécuté. Le capitaine qu'a-
vait amené François, était expert dans l'art de faire
un siège. Il introduisit sous la porte le bout de la
longue poignée de sa rapière ; puis, s'agenouillant
et tenant toujours cette poignée en main, il opéra
une brusque pesée. On entendit un sourd déchire-
ment. Les gonds se disjoignaient. Le roi, Gaston et

le capitaine n'eurent qu'à donner de l'épaule pour pénétrer dans l'hôtel.

Il n'était pas vide. Les quatre hommes masqués qui travaillaient à la solde de madame Claude et que nous avons vus s'introduire dans l'hôtel juste au moment où madame Isaure en partait y étaient encore.

Pour les espions aussi, Capoue a des délices. Or, l'hôtel de la rue Saint-André-des-Arts était assez bien approvisionné, principalement en vins et liqueurs de toutes sortes. De plus, Marion, à qui Hubert n'avait point pensé à l'heure de la fuite, y était restée. Pauvre Marion !

— Mais il fait nuit comme dans l'antichambre du diable ! exclama le capitaine en pénétrant le premier dans le corridor.

Il poussa un cri rauque. Sa voix l'avait désigné aux quatre hommes. Deux dagues venaient de lui percer la poitrine.

— Gaston, as-tu entendu ? demanda le roi qui, naturellement, ne pouvait, dans ces ténèbres, se rendre un compte exact des choses.

— Non, mais nous allons savoir. Je me suis muni d'une lanterne sourde.

Et il fit lumière.

— Foi de gentilhomme ! s'écria François en voyant le cadavre de son brave capitaine le séparer des hommes masqués qui, la dague au poing, semblaient prêts à une lutte énergique, voilà une mort qui en coûtera d'autres.

Puis il s'élança, l'épée haute. Or, la dague a peur de l'épée. Les espions reculèrent.

— Drôles, dit François, avez-vous tué aussi la maîtresse de céans ? Réponds, toi.

13

Et, ce disant, il saisit, par le poing qui tenait la dague, l'un des hommes masqués et lui mit à deux doigts du visage le bout de son épée.

— Grâce, supplia celui-ci. Je vous dirai tout... Nous n'avons rien fait à la Pâlotte.. Cela, je le jure... D'ailleurs, elle était partie quand nous sommes entrés...

— Partie !

Parbleu ! Gaston le savait bien. Mais l'aventure marchait vers un dénouement qu'il n'avait pu soupçonner. Déjà le remords lui troublait le cœur. Il vengea le capitaine en clouant contre la muraille deux des espions. A ce moment, la lanterne projeta sur le visage de François Ier un rayon plus vif.

— Ah ! vous êtes le roi ! s'écria l'homme menacé par l'amant d'Isaure. Vous ne me tuerez pas ! Vous êtes le roi !

Et il laissa tomber sa dague et se redressa peu à peu. En se voyant reconnu, François Ier, interdit, avait aussi baissé l'épée.

— Parle au moins, dit-il à l'espion, et mets bas ton masque.

L'homme se démasqua et le roi reconnut le ravisseur qu'il avait poursuivi à Milan.

— Ah ! misérable ! s'écria-t-il, c'est toi qui m'as volé mon enfant !

— Sire, j'étais si malheureux !

— Qu'en as-tu fait ?

— Il est à Paris.

— En sûreté ?

— Oh ! oui. Il vaut assez cher.

— A qui appartiens-tu ?

— A madame Claude.

— C'est bien. Je t'achète. Viens avec moi.

Mais avant de se retirer, François Ier, s'agenouillant auprès de son dévoué capitaine, l'embrassa sur le front.

— Gaston, fais rendre les derniers devoirs à ce brave, dit-il en se relevant. Quant aux drôles dont tu m'as délivré, qu'on les jette à la voirie?

Et il sortit, suivi de l'espion et ne se doutant guère qu'il laissait Gaston tout décontenancé. Qu'allait-il résulter de l'initiative que prenait maintenant le roi? Cet espion, désormais acquis à François, ne pouvait-il point donner aux choses une nouvelle direction et rendre à son ancien amant la Pâlotte qui serait alors à jamais perdue pour le filleul du maréchal? Pourtant il fallait bien que Gaston obéît à son maître et fît disparaître les cadavres du capitaine et des deux serviteurs de madame Claude. Au moment où, à la faible lueur de sa lanterne sourde, il s'assurait de la mort de ces trois hommes, il vit une ombre se mouvoir le long du corridor et s'efforcer de gagner la porte.

— Où vas-tu? s'écria Gaston en lui barrant le passage.

— Faire mon devoir, répondit l'ombre qui saisit l'épée du capitaine.

— Qui es-tu?

— Le camarade de ces hommes.

Nous savons en effet que quatre espions s'étaient introduits dans l'hôtel de madame Isaure. Pendant que les deux premiers se faisaient tuer et que le troisième se donnait au roi, le dernier, plus perspicace ou plus peureux, — ce qui souvent revient au même, — s'était tenu à l'écart, tout en écoutant le dialogue de son humble confrère et de sa très haute Majesté.

Savoir profiter d'une conversation, faut-il davantage pour faire fortune ! En un instant, cet homme avait vu toute la route à suivre, si tortueuse qu'elle fût. Il allait continuer à travailler pour le compte de madame Claude et avec d'autant plus de sûreté maintenant qu'il avait pour ami l'espion même du roi. Gaston n'était point sot. Tout cela, il le lut sur le visage de son interlocuteur. Dans les cas graves, l'imprudence s'appelle de l'audace.

— Connais-tu madame Isaure? demanda-t-il.

— Certes.

— Je l'aime.

L'homme baissa son épée et devint familier.

— Compris, fit-il. Alors il n'y a pas de temps à perdre. Laissez-moi suivre le roi. Servir madame Claude, c'est...

— Me servir et gagner deux salaires. Va. Et viens demain matin ici même me raconter ce que tu auras vu.

L'homme partit.

VI

LA JEUNESSE ÉTERNELLE

Pendant ce temps-là, le maréchal de La Palisse et maître Buffalora étaient retournés chez la Balbina. Cette fois, l'écolier Simon et Pantaléon, découragés, avaient renoncé à suivre le maréchal qui était décidément plus fou que jamais. En route, il avait dit à Buffalora :

— Combien crois-tu que la Balbina mette de temps pour me rajeunir ?

— Huit jours, monseigneur.

— Mort de ma vie ! Mais que deviendra madame Isaure pendant cette longue semaine ?

— Elle vous attendra, j'irai l'en prier dès que vous serez chez moi.

Après les trois coups frappés par Buffalora à la porte de la maison mystérieuse, une croisée s'ouvrit, et le nain que nous connaissons montra sa tête hideuse.

— Ah ! je savais bien, ricana-t-il, que le sire de La Palisse reviendrait !...

Et il vint ouvrir la porte.

Buffalora introduisit le maréchal.

— Enfin, dit la Balbina au héros de Milan, vous êtes donc décidé à prendre le breuvage que je vous présenterai.

— Et quand j'aurai bu ce breuvage... que m'arrivera-t-il ?

— Vous vous endormirez.

— Pour longtemps ?

— Non, pour huit jours.

— Et pendant ces huit jours ?...

— La jeunesse reviendra.

Le maréchal, qui pensait toujours à madame Isaure, s'écria :

— Eh bien, finissons-en, donnez-moi le breuvage.

— Alors, moi, dit Buffalora au maréchal, je vais où vous savez.

Mais, au lieu de se rendre, comme il l'avait annoncé, chez madame Isaure, pour la prier de vouloir bien prendre patience, il alla écrire chez Gaston la lettre que nous avons lue. Quand la magicienne se retrouva seule avec La Palisse, elle lui dit de nouveau :

— Monseigneur, vous feriez peut-être mieux de vous en retourner comme vous êtes venu.

— Et pourquoi donc, sorcière ? fit le maréchal.

— Parce que, si je vous rajeunis, l'amour que j'avais pour vous reviendra peut-être.

Elle dit cela avec un rire moqueur, et comme elle

avait jeté le manteau rouge loin d'elle, son corps difforme apparaissait au maréchal dans toute son horreur.

— Vous perdrez votre temps, dans tous les cas, répondit-il avec dureté.

— Peut-être...

Et la Balbina, toujours railleuse, ouvrit un bahut et en retira un flacon et une coupe.

— Voilà le breuvage, dit-elle.

— Hum! fit le maréchal, qui fut pris d'un dernier scrupule, il faut donc que je boive cela?

— Oui.

— Ne pourriez-vous me rajeunir sans me plonger en léthargie!

— Non. Prenez.

Et elle lui tendit la coupe, remplie d'un liquide noir comme de l'encre. Le maréchal la saisit et la vida d'un trait. Mais à peine eut-il bu qu'il se sentit l'estomac en feu, la tête lourde. Bientôt il trébucha comme un homme ivre. Tout tourna autour de lui; il lui sembla que la Balbina dansait. Des sons étranges, des bourdonnements mystérieux assaillirent ses oreilles. Puis soudain, pareil à un arbre déraciné, il tomba lourdement sur le sol, ferma les yeux et s'endormit.

Quand Buffalora revint, il trouva la Balbina debout auprès du maréchal, sur qui elle fixait des yeux étranges. Lui montrant dédaigneusement ce corps inanimé et recommençant à sourire :

— J'ai bonne envie, dit-elle, de lui faire une jeunesse éternelle.

Et, prononçant ces mots, elle prit à sa ceinture un petit poignard à manche ciselé.

— Oh! non pas, dit Buffalora, telles ne sont pas nos conventions.

— Tu veux donc qu'il vive !

— Sans doute. Je me suis associé à votre vengeance, mais il n'était pas convenu que nous serions assassins.

— Soit, dit-elle, je le tuerai par l'esprit et par le cœur.

— Vous le haïssez donc bien ? demanda le scribe.

— Oh ! fit-elle avec un éclair de haine dans les yeux, il m'a foulée aux pieds à Milan, et je suis implacable, moi, vois-tu !

— Amen, murmura Buffalora ; poignard à part, disposez de moi.

— De plus, ma vengeance est associée à une autre haine, non moins terrible que la mienne.

— Et qui paye bien, ricana le scribe. Je suis donc votre esclave.

La léthargie du maréchal dura-t-elle huit jours ou huit heures? C'est là ce que les historiens n'ont pas suffisamment établi. Mais à un certain moment son corps s'agita, ses yeux se rouvrirent, et la pensée si longtemps inerte reconquit la vie dans son cerveau. Quand il retrouva ses esprits, il était couché sur un lit de repos, au milieu d'un somptueux logis où brûlaient des parfums pénétrants et où régnait un demi-jour plein de mystère et de volupté.

Ce demi-jour ne provenait point d'une lampe, mais de la clarté du soleil qui filtrait à travers d'épais rideaux.

— Mort de ma vie ! où suis-je donc? se demanda-t-il en sautant à bas du lit de repos.

Une glace était devant lui, il s'y vit en passant et s'arrêta stupéfait.

O miracle! la métamorphose promise par la magicienne était accomplie. Il était redevenu jeune. Ses cheveux, naguère blancs, étaient noirs, sa barbe autrefois grise était presque blonde. Il entrouvrit les lèvres et vit briller deux rangées de dents éblouissantes. Les rides de son visage avaient disparu, et sa taille, elle-même, grossie par l'usage du cheval, paraissait avoir subi une légère dépression. Le maréchal, au comble de l'étonnement, fit jouer ses membres l'un après l'autre, et constata qu'ils avaient retrouvé une souplesse d'articulation perdue depuis bien longtemps.

— Parole d'honneur, s'écria-t-il, je n'ai guère plus de trente ans, et madame Isaure ne pourra s'empêcher de s'affoler de moi.

Mais, comme il parlait ainsi, une portière se souleva et une femme apparut, qui fit reculer La Palisse.

C'était la comtesse de la Chesneraye, qui lui dit :

— Maréchal, il me semble que tu m'oublies...

Eh bien, c'est vrai, au milieu de tous ces événements, les uns terribles, les autres fantastiques, tantôt subjugué par le charme de madame Isaure, tantôt en proie aux sortilèges de la Balbina, La Palisse n'y songeait guère, à l'amante dédaignée qui pourtant avait parlé de se venger et qui tenait si bien sa parole.

— Que me voulez-vous encore? demanda-t-il froidement.

— Presque rien. Te répéter tout simplement que, moi, je ne t'oublie point.

13.

Et comme elle était près d'une porte, elle fit un brusque mouvement et sortit, avant que La Palisse eût pu seulement la retenir par un pli de son manteau. La porte s'était refermée aussi vite qu'elle avait été ouverte.

— Oh, morbleu, s'écria-t-il, il faudra bien...

Mais il eut beau jouer des pieds et des coudes, frapper, cogner, nous savons que, chez la Balbina, les portes ne s'ouvraient que quand elle le voulait et il faut croire que la magicienne était assez chèrement payée pour obéir à la comtesse.

Resté prisonnier malgré lui, La Palisse se mit à réfléchir. Ne se pouvait-il point que madame de la Chesneraye lui eût parlé ainsi pour le menacer d'un nouveau malheur?

— Et j'étais criminel, se dit-il, d'oublier surtout que la Balbina est vendue à la comtesse et de n'avoir rien fait pour la racheter. Je me laisse prendre aussi aux premiers mots d'une magicienne! Oh! que je la revoie, cette infâme bossue, et...

Au commencement de ce récit, très véridique malgré ses invraisemblances apparentes, — voir les Mémoires du temps, — nous avons décrit le caractère versatile du maréchal.

Après dix minutes de réflexion, il en était arrivé on ne peut plus facilement à se persuader qu'il n'y avait absolument rien de sérieux dans ses craintes et que la seule personne intéressante au monde était madame Isaure. Raison de plus pour frapper, pour appeler, pour crier. Enfin, au tapage qu'il faisait, une porte s'ouvrit, la porte opposée à celle par laquelle était sortie la comtesse. Et la Balbina entra, la Balbina, jeune et droite comme le peuplier qui porte le nom de son pays. Mais non plus gaie et moqueuse, comme elle était le plus souvent, non plus triste et sévère, comme il l'avait vue quelquefois. En ce moment, la douleur et l'effroi bouleversaient son visage.

— Monseigneur, lui dit-elle d'une voix suppliante, voulez-vous m'emmener loin d'ici ?

— Vous, et pourquoi ?

— Oh! pas de questions. Je n'aurais pas le temps d'y répondre. Hâtons-nous. Si vous êtes prisonnier depuis hier, moi, je suis lasse de l'être depuis des années.

— Hein ? que voulez-vous dire ?

La magicienne ne répondit pas.

— Et qui vous garde ? Un génie ou une fée ? reprit ironiquement La Palisse.

— Non, une simple mortelle.

— Je la connais, fit-il, c'est la comtesse de la Chesneraye.

— Je craindrais moins la comtesse que la magicienne.

— Mais que me racontez-vous ! La sorcière, c'est vous !

— Heureusement non, dit-elle, ce n'est pas moi.

— Pas vous ? s'écria-t-il. Mais qui donc, alors !

Elle se dirigea vers un angle de l'oratoire où il y avait un sablier qui mesurait le temps, puis, l'ayant consulté du regard, murmura :

— C'est l'heure de la sieste.

— Eh bien ? demanda le maréchal surpris.

— Si vous voulez tout savoir, suivez-moi !...

La voix de la jeune fille avait un charme mélancolique inexprimable. Le maréchal se leva plus in-

trigué que jamais. Elle le prit par la main et le conduisit hors de la salle, dans un corridor ténébreux.

— Marchez avec précaution, dit-elle.

— Pourquoi?

— Le moindre bruit pourrait nous perdre...

— Mais qui donc redoutez-vous? murmura La
Palisse.

— Vous allez l'apprendre, venez...

Elle marchait sur la pointe des pieds, et le maréchal se sentait entraîné dans les ténèbres sans savoir
où il allait. Enfin elle s'arrêta et lui dit à voix
basse :

— Attendez-moi ici, sans bouger, sans parler.

Puis elle ouvrit, avec la plus grande précaution,
une porte et, aux ténèbres du corridor, succéda la
clarté du jour. Pour les Italiennes, c'était l'heure
de la sieste, comme avait dit la jeune femme. La
Balbina, après s'être avancée doucement sur le seuil
et avoir promené son regard dans la chambre, revint au maréchal, qui était demeuré en arrière, et,
posant un doigt sur ses lèvres:

— Quelque étonnement que vous éprouviez, murmura-t-elle, ne poussez pas un cri, ne faites pas un
geste, ou nous sommes perdus.

Elle le reprit par la main, le conduisit jusqu'à la
porte et lui dit :

— Regardez !

M. de La Palisse se trouva alors à l'entrée d'une
petite salle meublée dans le goût vénitien, au milieu
de laquelle il y avait un lit de repos garni d'épais
rideaux qui tamisaient un jour discret et ne laissaient point pénétrer les rayons du soleil. La Balbi-

na écarta les rideaux, puis étendit le doigt vers une femme endormie.

Le maréchal se crut le jouet d'un horrible rêve. La femme qui reposait sur ce lit, c'était aussi la magicienne, c'était la Balbina naine et bossue. Il recula d'un pas et, muet d'étonnement, fixa tour à tour les yeux sur la femme qui dormait et sur celle qui le tenait par la main.

Il y avait deux Balbina : L'une bossue et naine, — celle qui était étendue sur le lit.

L'autre qui souriait, et qui était svelte, grande, élancée. L'une pouvant se faire passer pour l'autre, grâce à cette merveilleuse ressemblance des deux visages qui s'était si bien prêtée à la comédie dont il était la victime.

— Ainsi, voilà donc ce que c'est que la magie, murmura-t-il philosophiquement.

De nouveau la jeune fille posa un doigt sur ses lèvres. Elle entraîna le maréchal hors de la chambre, referma doucement la porte et dit alors :

— Venez, j'ai tant de choses à vous raconter !

Ils n'eurent qu'à s'engager dans le corridor ténébreux pour regagner la salle où ils étaient naguère. Arrivé là, le maréchal regarda la jeune fille avec une sorte d'extase :

— Alors, dit-il, ce n'est pas vous qui êtes la Balbina ?

— Dieu m'en garde, fit-elle.

— Et vous n'êtes pas une fée ?

— Je suis une simple mortelle, hélas ! murmura la jeune fille qui poussa un soupir, puis se tut.

— Je vous en supplie, reprit le maréchal, expliquez-moi tous ces mystères ?

La fausse Balbina regarda le maréchal avec une sorte d'effroi.

— Vous souvenez-vous du siège de Milan! demanda-t-elle?

— Oui, répondit le maréchal un peu confus.

— Vous outrageâtes la Balbina...

— C'est vrai.

— Et elle vous hait... autant qu'elle avait ordre de vous aimer et se venge... comme l'autre!... comme cette femme si puissante que vous avez abandonnée!...

— J'ai mérité leur haine à toutes deux, j'en conviens, dit humblement La Palisse, mais cela ne m'explique pas, ma pauvre enfant, ce que vous faites dans toute cette histoire? Vous n'avez pas sujet de me haïr... vous!

— Nullement. Oubliez-vous que vous m'avez vue fuir aux portes de Milan! Oubliez-vous ces nains affreux qui m'ont entourée, enlevée, en vous empêchant de me porter secours. Ah! ce n'est pas d'aujourd'hui seulement que je suis lasse d'être l'instrument des volontés secrètes d'une créature infâme.

— Quoi! vous avez pu consentir à servir sa vengeance?

— Ah! si vous saviez?... J'avais le malheur d'être sa parfaite image et elle avait sauvé mon père de la misère... Il m'a donnée à elle. Mais elle dort et vous êtes là. Allons d'abord au plus pressé et parlons de nos moyens d'évasion.

— D'évasion... d'évasion... fit le maréchal en se grattant le front. Écoutez donc, je pense à une chose. Si la Balbina me détestait autant que vous le dites, pourquoi m'aurait-elle rajeuni?

La fausse Balbina eut un triste sourire.

— Votre nouvelle jeunesse, dit-elle, aura la durée d'un rêve.

— Comment! exclama le maréchal, je retrouverai mes cheveux blancs et ma barbe grise?

Elle le conduisit devant une haute psyché.

— Tenez, lui dit-elle, cette glace n'est point préparée? Regardez-vous.

Il lui obéit et fit un geste de stupeur et de dépit. Son front était ridé de nouveau et ses cheveux étaient redevenus blancs.

— Mais que veut-elle donc faire de moi? s'écriat-il en songeant à la véritable Balbina?

— Je ne sais ; seulement elle vous hait, craignez-la donc...

— Alors, vous, c'est par crainte que vous lui obéissez?

— Certes, et si vous voulez m'aider à fuir, me protéger, je vous suivrai... je vous aimerai comme un père.

M. de La Palisse fit la grimace :

— Bon! pensa-t-il, elles me disent toutes la même chose.

— Oh ! oui, je vous en conjure, sauvez-moi de cette tyrannie épouvantable! ajouta-t-elle.

— Eh bien, dit-il en posant la main sur la garde de son épée, partons sur-le-champ !

— Oh! non, ne touchez pas à votre épée! s'écria la jeune fille épouvantée.

— Pourquoi?

— Parce que ce palais est plein d'estafiers cachés çà et là et qui vous assassineraient si vous tentiez ouvertement de sortir.

— Oh! fit La Palisse avec un superbe sourire,

Jeannette est brave, l'épée de Chabannes est lourde.

— Mais les stylets italiens vont droit au cœur, répondit-elle toute tremblante.

Le maréchal contempla la jeune fille que l'effroi rendait plus belle encore.

— Ainsi, dit-il, vous me suivriez ?

— Oui.

— Même si je vous conduisais dans mon château de La Palisse...

— Vous me conduirez où vous voudrez, dit-elle encore.

— Consentiriez-vous à m'épouser ?

Elle tressaillit à cette question. Puis, après un silence, elle dit :

— Vous n'êtes plus jeune, et je ne sais pas si je pourrai jamais vous aimer d'amour ; mais vous êtes un noble cœur, et si vous m'épousez, je tâcherai de vous rendre heureux.

A ces mots si dignes, La Palisse jeta un cri de joie et porta les mains de la jeune fille à ses lèvres.

Mais celle-ci pâlit tout à coup.

La voix vibrante de la Balbina venait de retentir dans le corridor.

— Silence ! murmura la jeune fille, silence ! ou nous sommes perdus tous deux !

VII

LES DEUX BALBINA

Il y avait tant d'effroi dans la physionomie de la fausse Balbina, que La Palisse demeura stupéfait. La voix de la magicienne se tut. Des pas s'éloignèrent. La jeune fille commença à respirer et le sourire revint sur ses lèvres. Puis, serrant doucement la main du maréchal :

— Écoutez, mon cher seigneur, lui dit-elle ; écoutez-moi, bien attentivement.

— Un mot d'abord, fit le maréchal. Puisque vous n'êtes pas la Balbina, comment vous appelez-vous ?

— Èva.

— Eh bien, chère Èva, parlez, je vous écoute, murmura le galant maréchal.

— Vous ne pourriez sortir d'ici sans danger, reprit-elle, mais si vous aviez quelque message à écrire, je trouverais le moyen de le faire parvenir à son adresse.

— Et à qui voulez-vous donc que j'écrive?

— A ceux qui pourront nous aider à fuir. N'avez-vous pas quelque écuyer qui nous préparera des chevaux ?

— Si fait, répondit La Palisse, qui se souvint de Pantaléon. Mais... Buffalora ?

— Défiez-vous de lui, monseigneur...

— Et pourquoi ?

— Parce qu'il est l'âme damnée de la magicienne.

— Ah! en vérité! S'il reparaît en ma présence, je l'assomme d'un coup de poing.

— Gardez-vous-en, Monseigneur. Je vous en supplie, dans votre intérêt, faites seulement ce que je vous commanderai.

— Alors parlez... Que faire?

Mais, comme la jeune fille allait lui répondre, Buffalora entra.

Èva fit un geste de surprise; l'arrivée subite du scribe ne pouvait entrer dans son plan.

— Monseigneur, dit celui-ci, l'heure est venue de partir.

— Hein! fit La Palisse.

La jeune fille se dressa. Que voulait dire ceci? Buffalora reprit :

— Monseigneur, nous sommes les victimes, vous et moi, des sortilèges de la Balbina.

— Ah ! vraiment! fit le maréchal.

— Par conséquent, allons-nous-en!

Le maréchal regarda Èva, qui ne savait que penser. Tandis qu'il se demandait s'il n'était point possible que l'Italien, ayant écouté à la porte, se fût, par intérêt, décidé à trahir pour lui la magicienne, Èva craignait un nouveau piège. Afin de s'assurer de la chose, elle prit le parti de jouer la comédie pour son propre compte, après l'avoir si souvent jouée pour le compte de la Balbina.

— Le mari que vous m'avez donné, dit-elle à La Palisse, est fou, mon bien-aimé. Il aura bu de l'opium et c'est ce qui l'enivre.

Elle jeta ses deux bras au cou du maréchal en ajoutant, tournée vers Buffalora :

— Esclave ! sors d'ici !

L'Italien haussa les épaules et sortit. Peut-être avait-il déjà changé ses batteries.

Alors les ténèbres, dont la magicienne disposait si bien dans cette étrange maison, les ténèbres se firent tout à coup.

— Qu'est-ce que cela ? s'écria le maréchal.

Èva se serra un moment contre lui.

— Mon sauveur, dit-elle tout bas, je ne crains plus rien, vous m'avez rendue brave. Quoi que raconte Buffalora, répliquez qu'il a menti. Y a-t-il un mot auquel votre écuyer puisse reconnaître qu'on vient de votre part ?

— Qu'on lui dise : « Jeannette est bien trempée » et ce qu'on lui commandera, il le fera.

— Si la magicienne, reprit-elle encore tout bas, vous offre une nouvelle potion, ne la buvez pas...

— Je m'en garderai bien !

— Mais feignez de vous endormir... et attendez-moi !... Ce soir, tout sera prêt pour notre fuite.

En parlant ainsi, elle se laissa prendre un baiser et glissa des mains du maréchal comme une couleuvre.

Alors une voix, qui paraissait venir du ciel, se fit entendre. Cette voix disait :

—Allons, Balbina, l'heure de reprendre ta bosse est venue. C'est moi, ta reine, qui le veux.

— Bon! pensa le maréchal, voilà que je vais revoir l'affreuse naine.

En effet, les ténèbres se dissipèrent et M. de La Palisse vit la petite bossue debout devant lui, les lèvres armées de son rire d'enfer. Èva, qui continuait à jouer son rôle, Èva avait disparu. Malheureusement pour le maréchal, le sang-froid n'était pas sa vertu habituelle.

A la vue de la naine, il fut pris d'une colère subite, qu'il lui fut impossible de dominer.

— Ah! misérable sorcière, s'écria-t-il en oubliant soudain les sages recommandations d'Èva, viens-tu donc encore te moquer de moi? Je ne veux plus te connaître. Èva! il me faut Èva!!

La Balbina fit un bond en arrière et recula jusqu'au mur.

— Ah! gronda-t-elle, Buffalora avait raison, je suis trahie! La misérable t'a tout dit!...

Et, par la porte restée ouverte, elle s'élança au dehors. Et cette porte se referma, opposant au maréchal, ivre de rage, une résistance dont vainement il essaya de triompher d'abord. Malgré le bruit qu'il faisait en essayant de l'enfoncer, il entendit cependant un cri d'angoisse.

— Grâce! disait une voix qu'il reconnut.

C'était celle d'Èva. Il donna un grand coup d'épaule. La porte résista encore. Alors il tira son épée et en frappa, coup sur coup, la porte. La jeune fille criait toujours.

La Balbina disait :

— Tu m'as trahie! tu vas mourir!

La Palisse attaquait le panneau avec fureur, et

le panneau continuait à résister. Enfin l'une des planches vola en éclats. En ce moment le maréchal entendit encore un cri, — un cri d'agonie suprême...

Puis plus rien.

Mais par le trou qu'il avait fait, il saisit à deux mains le cadre de la porte et la secoua si fort qu'elle se brisa enfin. Il s'élança en avant, et se retrouva dans ce couloir où tout à l'heure Èva l'avait fait passer pour le conduire à la chambre de la vraie Balbina. Aux cris avait succédé le silence. Dans la nuit de ce corridor, le maréchal alla droit devant lui, appelant :

— Èva ! Èva !

Éva ne répondait pas.

Tout à coup la lumière se fit à l'extrémité du couloir, et La Palissse vit apparaître la magicienne, un flambeau à la main.

— Èva ! cria-t-il encore.

— La voici, répondit la Balbina en abaissant la lumière.

Les cheveux de La Palisse se hérissèrent. A la clarté de ce flambeau, il avait vu la malheureuse jeune fille étendue sur le sol, Èva, dans sa robe blanche tachée de sang, Èva que, sans doute, la magicienne avait, d'un coup de poignard, frappée au cœur ?

— Ah ! misérable ! hurla le maréchal, s'élançant l'épée haute sur la Balbina, qui riait de son rire de démon.

Mais, soudain, le sol manqua sous ses pieds ; une oubliette mystérieuse s'ouvrit, et Jacques de Chabannes, seigneur de La Palisse, fut précipité dans des profondeurs inconnues...

VIII

AU FEU !

La chute du maréchal fut si rude, qu'il s'évanouit. Quand il reprit ses sens, il se trouva dans
une demi-obscurité. Il était étendu sur le sol hu-
mide et boueux, son front lui cuisait horriblement et
tout son visage était inondé de quelque chose de
tiède qui n'était autre que du sang. En tombant,
La Palisse s'était déchiré la tête.

— Mort de ma vie ! s'écria-t-il, redevenant tout
de suite soldat, où suis-je donc? Le sol s'est-il
écrasé sous mes pas, à l'assaut de quelque ville ?

Heureusement ses yeux s'habituèrent peu à peu
à l'obscurité, et il finit, par reconnaître le lieu où
une nouvelle perfidie de la magicienne l'avait jeté.
C'était une espèce de cave dont le sol était recou-
vert de vase détrempée par l'infiltration des dernières pluies. Le maréchal avait dû sans doute son

salut à cette circonstance, car ayant regardé en l'air, il vit une voûte au milieu de laquelle se trouvait une trappe. La voûte était à trente pieds de roi de hauteur, et c'était un miracle qu'en tombant il ne se fût point tué sur le coup. Le maréchal, tout contusionné qu'il était, se leva, secoua ses membres endoloris, et constata qu'il n'avait rien de brisé. La cave était faiblement éclairée par un jour de souffrance situé à une dizaine de pieds du sol et qui, sans doute, devait donner sur la rue.

Elle paraissait n'avoir pas d'autre entrée que la trappe qui avait basculé sous ses pieds. Soudain, en pensant à cette trappe, La Palisse, rappelé à lui-même, eut pleine conscience de ce qui s'était passé. Les cris d'Èva, son corps ensanglanté, la figure railleuse de la magicienne dont la main tenait un flambeau, tout lui revint en mémoire.

— Pauvre enfant! murmura-t-il en songeant à la jeune fille. Mort de ma vie, je sortirai d'ici et je te sauverai, s'il en est temps encore, ou je te vengerai!...

À la Palisse, qui faisait tout haut le serment de sauver ou de venger Èva, un gémissement répondit. Le maréchal jeta les yeux dans le coin le plus obscur de la cave et aperçut quelque chose d'informe qui s'agitait.

— Holà! qu'est-ce donc? s'écria-t-il.

Les gémissements se traduisirent par des paroles:

— Santa Madona! disait une voix, ne prendrez-vous point pitié de moi et me laisserez-vous mourir ici?

— Mais c'est le timbre de Buffalora! dit le maréchal.

Et il poussa du pied le scribe, car c'était lui en effet, qui continuait à s'agiter dans la boue.

— Ah ! per Bacco ! s'écria l'Italien, le bon Dieu fait donc des miracles ?

La Palisse vit alors que Buffalora avait les mains liées derrière le dos et les jambes solidement attachées.

— Que parles-tu de miracles, imbécile ? dit le maréchal.

— Oui, seigneur, puisque vous voilà vivant.

— Tu m'as donc cru mort ?

— Seigneur, répondit le scribe d'une voix lamentable, quand on m'a descendu ici au bout d'une corde, je vous ai vu, à la lueur des torches, étendu sans mouvement et la figure tellement ensanglantée que je vous ai cru la tête fendue. Vous constatez, du reste, en quel état je suis ; il m'eût été impossible de chercher à vous porter secours.

Le maréchal avait laissé échapper son épée en perdant pied sur la trappe, mais cette épée était tombée en même temps que lui, et il la vit briller sous le rayon lumineux qui descendait du jour de souffrance. Il s'en empara et coupa les liens de Buffalora, qui se remit tant bien que mal sur ses jambes.

— Drôle ! lui dit-il alors, je te logerai tout à l'heure, sans doute, ma rapière dans le corps ; mais auparavant, il faut que tu me fasses ta confession.

— O Santa Madona ! murmura le scribe, me croyez-vous donc coupable envers vous, monseigneur ?

— Je crois, mort de ma vie ! que tu étais le complice de la Balbina.

— Son complice forcé, monseigneur ; il y allait de ma vie.

— Comment cela ?

— Et la preuve en est, continua le scribe, que lorsque j'ai voulu me révolter et vous sauver, j'ai été condamné à mort.

— Et par qui ?

— Mais par ma propre femme, qui m'a fait garrotter et descendre ici, où je devais mourir de faim.

La figure de Buffalora était tellement piteuse que le maréchal le crut sur parole. Puis, jetant les yeux autour de lui :

— Mais comment sortir d'ici ? dit-il.

— Je ne sais, répondit Buffalora.

Le maréchal s'approcha du mur et s'arcbouta sous le jour de souffrance.

— Monte sur mes épaules, dit-il.

Le scribe, obéissant, atteignit ainsi l'ouverture. Mais elle était trop étroite pour laisser passer le corps d'un homme ; en outre, elle était garnie de deux solides barreaux de fer. Seulement, Buffalora constata qu'elle donnait vue à ras du sol de la rue.

— Monseigneur, dit-il, nous ne pourrons jamais sortir par là.

— Pourquo i, demanda le maréchal, prêt à continuer son rôle de titan.

— Le trou est trop étroit.

— Je l'agrandirai.

— Mais il est garni de barreaux de fer.

— Je les briserai comme un fétu de paille.

Si le maréchal était embarrassé aux genoux d'une femme, il ne l'était jamais quand il fallait affronter un péril ou sortir d'une situation critique.

14

Il secoua ses épaules et le scribe retomba sur ses pieds.

— Es-tu fort ? lui demanda-t-il.

— Assez, monseigneur.

— Te sens-tu capable de me porter à ton tour dix minutes sur chaque côté de ton cou ?

— J'essayerai.

Et Buffalora prit une position identique à celle que venait d'occuper le maréchal.

La Palisse lui sauta à son tour sur les épaules, puis se cramponnant d'une main à l'un des barreaux, se mit à entamer la voûte avec son épée.

La voûte était en maçonnerie, l'humidité avait détruit le ciment qui en réunissait primitivement les pierres. Ce fut l'affaire de quelques minutes ; une pierre se détacha, puis une autre et encore une autre, et avec cette dernière un des barreaux, qui se trouva déchaussé.

Alors le maréchal redescendit.

— Monte à ton tour, dit-il ; je crois que le trou est assez large pour laisser passer un être chétif et malingre comme toi.

Buffalora ne se le fit point répéter.

Il se hissa de nouveau sur les épaules du maréchal, s'aida du barreau qui restait pour arriver jusqu'à l'ouverture, dans laquelle il se glissa comme une couleuvre dans un trou à rat.

Quelques instants s'écoulèrent sans que le maréchal vît reparaître son ancien scribe.

— Mort de ma vie ! murmura La Palisse, je crois que le drôle va m'abandonner dans ce trou !

Mais Buffalora revint enfin montrer à l'ouverture sa tête grimaçante :

— Monseigneur, dit-il, la rue est pleine de monde.

— Qu'est-ce que cela me fait ?

— Et l'on crie : au feu !

— Tiens ! fit La Palisse, qu'est-ce qui se permet donc de brûler ?

— Ne riez pas ! C'est la maison de ma femme !

— Mille tonnerres ! ne me laisse pas dans cette boîte à mitraille !

Parmi tous les objets qu'on jetait par les fenêtres du palais milanais, Buffalora trouva une corde qu'il attacha au barreau demeuré scellé dans le souterrain en disant :

— Sortez vite, monseigneur, sortez... il n'est que temps !

Le maréchal saisit la corde, s'en servit pour monter, et, comme l'ouverture était toujours trop étroite, arracha encore deux pierres en se déchirant les doigts. Puis, tout sanglant, meurtri, les vêtements en lambeaux, il apparut au milieu de la rue comme un vieux sanglier qui sort de sa bauge. Buffalora avait raison. C'était le palais de la Balbina qui brûlait. Et qui donc avait mis le feu ? Elle-même. Ah, le cerveau de la magicienne était bien organisé. En une minute, elle avait vu toutes les conséquences de l'accès de fureur auquel, selon ses calculs, Èva, La Palisse, Buffalora, allaient devoir la mort. Qu'Èva disparût, peu importait, puisque pour tous les adeptes de la sorcière, Èva et Balbina ne formaient qu'une seule et unique personne.

Quant à Buffalora, il serait aisé de répondre dans le cas invraisemblable où quelqu'un daignerait s'occuper de lui :

— Le prince est retourné en Italie.

Mais La Palisse !...

Comment expliquer la mort de ce brave maréchal, sur qui la France entière avait les yeux ? Lui
absent, tous les officiers, toute la police du roi, le
rechercheraient. Lui tué, même accidentellement,
chez Balbina l'Italienne, chez Balbina la magicienne, quelle enquête, quel procès ! Est-ce qu'il
peut arriver un accident chez une magicienne ?
Balbina crut déjà voir se dressant pour elle le
bûcher réservé aux sorcières. Oh ! se trouver ga-
rottée et dans l'impossibilité de fuir ou d'être sauvée par qui que ce fût au monde, — entourée de
bourreaux gardés eux-mêmes par une armée de
soldats — sentir sa chair crépiter, son sang bouil-
lir, ses os craquer au milieu des flammes !...

Des flammes ? A cette vision, une pensée de
salut lui traversa l'esprit.

— Moam, Balak, Édom ! cria-t-elle.

Elle appelait ses nains.

— Moam, ordonna-t-elle, réunis mes bijoux.
Balac, emporte mon or. Édom, Hamalec, Izar, em-
pilez, dans mes voitures, tous mes objets de prix.
Allez, allez, le feu va consumer mon palais.

— Le feu ? où cela ? se permit de demander
Balak.

— Dans mes appartements... Une imprudence
du prince... Mais courez, courez vite.

Et comme ils disparaissaient, elle s'élança dans
le laboratoire attenant à sa chambre à coucher,
et, y prenant toutes les matières combustibles
nécessaires à ses sortilèges, en arrosa ses rideaux, ses tapis et son lit. Elle n'eut qu'à jeter
par la porte entrebâillée son flambeau allumé...
Ce fut fait... L'incendie éclata... Quand, sur le pas
de la porte de la rue, elle rejoignit, affolée, ses nains

ployant sous le poids de ses trésors, tout le palais était en flammes.

D'Èva, de La Palisse, de Buffalora, il n'allait rester rien... que des cendres... Plus d'ennemis, plus de complices, plus de preuves ! Et dire que la pauvre femme n'avait même pas le droit de rire et qu'il lui fallait feindre l'effroi et le désespoir ! La vie est vraiment drôle ! Déjà la maréchaussée, les voisins avaient envahi le palais, les uns irritant par quelques seaux d'eau cet incendie inextinguible, les autres heureux de sauver, en les jetant par les fenêtres, quelques objets dont la millionnaire n'avait que faire. Et jouant son rôle, — le jouant bien, ma foi, — elle était là, la magicienne, la tueuse, l'incendiaire, s'arrachant ceux de ses cheveux qu'elle savait faux, poussant des cris d'enfant, guidant les sauveurs dans les parties du palais non compromises, et remerciant la foule. Mais, tout à coup, elle eut un vrai cri, un cri naturel et sincère, celui-là ! Elle avait vu, devant elle, debout, et sain et sauf, et terrible, La Palisse qui, de même que l'Éternel demandant à Caïn : « Qu'as-tu fait de ton frère ? » lui demandait :

— Qu'as-tu fait d'Èva ?

La magicienne, épouvantée, recula. Le maréchal lui saisit le bras et se retourna.

— Buffalora ? appela-t-il.

Quoi ! l'Italien aussi était vivant ! Pauvre magicienne ! Elle, qui s'était dit :

— Tous deux vont disparaître à jamais sous les décombres fumants !

Le mari de la Balbina approcha.

— Buffalora, continua le maréchal, toi qui connais les tours et les détours de cette maison

14.

maudite, mène-moi à l'endroit où est tombée
Èva.

L'Italien obéit. La Palisse le suivit en traînant
derrière lui la sorcière consternée. Arrivée dans le
corridor que nous avons décrit :

— C'est ici, dit l'Italien, en se baissant vers le
sol que cachait la fumée.

Le maréchal, sans craindre la suffocation, se
pencha en étendant les bras. Sa main rencontra
un corps inerte, et des vêtements de femme. Il se
baissa tout à fait, sans lâcher la Balbina presque
inanimée.

— Èva, murmura-t-il, c'est moi, votre sauveur.
Je vous en supplie, parlez.

Elle ne répondit pas. Il glissa son bras droit
sous le corps de l'infortunée et, la soulevant doucement, l'attira contre sa poitrine.

De l'autre bras, il maintenait la Balbina.

— Ah ! misérable ! s'écria-t-il en se tournant
vers celle-ci, elle est morte ! Tu vas mourir.

— Mourir !

— Certes, et sans retard. Buffalora, je t'en prie,
tâche donc de voir au milieu de cette fumée où est
le foyer de l'incendie.

Nous savons qu'ils étaient au premier étage.
Personne n'avait osé les suivre. La maréchaussée
avait bien reconnu le maréchal Chabannes de la
Palisse ; seulement, si on l'admirait tant, c'est que
son exemple n'était pas de ceux qu'il est facile
d'imiter. Les plus audacieux s'étaient arrêtés au
haut de l'escalier.

— Au secours ! cria la Balbina, et si fort que
ces derniers l'entendirent.

Mais la fumée de l'incendie manque absolument

d'attraction. Elle a pour barrières des langues de feu peu séduisantes. La foule se dit:

— Le maréchal est là. Brave maréchal! Sublime maréchal! Héroïque La Palissse! Oh! nous pouvons être tranquilles, il sauvera tous ceux qui ont besoin d'être sauvés.

On connaît ces phrases basses et mesquines, à l'aide desquelles les égoïstes se démontrent à eux-mêmes qu'ils n'ont qu'à laisser faire... les autres. Donc la Palisse pouvait agir. Il ne courait aucun risque d'être dérangé.

— Maître, vint lui dire Buffalora qui avait fait quelques pas au milieu de cette nuit asphyxiante, sauvez-vous! Dans la chambre voisine, le plancher s'est effondré. Ce mur seul vous sépare d'un précipice de feu.

— A merveille, fit le maréchal, qui loin de fuir se dirigea au contraire du côté d'où venait Buffalora.

En ce moment un bruit horrible retentit. Le mur de droite venait de s'écrouler.

— Quand je pense, Buffalora, que si tu ne m'avais tendu la corde, je serais peut-être là-dessous. O coquine! ajouta le maréchal, les yeux sur Balbina.

— Grâce, grâce! suppliait la magicienne qui, se sentant attirée vers le foyer de l'incendie, ne pouvait plus vraiment garder le moindre espoir.

La chute du mur provoqua un mouvement dans l'air. Une bouffée de vent, s'introduisant soudain dans ce palais, qui lui faisait obstacle, chassa toute la fumée.

— A la bonne heure, s'écria La Palisse, on respire! Et on y voit au moins!

A trois pas de lui, s'ouvrait le gouffre où petillait un embrasement d'autant plus vivace que toutes les préparations chimiques de la magicienne l'alimentaient à la fois. C'était splendide ! Le cuivre, le fer, le plomb, les cent produits métalliques dont se servait la Balbina donnaient à cet incendie des couleurs de feu d'artifice. Mais la sorcière n'était guère en situation d'admirer ce spectacle. Elle se débattait, elle hurlait, elle priait, elle faisait mille promesses. La Palisse était inexorable. Il fit encore un pas, puis un autre. Un demi-mètre seulement le séparait de l'embrasement. Sans le vent qui soufflait, il eût eu le visage brûlé.

— Pitié, au nom du ciel, épargnez-moi ! Pitié ! s'écriait la sorcière.

La Palisse, inflexible, répondit :

— Tu nous as jetés, Buffalora et moi, dans un précipice. Abîme pour abîme. Moi, j'ai les moyens de payer mes dettes. Tu as tué Èva. Meurs.

Et il lança en avant, comme mû par un puissant ressort, le bras au bout duquel se tordait la sorcière.

— Non, non, pas ça ! pas le feu ! hurla-t-elle. Je me tuerai moi-même, si vous voulez, je m'empoisonnerai.

— C'est avant de tuer qu'il fallait mourir, répondit-il.

D'un brusque coup de genou, La Palisse amena au bord de l'abîme la magicienne, qui poussait des hurlements d'hyène.

— Au secours ! au secours ! criait-elle.

Il eut un mot cynique.

— Roule ta bosse, répondit-il en lançant dans le gouffre incandescent l'infâme créature.

On n'entendit plus qu'un cri, dont le maréchal ne s'émotionna même pas. Dans l'incendie qui devait consumer Èva et les deux hommes, la Balbina figurait maintenant à l'état d'aliment. Elle devenait cendre au milieu des instruments de ses sortilèges maudits.

— Allons, l'œuvre est faite ! s'écria La Palisse. Bon débarras ! Et en route !

Déjà Buffalora était loin. Il eut cependant l'extrême bonté d'attendre le maréchal au haut de l'escalier. Cette bonté était mêlée de courage, vu le délabrement des marches qui, d'un instant à l'autre, devait rendre la descente impossible. Enfin, la voix martiale de la Palisse retentit au milieu de la fumée.

— Buffalora ! cria-t-il, mais, que diable ! où es-tu ? M'abandonnerais-tu ? Je n'ai pas voulu te tuer et je ne suis pas bossu, moi !

— Je suis là, prenez garde, faites de petits pas.

— C'est bon, je tiens la rampe. Aïe !

Il fut bien forcé de lâcher cette rampe, dont le fer brûlait comme charbon. Mais l'Italien, plus familiarisé que lui avec l'escalier, lui saisit le bras et le guida jusqu'à la porte.

— Ah ! quels hurrahs, quels bravos, quand la foule qui, depuis longtemps, n'osait plus pénétrer dans ce palais perdu, en vit sortir le maréchal, boueux, enfumé, roussi, mais sain et sauf, et tenant dans ses bras une jeune fille inanimée, au visage angélique.

— Vive Chabannes ! Vive La Palisse !

On n'avait plus l'air de s'inquiéter de l'incendie. On admirait. En vérité le maréchal, se détachant sur ce fond lumineux, où éclataient les crépitements

des flammes, les effondrements au fracas prolongé,
les mille bruits de la destruction, ressemblait à
Jéhovah lui-même sortant de son tonnerre.

Mais Jéhovah ne doit jamais perdre sa sérénité
divine, tandis que, sur les traits de La Palisse,
était répandue une anxiété profonde.

— Un médecin ! Y a-t-il ici un médecin ? cria-
t-il.

On ne répondit pas. En ce temps-là déjà les méde-
cins sortaient rarement la nuit.

— J'en trouverai un, moi, dit une voix. Venez,
maître.

— Comment, c'est toi, mon brave Pantaléon ?

— Certes, ne m'avez-vous pas envoyé chercher ?
Votre voiture vous attend à l'angle de la rue.
Suivez-moi.

Justice céleste ! la Balbina était morte dans l'incendie qui devait consumer le maréchal. Ah ! si
Èva pouvait devoir son salut au seul moyen qu'elle
eût découvert pour le sauver, lui !

— Vive La Palisse, criait encore la foule.

— Je vous en prie, dit-il, moins de cris, et
laissez-moi passer.

— Vive le maréchal !

— Pantaléon, tire ton épée, et chasse-moi ces
braillards.

Cette fois, la foule s'écarta, mais sans se fâcher,
tant elle aimait son héros. Jamais souverain montant dans sa voiture n'eut une telle ovation. Mais
les chevaux piaffaient, le cocher faisait claquer son
fouet.

— Eh bien, viens-tu, Buffalora ? fit le maréchal.

— Non, partez, je vous rejoindrai à votre hôtel.

Et La Palisse s'éloigna, tenant sur ses genoux la pauvre jeune fille, toujours inanimée, dans les mains de qui Pantaléon frappait inutilement.

. . . .

Si Buffalora s'était bien gardé de suivre le maréchal, c'est qu'il était le seul qui, dans ces émouantes circonstances, n'eût point cessé de conserver es facultés pratiques. En voyant les literies, les ros meubles, joncher la rue, il avait soudain pensé ux richesses incommensurables amoncelées dans e palais, et s'était dit :

— Mon petit, tu as bien mérité d'avoir ta art.

Et il ouvrit ceux des tiroirs qu'il croyait être magnifiquement occupés. Ils étaient vides.

— Peste, un autre aurait-il eu la même idée que moi ? Il y a toujours quantité de truands autour es incendies.

Mais comme il faisait cette réflexion judicieuse, aperçut les nains qui, chargés de paquets, se dirigeaient vers trois vastes voitures garnies jusu'au faîte.

— Bravo ! s'écria-t-il, la mâtine avait pris ses récautions.

Et il s'approcha des voitures, sur l'une desquelles était le nain Balak consterné. Balak avait u La Palisse emporter dans ses bras la fausse albina et, trompé par la fameuse ressemblance ui a déjà causé tant de méprises, avait pris Èva our la magicienne.

— Mon pauvre maître, demanda le nain Balak à uffalora, est-ce que votre femme serait morte ?

— Eh non, tudieu ! une magicienne ne meurt as. Suivez-moi, vous allez la revoir.

Buffalora n'était pas long à concevoir un pla
Le sien était splendide. On en jugera d'ailleurs
le voyant mettre en œuvre. Au moment où s'él
gnaient les trois précieuses voitures, un gra
bruit retentissait derrière l'Italien qui les préc
dait, tout joyeux. C'était le palais de la Balbi
qui s'écroulait.

— Allons, pensa-t-il, le ciel m'a servi à souha
De la magicienne maudite, il ne reste plus que s
richesses et je ne suis pas un niais!...

IX

CHEZ LA PALISSE

Quand le maréchal entra dans la cour de son hôtel, Èva était toujours inanimée. En carrosse, La Palisse avait, à dix reprises différentes, appliqué l'oreille ou la main sur le cœur de la malheureuse jeune fille : ce cœur ne battait plus. Détachant son ceinturon et en essuyant la plaque, il l'avait approchée des lèvres de l'enfant : cette plaque ne s'était pas ternie. Eva ne respirait plus. Le désespoir du maréchal ne saurait se peindre. En cette délicieuse créature, tout l'avait charmé, ému. Il ne pouvait lui reprocher de s'être prêtée aux sortilèges de la Balbina. Pour qu'une si pure enfant fût descendue à ce rôle, il avait fallu que son père lui-même l'y condamnât.

— Ah ! monsieur, disait Pantaléon, il n'y aura rien à faire, allez ! Elle est asphyxiée...

15

— Si elle n'était qu'asphyxiée ! Mais c'est ce coup de poignard...

— Eh oui, voyez, le sang ne coule plus. Elle est bien morte...

C'est en échangeant ces mots, dont chacun redoublait l'angoisse du maréchal, qu'on descendit de carrosse. Pantaléon, pour que La Palisse pût mettre plus facilement pied à terre, voulut prendre le corps d'Èva.

— Je t'en prie, laisse-moi... fit le maréchal, cours chez un médecin.

— De gré ou de force, je vous en amène dix !

— Non, pas dix ! Ce serait trop. Mais va chez Gombaud, le médecin du roi, et dis-lui que je lui donne ma plus belle seigneurie.

Pendant que Pantaléon exécutait ces ordres, La Palisse déposait la jeune fille sur le meilleur lit de l'hôtel et, tour à tour, lui jetait de l'eau au visage, ouvrait les fenêtres de la chambre pour que le froid du matin naissant la saisît, lui plaçait sur les lèvres, et dans les narines, ou sous les paupières, des chiffons imbibés de vinaigre, lui enveloppait les pieds dans des couvertures brûlantes, mais tout cela en vain...

— Quoi ! serait-elle vraiment morte, s'écria-t-il. Après l'avoir cherchée trente ans, j'ai enfin trouvé une jeune fille, pure, innocente, sans tache et prête à m'épouser, malgré mes cheveux gris, et le jour même où je crois fuir avec elle, je la perds à jamais !

En ce moment Gombaud entrait.

— A jamais ? non, ce n'est pas vrai, n'est-ce pas, Gombaud ? Vous n'êtes point médecin du roi pour rien... La mort a peur de vous... Vous me rendrez cet ange.

— Nous le tenterons au moins.

Mais après s'être assuré que le pouls ne battait plus, que de la plaie qui trouait la poitrine le sang ne coulait plus, Gombaud se mit en devoir de jeter, lui aussi, de l'eau sur le visage d'Èva, d'employer le vinaigre et le reste.

— Morbleu, j'ai fait tout cela ! s'écriait désespérément le maréchal. Et cela encore ! Et cela aussi ! Gombaud, mon cher Gombaud, n'y a-t-il donc rien de plus à faire ?

— Si.

— Ah ! parlez.

— Attendre...

— Ce serait bien criminel à vous de vous moquer de moi en un pareil moment...

— Moins qu'à vous de supposer que je puisse en avoir le dessein. Au chevet des malades je suis roi aussi, moi. De grâce taisez-vous donc, ou je vous ordonne de vous retirer.

Gombaud avait dit cela si solennellement que La Palisse obéit, tout comme s'il eût été le plus modeste des lansquenets.

— Si ma présence devient utile, reprit le médecin après un silence, vous devrez de grands remerciements au roi. Mes soins n'appartiennent qu'à lui. Bien qu'il y eût aux Tournelles nombreuse réunion, il a consenti à me recevoir dès qu'il a su que c'était vous qui me mandiez et m'a envoyé vers vous.

— Je lui en saurai un gré éternel...

Mais, sur ces mots, un grand bruit se fit dans les chambres voisines...

Le maréchal prêta l'oreille. Ses gens essayaient

d'empêcher plusieurs personnes de pénétrer dans la pièce où reposait Èva.

— Au nom du roi! dit une voix.

Les colloques cessèrent et la porte s'ouvrit. Un des capitaines de service s'approcha de Gombaud.

— Monsieur le médecin, dit-il, le roi vous fait demander si, en votre âme et conscience, il y aurait danger à transporter cette jeune fille?

— Évidemment non. Si elle n'est en catalepsie, elle est morte.

— Entrez alors, dit le capitaine, en s'effaçant devant quatre arquebusiers qui portaient une civière.

— Ah ça, mais, je rêve! fit La Palisse. Le roi ne peut permettre cela...

— Voici son ordre.

Gombaud examina le papier que tendait le capitaine, puis, déposant lui-même Èva sur la civière et la couvrant avec soin, s'apprêta à suivre le cortège.

— Èva, mon Èva, s'écria le maréchal, qu'ils t'emmènent aux Tournelles ou en enfer, je ne te quitterai point!

Et il marcha à côté de Gombaud. Hélas! dans la cour de l'hôtel l'attendaient quatre autres arquebusiers que commandait un chevalier drapé dans un vaste manteau.

— On ne sort pas, dit ce chevalier, dont le maréchal crut reconnaître la voix, qui, par les étroites fenêtres du casque de fer, sortait, sombre et funèbre.

— Nous verrons bien! répliqua La Palisse, qui, tirant son épée, se mit en devoir de se faire place.

Mais, pendant que l'un des arquebusiers fermait la porte derrière le cortège qui s'éloignait, les trois autres désarmaient La Palisse, et le chevalier, ouvrant son manteau, lui disait :

— Regarde-moi...

C'était le Chevalier Noir.

— Encore toi ! s'écria le maréchal. Toi toujours, toi partout ! Oseras-tu de nouveau m'appeler lâche maintenant, quand pour pénétrer dans mon hôtel, tu as besoin de recourir à l'aide de quatre arquebusiers... quand, de peur de mourir, tu me fais traîtreusement désarmer ?

Le chevalier mit son épée au fourreau, renvoya par un geste les quatre arquebusiers, puis, s'approchant de La Palisse, lui dit :

— Qui sait si ma mort ne serait pas pour toi plus cruelle que ma vie ? Qui sait si, quand je te mets dans l'impossibilité de me tuer, ce n'est point par compassion pour toi ?

Mais le maréchal n'avait ni le temps, ni le désir d'approfondir ce mystère.

— Tu parles de compassion, lui dit-il. Écoute alors. Il y a derrière cette porte, que tes soldats ont refermée, un cortège qui s'éloigne... Ce cortège emmène un ange dont la vie me serait précieuse au delà de tout. Si cette enfant est morte, c'est moi qui l'ai tuée... Quel homme serais-je si je ne tentais de la sauver ! Mais il est impossible que ma douleur ne t'émeuve pas ! Quoi ! Tu te tais... tu me barres le passage. Tu oublies que je suis chez moi et que je n'ai qu'un cri à pousser pour que tous mes gens bondissent sur toi...

— Et toi, tu oublies trop, je te le dis de nouveau, la comtesse de la Chesneraye...

A ce mot, La Palisse recula. Le chevalier continua :

— Tu souffres depuis une heure. Elle a souffert vingt ans ! Chacun son tour en ce monde.

— Mais ne sais-tu pas que j'ai offert à la comtesse de la Chesneraye la réparation ?... Je ne suis donc pas si criminel que tu sembles le supposer. Je suis même bon, je t'assure, sous ma légèreté apparente. Je te jure même que je la ferai heureuse. Mais laisse-moi sortir, je t'en prie, je t'en conjure !

— La comtesse de la Chesneraye ne veut point la réparation. Elle veut la vengeance...

— Saurait-elle donc rêver une vengeance si atroce, si épouvantable ! N'as-tu pas entendu ? Èva est morte, si elle n'est en catalepsie. Comprends-tu mon angoisse ? Est-ce la vie ? est-ce la mort ? On ne sait, et je l'aime !... Peut-être aussi aimes-tu ! Laisse-moi la rejoindre. Tu as un cœur...

— Formé à la haine, élevé pour le châtiment. Je ne connais qu'un devoir, celui de servir la femme que tu as méconnue, trahie, abandonnée. Ma pitié n'est que pour elle...

— Mais qui donc es-tu ?

— Cherche.

— Au moins dis-moi où ils l'emmènent, cette pauvre enfant. Est-ce chez le roi ? Le roi est bon... le roi m'estime. Il m'a déjà donné mille preuves d'affection...

— Ils la conduisent... chez la comtesse de la Chesneraye.

— Tu as dit ?

— La vérité !

— Mais que veut-elle en faire, mon Dieu ?

— Oh ! tranquillise-toi, Gombaud ne la quittera

point. Heureusement pour ses projets, la comtesse
était chez le roi quand Gombaud est venu lui demander la permission de te prêter ses soins. Tu dois savoir que le roi nous aime non moins que toi. Sou-
viens-toi de Marignan ? Le roi ne m'y a point mal
reçu sous sa tente. Donc la comtesse a obtenu que
si Gombaud soigne cette enfant, ce soit chez
elle...

— Pour me l'arracher ? pour me faire perdre ses
traces ? pour me déchirer le cœur par ce tourment
horrible d'ignorer à jamais si ma pauvre Èva est
morte ou si elle vit ? Oh ! c'est épouvantable ! Eh bien,
la comtesse se trompe. J'ai gagné vingt batailles et
il ne me coûtera point de gagner celle-là. J'ai
l'honneur d'être moi, entends-tu ? Allons, place.
Tout à l'heure je priais et maintenant j'ordonne.

Le Chevalier Noir ne fit pas un mouvement et ne
dit pas un mot.

— Aurais-je besoin de répéter ? demanda La Palisse.
Par malheur, je n'en ai point le temps.

Et il se dirigea vers la porte. Le Chevalier étendit
le bras et lui barra le passage. Le maréchal s'arrêta
et reprit :

— Tu m'as épargné tout à l'heure la peine de te
tuer. De gré ou de force, je te dis que je passerai.

— Et moi, je te dis que la comtesse de la Chesneraye m'a enjoint de te garder ici une heure, jusqu'à
ce qu'elle ait le temps de mettre ton Èva en lieu sûr.
J'obéis !

Et il tira son épée.

— Soit alors, s'écria La Palisse au comble de la
rage.

Et, désarmé, il saisit un escabeau de chêne.

En ce moment la porte s'ouvrit brusquement et un homme, une bourrasque, entra soudain dans la cour de l'hôtel en criant :

— Ma femme ! je veux ma femme.

C'était Buffalora que les nains impatients contraignaient à exécuter, plus tôt qu'il ne l'aurait désiré, son magnifique plan. A Balak, qui ne cessait de demander des nouvelles de la magicienne, il avait répondu :

— Suivez-moi, vous allez la revoir.

Or, tout le chœur des nains l'avait suivi, entourant, il est vrai, les précieuses voitures, ce qui ne manquait point d'être consolant. Buffalora avait conduit nains et trésors dans une maison inoccupée qu'il savait depuis longtemps être à louer et qu'il acheta sur-le-champ. Mais les nains ne voulaient pas seulement que les trésors fussent à l'abri ; ils voulaient que leur maîtresse le fût aussi. Ils l'avaient vue dans les bras de La Palisse. Cela ne leur suffisait point. Où était La Palisse ? Après maint colloque, il fallut que l'Italien, non sans avoir laissé, et sous clef, des gardiens auprès des trois voitures, allât avec Balak, Édom et quelques autres, réclamer au maréchal celle qu'ils prenaient pour la Balbina, par la raison qu'ils n'avaient jamais su exactement eux-mêmes si la vraie Balbina, celle à qui ils devaient le bien-être et la fortune, était Èva ou la bossue. A la porte du maréchal, ils avaient bien rencontré quatre grands diables bardés de fer et armés qui leur avaient dit : « On n'entre pas ! » Mais nous savons que cela ne pouvait les inquiéter. En un instant, les suivants du Chevalier Noir avaient été entourés, désarmés. Tous quatre, admirablement garrottés, vinrent rouler dans la cour, derrière Buffalora.

Sur un signe de celui-ci, le Chevalier Noir allait même partager le sort des quatre hommes d'armes, quand La Palisse, qui pensait avant tout aux moyens de retrouver Èva, s'écria :

— Arrêtez, le champ est libre. Profitons-en sans retard.

Et il sortit au milieu des nains, derrière l'Italien, qui ne savait pas pourquoi il était fier, mais qui l'était autant que s'il l'eût su. Une fois dans la rue, le maréchal ferma soigneusement la porte et dit :

— Maintenant concertons-nous. D'abord que diable êtes-vous venus faire ici ?

L'explication ne fut pas longue. Mais Buffalora fit signe au maréchal de ne point détromper les nains qui s'imaginaient courir après la Balbina. La Palisse crut de son intérêt de lui accorder sa complicité.

— A merveille, fit-il, vous voulez votre maîtresse. Et moi aussi. Mais on me l'a prise. On me l'a enlevée sur une civière !...

— Une civière entourée d'arquebusiers ? s'écria Balak.

— Oui ! Vous l'auriez rencontrée ?...

— Se dirigeant vers la Butte-aux-Moulins ! répondit le nain. En route ! Ils ne peuvent marcher vite, et nos petites jambes sont bonnes.

Ce fut une avalanche, une trombe renversant les passants, ne connaissant point d'obstacle et franchissant en quelques minutes le long espace qui séparait la rue des Lions de la Butte-aux-Moulins.

15.

X

LA FEMME DE BUFFALORA

Non loin de Saint-Germain-l'Auxerrois qui, déjà à cette époque, avait près de dix siècles, l'avalanche s'arrêta soudain. Un cortège tournait l'église, celui-là même qui portait le corps d'Èva.

— Soyons prudents, fit La Palisse qui ne tenait pas à livrer bataille au milieu de Paris. Attendez-moi ici, laissez-moi faire et n'approchez que si je vous appelle.

Et il se dirigea vers le capitaine qui conduisait le cortège, au milieu duquel se balançait sur la civière le corps toujours inanimé d'Èva.

— Capitaine, lui dit-il en étouffant un sanglot, derrière vous est venu à mon hôtel le mari d'Éva. Vous ne refuserez pas le corps d'une femme à son mari.

— Monseigneur, vous comprenez de reste que je

suis désolé de ne pouvoir vous satisfaire... J'ai un ordre du roi !

Sur ces mots, l'officier reprit la tête du cortège et se remit en marche.

— Capitaine, s'écria le maréchal, c'est moi qui vous ai fait donner votre grade à Mouzon. Je m'intéresse vivement au mari de cette femme. Il a le droit, après tout, de réclamer le soin de la rendre à la vie ou de l'ensevelir...

— Ordre du roi...

La Palisse baissa la voix et ajouta presque humblement :

— Eh bien, écoutez ; tout cela est faux. Mais j'aime cette enfant... Elle est mon rêve, mon espoir. Morte, elle sera ma douleur éternelle. Son prétendu mari est vraiment là. Laissez-moi profiter d'un mensonge que je suis à même de justifier...

— Ordre du roi !

— Adieu alors, gronda sourdement La Palisse, et que ce qui arrivera retombe sur la tête du roi !

Le cortège s'éloigna, laissant La Palisse exhaler sa colère en mots furieux.

— Maître, vint lui dire Buffalora, ces mots sont de trop. Il faut agir.

— Eh ! morbleu, laisse-moi me calmer ! un maréchal de France ne peut se conduire en pleine rue comme un truand et se mettre chef de bandits. Cherchons un moyen sage...

— Je suis sûr aussi que vous vous dites qu'il y a quatre arquebusiers derrière le capitaine... Vous savez bien ce que mes nains en font, des arquebusiers.

— Mais, encore une fois, pas dans la rue! On nous regarde déjà assez.

— C'est bien, donnons à ce cortège maudit le temps de disparaître dans une ruelle et de nous échapper...

— Tais-toi. J'ai trouvé!

Mais, comme il disait cela, des pas de chevaux lancés au galop retentissaient derrière lui.

— Gare! s'écria Buffalora, on nous poursuit. Entrez là.

Il poussa le maréchal et la moitié de ses nains dans une hôtellerie, puis il cria aux autres:

— Et vous, sur la piste! Échelonnez-vous, ne tentez rien, nous vous rejoignons.

Puis, il entra lui-même dans l'hôtellerie. Il n'était que temps. A peine s'était-il attablé à côté du maréchal derrière les rideaux de la fenêtre, le Chevalier Noir et ses quatre arquebusiers passaient dans la rue au grand galop de leurs chevaux.

— Oh! les infâmes drôles! s'écria le maréchal. Ils m'ont volé mes chevaux et auront enfoncé ma porte. Mais ils paieront tout cela.

Pendant ce temps, les nains lancés sur la piste du cortège ne perdaient pas de vue la civière qui portait Èva, et, de rue en rue, se cachaient sous les portes, en s'échelonnant de façon à pouvoir utilement renseigner Buffalora. Dès que le Chevalier Noir et son escorte eurent disparu dans le dédale de la Butte-aux-Moulins, La Palisse, jetant une pistole à l'hôtelier, s'écria:

— En chasse, vous autres! Nous les prendrons tous au même piège!

Et il s'élança le premier. Le mari et les esclaves de la magicienne le suivirent. A l'angle de chaque rue, un des nains chargés de les guider se montrait en disant : « C'est par ici ! » et se joignait à eux. Ils arrivèrent ainsi, après vingt détours, devant l'ancienne demeure de la reine Blanche, en face de laquelle devait se construire, cent ans plus tard, la maison où mourut Corneille.

L'hôtel de la reine Blanche était alors occupé par la comtesse de la Chesneraye. En temps ordinaire, la comtesse était assez mal gardée, mais à l'heure où nous sommes, l'escorte de la civière, celle du Chevalier Noir, — en tout huit arquebusiers, deux capitaines et même un médecin pour soigner les blessés — suffisaient amplement à la défense de cet hôtel. Il eût fallu être fou pour songer à l'attaquer sans armes, surtout en plein jour. Il était également inutile de penser à parlementer. La Palisse avait déjà dit sans succès tout ce qu'il avait à dire. Que faire alors ? Il ne restait que la ruse.

— Buffalora, demanda-t-il, tes nains sont bien sûrs d'avoir vu entrer ici d'abord le cortège d'Èva, puis celui du Chevalier Noir ?

— Absolument sûrs, monseigneur.

— C'est bien, allons-nous-en.

— Comment, c'est là votre beau plan !

— Certes ! et surtout ayons tous l'air désappointé. Gagnons le large en haussant tristement les épaules, comme des gens bien convaincus qu'ils ne doivent plus avoir le moindre espoir.

Et il ajouta impérieusement :

— Allons, donne tes ordres, et qu'on me suive.

Sur ces mots, le maréchal s'éloigna, pendant que Buffalora, obéissant à son maître, haussait les épaules, avait l'air le plus navré du monde, tont en di-

sant à ses nains de l'imiter, puis rejoignait avec eux
La Palisse à l'angle de la rue.

— C'est parfait, fit le maréchal. Évidemment on
nous regardait par une fenêtre quelconque de l'hôtel.
On doit être en ce moment persuadé que nous avons
perdu tout courage. Agissons donc. Buffalora, mon
ami, nous touchons au but.

— Je voudrais bien comprendre.

— Oh ! cela ne presse pas. Au sommet de la butte
est la caserne de la maréchaussée. Cours-y et raconte au chevalier du guet ton histoire : tu es un
pauvre mari à qui le fils de la comtesse de La Ghes-
neraye a pris sa femme. Le guet aime toujours à se
mêler de ces histoires-là. Il t'accompagne jusqu'à
l'hôtel, ne fût-ce que dans l'espérance de surprendre
en flagrant délit la femme et l'amant. Il frappe à la
porte. On n'ouvre pas. Or, lui, à son tour, crie :
« Au nom du roi ! » comme c'est son métier. Comprends-tu, maintenant ? Nous opposons au roi le roi
même. A la fin on ouvre, ou le guet enfonce la porte.
On s'explique. Les arquebusiers espèrent bien prouver que l'ordre particulier du roi, dont ils sont mu-
nis, est plus puissant que l'ordre général au nom
duquel le guet agit. Mais le reste me regarde. Allons,
cours.

Un quart d'heure après, les choses se passaient
exactement comme l'avait prévu La Palisse, avec
cette complication qu'à l'instant même où le capitaine qui avait conduit la litière ouvrait la porte
pour convaincre le guet, La Palisse et tous les nains,
faisant irruption, poussaient les gens du guet dans
l'hôtel et y pénétraient derrière eux. En un instant,
le guet et les arquebusiers étaient désarmés, bâillon-
nés, ficelés. Ah ! comme ils s'amusaient, les nains,

pendant que La Palisse répondait à Buffalora, qui
tremblait de tous ses membres en pensant à la colère
du roi :

— Ne t'inquiète donc pas. J'arrangerai cela. Le
roi a bien plus besoin de moi que je n'ai besoin de
lui. Il compte encore prendre des villes. Je m'entre-
tiens la main en prenant une maison.

Malheureusement, ni le maréchal, ni Buffalora,
ne connaissaient les êtres de l'hôtel de la comtesse,
et cette antique demeure avait subi à chaque changement de propriétaire tant de modifications, qu'elle
constituait bien le plus étrange des labyrinthes.
Donc, La Palisse avait beau enfoncer des portes,
traverser des pièces, monter, descendre, il ne trouvait ni le chevalier, ni Èva.

— Les drôles m'auraient-ils encore joué quelque
tour ? se demandait-il.

En ce moment, son pied donna contre un objet
sonore qu'il regarda. C'était un casque, le casque
même qui, le matin, recouvrait la tête du Chevalier
Noir.

— A la bonne heure, pensa-t-il, si je mets la main
sur lui, cette fois au moins je verrai son visage. Il
sera temps.

Il rencontra une nouvelle porte qu'il n'eut pas besoin d'enfoncer. Elle n'était ni verrouillée ni même
fermée à clef.

— Qui ose entrer ici sans se faire annoncer ? dit
une voix hautaine et dédaigneuse dès que le maréchal se fut permis de tourner le bouton.

Il regarda d'où venait cette voix et instinctivement
ôta son feutre et salua.

La Palisse se trouvait devant la fière comtesse
de La Chesneraye... la seule personne qu'il ne dési-

rât point rencontrer dans cette maison, qu'elle habitait.

— Vous ici ? s'écria-t-elle.

— Parfaitement. Vous ne m'attendiez point, n'est-ce pas ?

Est-il vrai qu'elle ne l'attendait pas ? Le fait est qu'elle ne semblait point s'être mise en frais de toilette pour le recevoir. Elle était vêtue d'une simple robe de chambre. Une mantille recouvrait ses cheveux, qui n'étaient point coiffés. La Palisse reprit :

— Aussi bien, ce n'est pas vous que je cherchais. Où est Eva ?

— Èva ? fit-elle avec le plus grand étonnement.

— Oh ! ne jouez pas la stupéfaction, madame. Je sais qu'Èva est ici et l'on a vu, d'ailleurs, entrer dans cet hôtel la civière qui la portait. Vous ne voulez point répondre ?

— Mais, mon pauvre La Palisse, vous croyez tout ce qu'on vous dit. C'est comme moi, dans le temps...

La Palisse courba la tête. Cet amour lointain était son seul remords, et la comtesse se chargeait d'en faire plus qu'un remords : un regret.

— Ah ! c'est vous qui vous taisez maintenant, dit-elle.

Il surmonta sa confusion et reprit avec brusquerie :

— Je ne suis venu ici, madame, ni pour demander une explication, ni pour me disculper. Vous m'avez pris Èva, je la veux.

— Il y a un malheur, fit-elle, c'est que je ne sais même pas ce que vous voulez dire.

— Madame, ne me forcez pas à vous répondre que

vous mentez. Il y avait des courtisans chez le roi
quand Gombaud lui a demandé la permission de me
donner ses soins. Or, vous étiez au milieu d'eux.
Dans tout ce qui m'est arrivé depuis ce matin, j'ai
reconnu votre œuvre.

La comtesse se leva.

— Je n'ai plus qu'à me retirer, dit-elle froidement. J'espère que vous ne me ferez pas vio-
lence.

Et elle se dirigea vers un boudoir attenant au salon où l'avait trouvée La Palisse. En ce moment, on
entendit un grand cri qui la cloua sur place, et une
jeune fille, les yeux hagards, les cheveux en désordre, s'élança dans le salon par la porte même qu'allait
franchir La Palisse.

— Oh! non, non, pas lui! criait-elle en regardant
avec terreur dans le boudoir.

C'était Èva...

Èva était sortie de catalepsie à l'instant même où,
par une porte donnant sur l'escalier, Buffalora, plus
heureux que La Palisse, entrait dans le boudoir au
milieu duquel Gombaud avait fait déposer la civière.
A la vue du maréchal:

— Ah! maintenant, je suis sauvée, fit la jeune
fille en se jetant dans ses bras.

La Palisse était fou de joie. Il couvrait de baisers
le front de son Èva. Il lui caressait les cheveux. Il
lui prenait les mains. Il pleurait à chaudes larmes.

— Vivante, elle est vivante, disait-il. Oh! que je
suis content! Que m'importe le reste!

Mais Èva semblait terrifiée. Elle était de marbre.
A peine rendue à la vie, elle avait revu debout devant

elle et prêt à la saisir l'Italien qu'elle détestait, le complice de la Balbina, Buffalora enfin.

— Voyons, qu'as-tu ? lui demanda La Palisse. Parle.

— J'ai peur... murmura-t-elle.

— Quoi ! de Buffalora ? Mais c'est un ami maintenant. Tu n'as plus rien à craindre. Je t'expliquerai tout cela.

Soudain ce fut au maréchal de pousser un cri. Il avait les mains pleines de sang.

— Gombaud ! Gombaud ! fit-il, au secours !

Èva menaçait de retomber en catalepsie. En même temps qu'à la vie, la pauvre enfant renaissait à la souffrance et, de la blessure qui lui trouait l'épaule, s'échappait à flots le sang rose des vierges de vingt ans. Gombaud accourut, la reçut dans ses bras et appliqua un premier pansement.

— Ce n'est rien, dit-il. Elle est sauvée au contraire.

Ce n'avait été, en effet, qu'une alerte, qui ne fut pas suivie d'évanouissement. Pendant que La Palisse, Gombaud et Buffalora se pressaient autour de la malheureuse jeune fille, la comtesse, elle aussi, eût bien mérité d'être observée. Elle se tenait debout, le front penché et plissé, les lèvres contractées, la main crispée sur le dossier d'un siège. Il semblait qu'en elle avait lieu un horrible combat. Par instants, elle levait le regard vers eux, puis le baissait soudain. Si vous aviez devant vous une femme ainsi tourmentée, ainsi émue, vous vous demanderiez : « Va-t-elle éclater de colère ou va-t-elle fondre en larmes ?... »

La situation, d'ailleurs, était des plus tendues et la comtesse était en droit de tout prévoir. Pour la protéger, il n'y avait là que Gombaud. Or, en sa qualité de médecin, Gombaud, chacun le savait, n'était brave que dans les chambres de pestiférés.

Ce fut Èva qui rompit le silence.

— Ah! que je vous remercie tous, s'écria-t-elle en essayant de sourire. Combien vous êtes bons!

Et la jeune fille employait ce dernier mot sans ironie. Pour elle, tous ces gens, — y compris maintenant Buffalora dont La Palisse s'était fait le répondant, — étaient de dévoués amis empressés à son salut. Personne ne répondit. Le maréchal seulement lui baisa les doigts. Tous s'attendaient à de nouveaux événements, et, puisque cette jeune fille était l'enjeu de la bataille, chacun se demandait à qui enfin elle resterait. Ni La Palisse, ni Buffalora n'avaient rencontré dans l'hôtel le Chevalier Noir. Était-il donc parvenu à s'échapper et ne pouvait-il point d'un instant à l'autre amener du renfort? Telle était la question qui se dressait, insoluble, dans le cœur des deux alliés. Soudain on entendit la porte de la rue retomber lourdement sur elle-même. Devant qui s'était-elle ouverte? Ah! cette fois, le maréchal et l'Italien crurent savoir à quoi s'en tenir. Évidemment c'était le mystérieux ennemi qui revenait à la charge et ils n'eurent plus aucun doute à cet égard quand ils virent entrer dans le boudoir où reposait Eva une dizaine d'hommes du guet.

La Palisse et Buffalora se trompaient.

— Quel est le maître de céans? demanda le chef des soldats du guet.

Du doigt, Gombaud désigna la comtesse.

— Madame, reprit ce chef, il vient de se passer ici des choses vraiment étranges. On avait requis l'aide de plusieurs de nos camarades. Au moment même où ils entraient, tout un bataillon de diables se glissait derrière eux, les entourait, les désarmait. Heureusement un voisin a vu la scène et s'est hâté de nous en informer. Qu'est-ce que cela veut dire ?

L'Italie a du mérite, à preuve ce que l'instinct milanais inspira à Buffalora, qui s'avança et dit presque en souriant :

— Je demanderai la permission de répondre. Mais il y a là une malade. Si nous passions dans la pièce voisine...

Et il fit signe aux visiteurs d'entrer dans le salon où nous étions tout à l'heure, et où il les suivit. Par la porte restée ouverte. La Palisse et la comtesse pouvaient entendre chaque mot.

Ah ! quel malheur que nous ne puissions reproduire l'accent milanais doux, gracieux, insinuant, diplomatique, avec lequel Buffalora répondit au guet :

— Ces gens, que vous appelez des diables, et qui sont des gnomes d'Afrique, sont peu au courant des usages de ce pays. Ils ne savaient point avoir affaire au guet. C'est moi qui ai eu l'honneur d'aller chercher vos camarades et ces gnomes m'appartiennent. S'ils ne s'étaient trompés, se seraient-ils tournés, je vous prends pour juges, contre l'aide puissante qui m'était indispensable ? Je vous prie donc d'agréer mes sincères excuses et de croire que je saurai largement indemniser vos camarades des petits ennuis que leur ont causés mes esclaves.

Ce mot d'indemnité fait toujours très bien. Les expropriés l'adorent et il entra comme une musique harmonieuse dans les oreilles du guet.

Buffalora poursuivit :

— Personnellement, d'ailleurs, j'ai à me louer de cet incident qui me procure l'avantage de votre visite. Vous n'êtes pas de trop, messieurs. La situation est restée absolument ce qu'elle était quand je me suis permis de me rendre à votre casernement. On m'a volé ma femme. Je la réclame. Ce n'est pas ordinaire, mais c'est mon droit.

En ce moment, La Palisse avait le bras arrondi sous la tête d'Èva et pressait la jeune fille contre son cœur.

— Moi, sa femme ! fit-elle. Oh ! non, jamais !

— Taisez-vous, murmura le maréchal. Il vous sauve... Et dites toujours comme lui !

Mais déjà Gombaud était sorti du boudoir.

— Monsieur l'officier, dit-il, je ne sais pas si l'on vous trompe, mais j'affirme que la personne dont il s'agit est ici par la volonté du roi qui m'a même muni de cet ordre.

Le chevalier du guet prit connaissance du fameux papier qui avait déjà produit son effet chez La Palisse. Mais pendant qu'il le lisait, Buffalora en dépliait un autre.

Pour que l'on comprenne bien la scène qui va se passer, il faut se rappeler l'époque à laquelle avaient lieu les événements dont nous nous sommes fait les historiens fidèles. En ce temps-là, la puissance des rois était bornée. Au-dessus du trône, il y avait le siège pontifical. Dans le court journal qu'elle nous a laissé, Louise de Savoie, mère de François Ier, mentionne comme un grand événement que le pape Léon « gentil lieutenant et apostre de Jésus-Christ » ait daigné célébrer la messe en présence de son fils. Or, le pape Léon avait des cardinaux qui, tous, désiraient plus ou moins vivement lui succéder. Lesdits cardinaux flétrissaient publiquement et méprisaient la magie, ce qui n'avait pas empêché l'un d'eux de recourir aux sortilèges de la Balbina. Aux princes de la terre, la magicienne demandait, en échange de ses consultations, de l'or, beaucoup d'or. A un prince de l'église, elle avait demandé mieux. Toute sorcière ayant peur du feu, la Balbina s'était mise en garde contre le châtiment légal et, ce qu'elle avait obtenu du cardinal, c'était bel et bien la signature du « gentil lieutenant et apostre de Jésus-Christ » au-dessus de laquelle elle avait écrit la simple phrase que voici :

« A tous nos fils en Jésus-Christ, nous ordonnons qu'il soit fait haulte protection à la princesse Balbina, *toute sa vie durant.* »

Si Buffalora ne s'était point servi de ce papier pendant le trajet de la rue des Lions à la rue d'Argenteuil, c'était qu'alors Éva était morte ou du moins pouvait passer pour telle. Mais elle vivait maintenant ! La pauvrette frémissait dans les bras d'un homme qui n'était pas le premier venu, sur le cœur du maréchal Jacques Chabannes de La Palisse.

— Devant cet ordre du roi, dit l'officier qui continuait sa première lecture, je n'ai qu'à me retirer, en priant ces messieurs de me suivre.

— Permettez, répliqua Buffalora, il y a un autre papier à lire.

Et il tendit l'écrit pontifical. L'officier se gratta le front. Ah ! l'on était fervent catholique en ce temps là, et, pour tout soldat, il y avait de quoi être embarrassé lorsque, son roi ayant dit oui, le pape disait non.

— Je suis, poursuivit l'Italien, le prince Buffalora Balbini, époux, en légitimes noces, de la femme qui est là. Donc, j'ai le pouvoir de requérir pour la princesse l'aide invoquée par mon Très Saint-Père, le vénéré pape Léon.

— Ah ! décidément, c'en est trop ! s'écria la comtesse, qui voyait le guet subjugué. Mais ce fourbe vous ment, messieurs ! Il n'a jamais été l'époux de cette enfant, qui ne s'est jamais appelée la princesse Balbina,

Mais Buffalora, que vous n'avez pas cessé de prendre, nous l'espérons bien, pour le contraire d'un sot, s'était placé devant la porte du boudoir de façon à pouvoir par des signes insaisissables pour les autres, correspondre avec le maréchal. Or, le regard de La Palisse voulait clairement dire :

— Va toujours !

Buffalora, se voyant ainsi encouragé par La Palisse, reprit tranquillement, avec un accent tellement sincère qu'il eût convaincu même un bataillon de juges :

— En soutenant que c'est ma femme qui repose dans ce boudoir, je n'ai rien avancé que je ne puisse prouver !

Et, allant saisir par la main La Palisse et l'amenant dans le salon :

— C'est le vainqueur de Milan lui-même qui m'a marié.

— Je le déclare, dit La Palisse.

— Hé, mais, qu'est-ce que cela prouve ? s'écria la comtesse en s'adressant au maréchal. Que vous l'ayez marié, oui ou non, avec la Balbina, peu importe, puisque l'enfant qui est là n'est point la Balbina !

— On pourrait le demander à elle-même, répliqua La Palisse. Elle doit être à cet égard beaucoup mieux renseignée que nous tous.

Et, du geste, il invita l'officier à entrer dans le boudoir.

— Madame, demanda celui-ci à Eva qui ne comprenait rien à cette scène, mais qui n'eût point pour un empire démenti son sauveur, comment vous appelez-vous ?

— La princesse Balbina, répondit-elle.

— Désirez-vous être rendue à votre mari ?

— Oui.

La comtesse se tordait les mains et pleurait.

— Oh ! c'est une infamie ! s'écria-t-elle. Il lui a fait la leçon.

— Pardonnez-moi, madame, reprit l'officier, je ne puis pourtant pas m'exposer à l'excommunication. Monseigneur Buffalora, mes soldats vous aideront à reprendre votre femme. Il reste bien la petite question du désagrément qu'ont éprouvé quelques-uns de ces soldats, mais vous avez daigné me promettre...

— Comptez sur moi, fit noblement l'Italien. Tenez, voici déjà un modeste acompte que je vous prie de leur offrir de ma part.

Et il tira de sa poche une des bourses qu'il avait trouvées en inspectant les trois voitures de la magicienne.

— Vous pouvez vous retirer, ajouta-t-il. Monseigneur le maréchal de La Palisse et l'honorable médecin du roi vous excuseront devant Sa Majesté.

Allez donc et merci ! mais laissez vos soldats en bas.

Et il le salua de la main à plusieurs reprises, mais jusqu'à la porte seulement. Il y a valet de chambre et valet d'escalier. La comtesse était attérrée.

— Je suis vaincue, murmura-t-elle à la fin. Ah ! vous triomphez, maréchal. J'aurai mon lendemain !

— Et elle se jeta sur un canapé, en se cachant la tête dans les coussins pour ne point voir La Palisse qui emportait dans les bras son Èva. L'officier du guet avait fait délivrer les premiers soldats par ceux qui l'accompagnaient et tous les nains attendaient au pas de l'escalier.

— Je vous avais promis de vous rendre votre maîtresse... leur dit modestement Buffalora, en désignant du doigt la jeune fille.

Puis, se tournant vers La Palisse :

— Mais, maréchal, vous ne pouvez, à cette heure, traverser ainsi tout Paris.

— Tu as raison, mon ami. Monsieur Gombaud, vous à qui la comtesse n'a nul sujet d'en vouloir pourriez-vous avoir la bonté de lui emprunter sa litière ?

— Ah ! juste ciel, qu'il fasse ce qu'il voudra ! répondit madame de la Chesneraye quand le médecin lui eut transmis la demande de La Palisse. Mais vous, Gombaud, restez auprès de moi, je vous prie, je compte sur vous pour me conduire à l'hôtel des Tournelles, dès que je serai remise de cet abominable événement. Les misérables ! Oh ! Je comprends bien le plan de cet Italien maudit, mais je le déjouerai ! Il ne mettra pas toujours le pape entre le roi et lui.

16

Un quart d'heure après, La Palisse, qui était monté dans la litière à côté d'Éva, se rendait à son hôtel de la rue des Lions, suivi de Buffalora et de tous les nains, cette réclame vivante de la célèbre magicienne. Car ce n'est pas notre époque qui a inventé Mangin. A l'hôtel, la pauvre enfant devait éprouver une bien autre émotion.

Éva ne s'était pas rendu un compte bien exact du mensonge qui l'avait arrachée à la comtesse de La Chesneraye. Buffalora se promettait de pousser ce mensonge jusqu'à ses dernières conséquences. Ses intérêts exigeaient que la Balbina vécût. Les lois sur l'hérédité n'existaient point alors pour le protéger. Aujourd'hui encore, elles protègent si mal ! Puis, la magicienne morte, comment lutter contre les nains qui voudraient peut-être se partager les richesses gagnées grâce à leur complicité ? Enfin, si Buffalora n'avait pas eu le temps de supputer les trésors amoncelés dans les trois voitures, déjà il avait entrevu le jour où il ne faudrait point trois voitures pour porter sa fortune, mais bien six, mais neuf ! Pourquoi pas quinze !

Or il sentait, le malin, qu'il allait avoir en La Palisse un allié.

— Nous allons attendre, dit-il que la pauvre enfant soit complètement remise, pendant ce temps-là, mes nains meubleront et disposeront la maison que je viens d'acheter et qu'ils transformeront en palais digne de sa locataire.

Éva ouvrait de grands yeux. Elle ne comprenait pas.

— Quoi ! dit-elle, je ne vais donc point toujours rester ici ?

— Chère enfant, répondit le maréchal, c'est difficile. Pensez à votre âge, à votre beauté.

— Vous n'avez donc plus, fit elle naïvement, les mêmes intentions à mon égard ?

— J'avais sollicité, je le sais bien, le bonheur de vous épouser ; mais depuis ce matin la situation a changé. On n'épouse point la femme d'un autre. Le stratagème dont nous nous sommes servis pour vous garder, tourne contre nous....

— Vous savez bien que je ne veux pas être la femme du prince.

— Hé, qui vous parle de l'être... en réalité ? Attendons seulement que nous ayons trouvé le moyen de vous délivrer à jamais de la comtesse et du Chevalier Noir. Puis, il y a aussi le roi, il nous faut le temps de le gagner ; François est jeune ; il y a une nommée madame Isaure que j'ai tirée d'un pas difficile et qui nous assurera la protection de Sa Majesté.

Èva s'enhardit :

— Vous parlez d'or, dit-elle, mais moi, qu'est-ce que je fais au juste là-dedans. Vous me sacrifiez...

— Mais vous ne savez donc pas, mon enfant, reprit Buffalora, quels ennemis s'acharnent sur votre sauveur ? En ayant l'air d'être ma femme, votre argent, votre beauté, les événements épouvantables que vous venez de traverser, et dont le récit bouleversera tout Paris ; votre double résurrection présumée ; la superstition des femmes et surtout des hommes mettront chaque jour à votre disposition les moyens de connaître tout ce qui se trame dans l'ombre et d'être l'ange protecteur du maréchal.

— Quoi ! c'est vrai ? demanda la chère enfant.

— Je vous le jure, dit Buffalora, pendant que La Palisse approuvait de la tête.

—Eh bien, la Balbina est morte ! dit-elle, avec la conviction que donne le dévouement : vive la Balbina ! Mais la première vivait pour le mal, moi je nais pour le bien. Je ne veux pas avoir d'autre but que celui de réparer, ou de sauver, ou d'affranchir ! Enfin, de faire le contraire de ce que feront vos ennemis.

Comme elle disait cela, le marteau de l'hôtel de la rue des Lions retomba sur son clou et le vieux Pantaléon, qui plaignait sincèrement son maître de s'être jeté dans tant d'aventures, vint lui dire :

— Monseigneur, le roi vous mande en son hôtel des Tournelles.

LA COUR DU ROI FRANÇOIS

—

I

L'ENFANT D'ISAURE

Nous avons laissé l'ancienne maîtresse de François Ier en la modeste hôtellerie où son valet Hubert l'avait conduite. Pendant ce temps-là, le roi s'escrimait contre les espions payés par sa femme. Nous avons vu l'un de ces espions suivre François et être lui-même suivi par son camarade, aux gages de Gaston de Maulévrier.

A l'heure où nous sommes, Gaston écoutait le rapport de ce dernier, nommé Bernard.

— Ah ! monsieur, dit Bernard, je crois bien que je vous vole votre argent, c'est à n'y rien comprendre ; madame Claude semble jouer le jeu de son mari volage. Savez-vous jusqu'où elle l'a conduit tout en paraissant le suivre? Devant l'hô-

tellerie même où habite maintenant madame
Isaure. Que la fenêtre se soit ouverte et, crac !
c'était fait, elle le voyait comme moi je l'ai vu et
la rencontre avait lieu.

— Tonnerre ! s'écria Gaston de Maulévrier, cela
ne sera jamais.

Contentons-nous d'indiquer deux traits principaux du caractère de madame Claude.

Cette femme d'un roi de France ne trouvait à
s'occuper que de son seul mari. Elle était si bourgeoisement jalouse, que son père parfois lui
disait :

— Claude, ma mie, on dirait que vous vous
appelez madame Tisserand ou madame Farinier.

Comme elle souffrait beaucoup de ne pas être
aimée de François, elle mettait à se venger toute
la malice dont les femmes sont capables. Or, elle
avait découvert un nouveau raffinement. Puisque Gaston de Maulévrier était amoureux d'Isaure,
il n'y avait qu'à opposer l'un à l'autre le roi et
Gaston. Le second se chargerait bien de surveiller
le premier, ce qui, de ce côté-là, assurerait à
jamais la tranquillité de cette pauvre madame
Claude. Pour cela, que fallait-il d'abord ? Que les
deux amants connussent la retraite de madame
Isaure. Eh bien, pendant que les espions de la
femme délaissée allaient circonscrire le roi devant
l'hôtellerie de madame Isaure, Bernard ne venait-il
point par un seul mot d'exciter Gaston à rejoindre
François ?

Hélas ! madame Claude avait mal compté, car
François vit par la fenêtre madame Isaure longtemps avant que Gaston eût pu venir.

L'ancien amant de la Pâlotte s'élança dans l'escalier de l'hôtellerie du côté où il supposait qu'elle habitât. Il frappa rudement contre la porte et la voix chevrotante du vieil Hubert demanda :

— Qui êtes-vous, et que voulez-vous ?

— Qui je suis ? fit le roi, je suis le duc d'Angoulême... Ce que je veux ? Je veux reprendre mon bien.

On entendit un cri de joie à l'intérieur de l'appartement : puis la porte s'étant ouverte, deux bras blancs se jetèrent au cou du roi et l'étreignirent... Et une voix de femme, une voix harmonieuse et douce, murmura :

— Ah ! je savais bien que tu m'aimais toujours !

Après les premiers baisers, le roi s'appuya la main sur le cœur comme pour contenir la plus vive joie qu'il eût eue de la vie. Un enfant venait de crier dans la pièce voisine.

— C'est lui ? s'écria François.

— C'est lui ! répondit-elle.

Dans ces situations, on ne parle jamais beaucoup. Il se précipita et couvrit de baisers le cher petit être pour qui, à Milan, il avait risqué sa vie.

— Hubert, fit le roi, connais-tu l'hôtel du duc de Ligny ?

— A l'angle de la rue de l'Isle Saint-Louis ?

— Précisément. Va dire au duc que je lui prends la moitié de son hôtel. Nous y serons dans deux heures.

Et, se tournant vers madame Isaure :

— Je n'aurai chaque jour que quelques pas à faire pour aller t'embrasser. Et notre enfant sera-t-il heureux dans le grand jardin aux arbres séculaires ! Allons, cours, mon vieux serviteur.

Hubert lui obéit. Une demi-heure après, il reve-

nait dire au roi que le duc de Ligny lui offrait
non seulement la moitié de son hôtel, mais encore
l'hôtel tout entier. Une litière même accompagnait
Hubert, dans laquelle madame Isaure et son enfant
se rendirent à l'hôtel de Ligny. Gaston de Maulévrier trouva donc place nette quand son espion
l'amena devant l'ancien gîte de la Pâlotte.

— Nous sommes devancés, s'écria-t-il, Bernard,
il s'agit de te montrer ! Il me faut avant la fin du
jour l'indication précise de la retraite où est cachée
madame Isaure. On te dira que je n'ai plus d'argent parce que je suis fâché avec mon parrain. Ce
n'est pas une raison : l'argent me vient d'un autre
côté : à preuve ces dix pistoles que je te donne.
Cours, il y en a dix autres dans chaque poche de
mon pourpoint à ton intention.

Grâce aux espions qui travaillaient pour madame
Claude et pour chacun de nos amoureux, il fut
facile à madame Claude et à Gaston de connaître
la retraite de madame Isaure. Et voilà bien un des
supplices de la royauté ! Ne jamais être libre, ne
savoir faire un pas sans que les intéressés, les
ennemis, les amis mêmes, entrent dans votre vie
comme des insectes venimeux dans les plus beaux
des fruits.

Cette fois, les manœuvres des espions devaient
avoir une conclusion terrible. Le troisième soir où
François revint voir sa Pâlotte, il trouva celle-ci
se tordant les bras, s'arrachant les cheveux, râ-
lant, folle. Pendant que le petit murmurait dans
son berceau cet adorable gazouillement de l'enfant
qui s'endort, des hommes s'étaient introduits dans
l'hôtel par les murs du jardin et avaient de nouveau enlevé le pauvre être.

I

COMMENT ON VA A LA COUR

Infortunée Pâlotte! Ne devait-elle donc vivre que pour mourir à chaque instant? Elle eut cependant en cette cruelle circonstance l'ardent courage que donne à toute femme l'amour satisfait.

— François, dit-elle en se calmant soudain, vous êtes roi, vous m'aimez; donc plus de subterfuges. Aux mystères, opposez la franchise. Ne nous cachons plus. Votre bras, sire, et conduisez-moi vous-même, à la cour!

— Ma chérie, ce n'est pas comme cela qu'on y entre. Je comprends bien ton idée parbleu! Tu veux engager la lutte au grand jour. D'abord, c'est un mauvais moyen. Puisque les gens qui sont à tes trousses ne travaillent que la nuit, tu leur dois au moins de faire comme eux. Cependant ton idée me sourit assez; il me coûte de ne te voir qu'en me

cachant, pendant que je me trouve continuelle-
ment à la cour avec tant de femmes qui me sont
antipathiques ! Il est vrai que si je laissais faire
madame Claude, il n'y aurait bientôt plus aux
Tournelles que des femmes plus laides qu'elle ;
ce qui, pourtant, d'honneur, ne se rencontrerait
pas aisément.

La Pâlotte mit les mains sur les épaules de François, et lui dit avec mélancolie :

— Par grâce, mon roi, ne plaisantez pas dans
l'horrible situation où je suis. Songez à cet
enfant !...

— Eh ! c'est précisément parce que j'y songe
que je suis sans inquiétude ; à son sujet, s'entend.
Si j'avais osé te dire les autres dangers bien plus
graves que je lui ai vu courir ! Mais il est prédes-
tiné, ton enfant. Il échappera à tout. C'est que
ceux-là même qui te poursuivent et ont l'air de
vouloir lui faire beaucoup de mal, savent son
prix, vois-tu ? Bâtard de roi, cela n'est pas peu
dire. Sois donc tranquille, demain peut-être, les
mêmes truands qui ont vendu mon fils à La Palisse viendront me l'offrir à des conditions triples.

— Tranquillise-toi donc, ma chère âme. Au fond,
je suis moins inquiet de savoir ton enfant enlevé
que si je lui savais la moindre indisposition. Maintenant parlons de ta proposition de tout à l'heure.
Ce n'est pas bête du tout, l'idée que tu as de venir
à la cour ; ce qu'il y a de malheureux, c'est qu'au
lieu de t'appeler la duchesse de Brézé ou de Cossac
tu t'appelles tout modestement la Pâlotte. Or, vois-
tu, ce nom aurait vraiment trop peu d'éclat dans
la bouche de mes huissiers et c'est pour le coup
que madame Claude ne serait plus jalouse, ce qui

ne m'irait pas ; je la préfère ainsi. Au moins, ça la rend quelquefois amusante. J'ai inventé à ton intention un petit moyen qui me semble appelé chez les rois mes petits-fils à un très grand succès. Que dirais-tu d'un mari *in partibus*?... Ah, tu ne sais pas le latin, toi ; je veux dire d'un mari pour rire, ou du moins de qui je rirais, d'un mari qui n'en serait pas un et qui, aussitôt après le mariage, dans lequel il ne jouerait qu'un rôle platonique, s'en irait dans un bon poste, bien loin de nous et de notre bonheur, quelque part où il lui suffirait d'être grassement payé.

Isaure se taisait et paraissait réfléchir plus qu'un peu.

— Eh bien, mon amour, tu ne réponds pas, dit François. Ne m'aimerais-tu pas assez pour enchaîner ta vie à un nom seulement.

Elle se jeta dans ses bras :

— Tu me connais mal, répondit-elle, et je t'en veux de cela. Si je tremble et si je me tais, c'est que mon œil de femme qui aime voit plus loin que ta volonté de roi. Imagine que ce mari déguisé, dont le nom me servirait, il est vrai, à entrer à la cour, imagine que ce mari-là m'aime un jour...

— C'est certain !

— Et me le dise...

— C'est possible...

— Et réclame ses droits !...

— Oh ! cela, fit le roi en haussant les épaules, voilà ce qui ne saurait être autour de moi. Tu ne connais pas mes gentilshommes, ma chère ; ils m'ont vu à Marignan dormir sur un canon et batailler trente-deux heures. Ils savent que, bien qu'ayant acheté ma couronne au prix de madame

Claude, du temps que j'étais trop petit, je méritais qu'on me la donnât pour rien. Je suis leur Dieu et je pourrai être sûr de celui à qui je te confierai, quel qu'il soit !

En cet instant on frappa lourdement à la porte de l'hôtel, et à coups répétés.

— Qu'est-ce que cela veut dire? murmura la Pàlotte.

— Mais, calmez-vous donc, ma belle effarouchée, le moindre bruit vous affole ; ne sais-tu pas que nous sommes chez le duc de Ligny, c'est pour lui que l'on vient.

— Du tout, écoutez !

Et une voix au dehors disait :

— Je vous répète que le roi est ici. Je le sais.

Le valet eut beau protester, la porte de la salle où François préludait à une si belle morale s'ouvrit et donna passage à Gaston de Maulévrier, qui dit en saluant galamment la Pàlotte :

— Ah ! Sire, pardonnez-moi. Je vous avais promis de vous rendre madame, et ce n'est point de ma faute si je n'y suis parvenu ; mais je vais vous faire mon cadeau tout de même : je vous ramène votre enfant.

— Et sans me demander un sou?

— En me réjouissant du service que j'ai l'occasion de vous rendre.

Mais pour madame Isaure ces mots n'étaient que du verbiage. Des yeux, elle cherchait l'enfant. Gaston, s'apercevant de son inquiétude, lui dit :

— Soyez sans crainte, madame, on vous l'amènera quand il ne criera plus ; je ne voulais pas qu'on le crût blessé...

— Eh bien, mon petit Gaston, dit François, puisque tu es en train de me rendre des services, je vais t'en demander un autre, gentil, agréable et profitable au possible. J'ai besoin que la Pâlotte ait un nom. Veux-tu lui donner le tien ?

A cette proposition, Gaston ne put dissimuler sa joie ; on sait, en effet, que dès que le jeune homme avait vu à Marignan, dans la tente du roi, le portrait de la Pâlotte, il s'était épris d'elle et non moins que François.

L'explosion de cette joie trompa le roi.

— Attends ! s'écria-t-il ; il y a une contre-partie, qui sera peut-être moins de ton goût.

Maulévrier ne s'inquiéta point de cette clause ; il regardait le roi dont un sourire éclairait le visage.

— Cette contre-partie, la voici, reprit François. Et il fit part au jeune homme du plan qu'il avait exposé un instant auparavant à la Pâlotte.

A mesure que le roi parlait, le front de Maulévrier s'assombrissait ; une expression de tristesse, d'indignation presque, altérait son visage. Ses yeux se détournèrent malgré lui et se fixèrent sur la jeune femme.

Etait-il possible qu'un tel ange, qu'une créature si chaste en apparence se fît complice d'une pareille infamie en consentant à jouer elle-même et à faire jouer à un homme d'honneur un rôle si méprisable ?

Tout à coup la Pâlotte poussa un grand cri.

La main droite de Maulévrier était tachée de sang.

— Grand Dieu ! s'écria-t-elle, du sang ! Vous êtes-vous battu ? D'où vous vient cette blessure ?

— Oh ! ce n'est rien, répondit Gaston ; une simple égratignure que j'ai reçue tout à l'heure...

— En exposant votre vie ?...

17

— Pour arracher à la mort un pauvre petit être, votre fils, que deux bandits enlevaient.

— Oh! que de reconnaissance ne vous devons-nous pas!... balbutia madame Isaure...

— J'ai été trop heureux, répondit simplement Maulévrier, de me trouver là au moment où cette lâche action s'accomplissait !

— Alors...? demanda le roi, devenu songeur, as-tu entendu quelque chose?.... Ces gens ont-ils parlé?

— Sans doute, sire ; ils descendaient dans la rue après avoir escaladé les murs du jardin... L'un d'eux interpella son compagnon :

— Du coup, dit-il, si madame Claude ne nous paie pas bien !

François regarda la Pâlotte ; une étrange expression de colère traversa son visage.

Maulévrier, sûr de l'effet que devaient produire ses paroles s'était tû.

— Oh! que ne vous dois-je pas, monsieur, exclama la jeune femme, dont une vive émotion faisait trembler la voix ; jamais je n'oublierai le service que vous m'avez si noblement rendu. Comptez, toute la vie, sur une affection qui ne se démentira point ; vous aurez toujours la première... la plus large place dans mon amitié !

François s'associa à ces paroles et aux promesses qu'elles renfermaient. Gaston, lui, comprenait que c'était là un premier pas, un pas décisif même. Il ne pouvait tout d'abord exiger davantage... N'avait-il pas le temps pour lui ?

— Revenons, s'écria François, à ce que je te proposais tout à l'heure! As-tu réfléchi...? Consens-tu ?

Maulévrier resta pensif quelques instants, les yeux baissés. Il les releva enfin, et après avoir regardé tour à tour le roi et la Pâlotte, qui attendaient anxieux :

— J'accepte, dit-il. La tâche sera dure, mais elle n'est pas au-dessus de mon courage. Vous savez, Sire, quel est mon dévouement pour votre majesté. Madame connaît, dès à présent, ma profonde admiration. Il n'est donc chose au monde qui me paraisse impossible pour votre service !

François, le sourire aux lèvres, allait répondre, quand la porte s'ouvrit brusquement.

Un domestique de l'hôtel de Ligny entra, portant dans ses bras un enfant blanc et rose. La Pâlotte reconnut son fils, le pressa contre son cœur et l'embrassa avec emportement. François, moins roi que père en cet instant, serra la main de Maulévrier.

Il était heureux d'avoir retrouvé son fils, heureux du bonheur d'Isaure ; rien ne viendrait plus, désormais, s'opposer à leur mutuelle tendresse. Grâce au stratagème dont il avait eu l'idée, et que Maulévrier acceptait, la vindicative madame Claude elle-même ne trouverait plus un motif d'ombrage.

Isaure ne se lassait pas de caresser l'enfant qui lui était rendu et dont elle avait si amèrement déploré la perte.

— Or çà ! s'écria le roi, ne perdons point une minute ; notre barque nous attend à la pointe de l'île. Ceux qui la conduisent vont à l'instant porter mes ordres.

— Quels ordres ? demanda la Pâlotte.

— Hé, ma mie ! ceux qui concernent votre mariage avec le sire Gaston de Maulévrier...

— Déjà ! demanda-t-elle avec une nuance de chagrin. Ah ! Sire, ne me laisserez-vous point m'y préparer ?

— Non, vraiment, j'ai hâte, répondit François, car madame Claude me fait peur.

Puis se retournant :

— Suis-je sûr de ton obéissance, Gaston, et de ton dévouement !

Le jeune gentilhomme s'inclina respectueusement sans répondre, de l'air le plus froid et le plus calme du monde. Si près de voir se réaliser ses plus chères espérances, il craignait qu'un éclat de joie, qu'un geste irréfléchi, ne décelât un empressement trop vif...

Le roi donna ses ordres, puis causa à voix basse avec madame Isaure. Un quart d'heure après, la portière de tapisserie qui dissimulait la porte se souleva ; une figure apparut dans l'ombre et fit un signe auquel le roi répondit par un signe d'acquiescement. Isaure confia l'enfant à la nourrice et posa la main sur le poing que le roi lui tendait.

— Où me conduisez-vous, Sire ? demanda-t-elle.

— A l'autel ! madame, en compagnie de votre nouvel époux, sans autre cérémonial ; mais vous me pardonnerez de n'avoir pu mieux faire les choses... le temps presse !

Maulévrier, la tête baissée, suivit silencieusement. Ils descendirent, tous les trois, le grand escalier de l'hôtel et précédés de deux domestiques à la livrée du duc de Ligny, ils traversèrent une longue allée, bordée de grands arbres, au bout de laquelle s'élevait la chapelle de l'hôtel, un gracieux monument de la Renaissance. Cet hôtel, cette villa plutôt, du duc de Ligny, était en effet une habitation princière.

L'île Saint-Louis, bien différente, à cette époque, de ce qu'elle est devenue depuis, était un lieu désert. Elle offrait au regard un riant assemblage de prairies naturelles et de grands arbres. Des saules, des peupliers centenaires, tels qu'Appian sait les peindre, baignaient leurs pieds dans l'eau du fleuve. C'était un endroit de plaisir, une île agreste au centre d'une grande cité, où les Parisiens allaient se récréer, danser le dimanche et déjeuner sur l'herbe.

De grandes fêtes royales y avaient été données sous Philippe-Auguste et sous Louis XII. Là, dans un vaste espace ménagé pour ces sortes de solennités, quatre mois auparavant, le roi François avait, dans un tournoi célèbre, croisé la lance contre les plus illustres chevaliers de l'époque. A peu près à l'endroit où s'éleva plus tard l'hôtel Lambert, le duc de Ligny avait fait construire son hôtel, ravissante fantaisie d'un grand seigneur philosophe que l'éclat et le bruit importunaient, et qui ne pouvait cependant se résoudre à abandonner complètement Paris et la cour.

Sur le seuil de la chapelle, François fut accueilli par un vieillard revêtu de ses habits sacerdotaux. Ce prêtre n'ignorait pas qu'il avait affaire au roi de France. C'était le vieux curé de l'église Sainte-Geneviève-des-Ardents, au parvis Notre-Dame, humble et pieux ecclésiastique, qui avait coutume d'officier à la chapelle de l'hôtel de Ligny. On pénétra dans le sanctuaire et quand les nouveaux venus se trouvèrent au pied de l'autel, le roi s'effaça et laissa passer Maulévrier qui vint se placer à côté d'Isaure.

Une triple cérémonie devait avoir lieu : Le mariage ; la reconnaissance par Gaston de Maulévrier de l'enfant de la Pâlotte ; le baptême.

Tout cela, dans le plus grand mystère ; un seul personnage étranger à cette scène y assistait comme témoin : l'officier des gardes qui était venu prendre

possession de l'hôtel et prévenir le roi que tous ses
ordres avaient été exécutés.

La cérémonie achevée, les oui prononcés, le
vieux prêtre introduisit les assistants dans une salle
contiguë qui lui servait de sacristie. Il leur présenta
une feuille de parchemin que tous signèrent en
apposant leurs sceaux. Madame Isaure s'appelait
maintenant la baronne de Maulévrier !

Tous, à des points de vue différents, étaient
enchantés de l'acte qui venait d'être consommé ;
mais le plus heureux, c'était encore François qui
s'assurait ainsi que rien ne s'interposerait désormais
entre son amour et sa maîtresse, entre lui et son
fils !

III

PRÉSENTATION A LA COUR

Nous allons essayer de peindre cette cour brillante, pompeuse, artistique et lettrée de François Ier, le roi gentihomme. L'honneur lui revient d'avoir su grouper autour de lui les supériorités de tout genre. Son éducation l'avait tourné de bonne heure vers les choses de l'intelligence et de l'esprit ; ces idées élevées, il les porta dans la guerre, sur le champ de bataille, où sa bravoure héroïque, éclatante, semblait réellement faite pour être chantée par les poètes.

La campagne d'Italie, les choses admirables qu'il vit sur cette terre classique de l'art, la cour élégante et polie du duc de Milan, causèrent sur l'esprit de François une impression qui devait durer autant que sa vie. Tout d'abord, il résolut de réformer son entourage. Les figures austères des vieux conseillers, les rudes faces des guerriers, capitaines de bandes ou maréchaux passèrent au second plan.

François introduisit à la cour de France l'élément qui devait, sous ses successeurs, en faire le charme, l'éclat, la splendeur, y créer aussi les plus profondes divisions, mais y maintenir intactes les traditions d'élégance, de politesse, de raffinement : l'élément féminin.

François, à l'époque où nous voici, avait vingt-deux ans ; il était grand, d'une tournure imposante. Ses traits accentués, énergiques, respiraient un air de bravoure et de loyauté. Ses colères étaient rares, mais redoutables ; il avait l'esprit plutôt porté vers la gaieté, la gauloiserie ; nul ne savait accorder une grâce, donner une faveur avec plus d'aménité et de courtoise bienveillance.

Son esprit cultivé, très imagé au début, se plaisait aux lectures des poètes ; il rapporta d'Italie un goût très vif pour les romans de chevalerie, pour les fabuleuses aventures des Renaud, des Amadis et des Roland. En un mot, quand même sa naissance ne l'y eût point destiné, il eût été le premier à la cour, parmi les gentilshommes, comme sa sœur, la duchesse d'Alençon, eût été la première parmi les femmes. C'est, en effet, une gracieuse figure que celle de cette princesse que François, dans son enthousiasme, appelait la Marguerite des Marguerites, la perle des perles !

La Marguerite des Marguerites avait deux ans de plus que son frère François. Avant qu'elle devînt reine de Navarre, Louis XII l'avait contrainte de s'unir au duc d'Alençon, le plus médiocre des princes du sang et le moins fait pour comprendre son incomparable épouse. Marguerite était grande et

belle ; blonde avec ces yeux bleus que Clément
Marot a célébrés en stances alternées. Mais, disons-
le, l'enthousiasme du roi, celui des poètes, était au-
dessous de tant de charmes et d'esprit. Nulle ne savait conter comme elle, n'improvisait avec plus de
finesse et de grâce...

Elle était l'enchantement de la cour, l'éternel sourire de ce vieil hôtel des Tournelles, dont le feu roi
avait fait un lieu de retraite mélancolique et maussade. Déjà François trouvait cet amas d'hôtels, de
styles différents, disséminés dans les jardins irrégu-
liers, indigne de la Majesté royale. L'architecture
italienne, les palais de Gênes, de Milan, de Venise,
le séduisaient et il avait, en esprit du moins, résolu
la construction d'un édifice où le roi de France
n'eût pas l'air d'être logé chez un de ses vassaux.

La position du Louvre, sur le bord de la Seine, lui
paraissait bien choisie... Restait à raser les massives
constructions de Philippe-Auguste et les remparts à
créneaux qui ceignaient cette forteresse de baron
féodal. Il réalisait déjà les fastueuses merveilles de
Saint-Germain, de Rambouillet et de Fontainebleau ;
mais, avant toute chose, il fallait que les finances
de l'État lui permissent d'appeler en France les
Maîtres de l'Italie. François, outre les qualités per-
sonnelles que nous venons d'énumérer, en avait une
autre qui suffit à imposer : c'était un victorieux !

Quelques jours après les événements que nous
avons racontés, il y eut grande réception à l'hôtel
des Tournelles. Les fenêtres du pavillon royal pro-
jetaient au dehors les lueurs multicolores de leurs
vitraux. Des laquais, armés de torches de résine,
allaient et venaient à travers la cour d'honneur,

17.

éclairant les personnages dont les litières s'approchaient du perron.

Dans la grande salle, l'élite de la noblesse se trouvait réunie. Il y avait là : Charles de Bourbon, vice-roi du Milanais, — le futur connétable qui devait souiller sa mémoire par une trahison, — les comtes de Vendôme et de Saint-Paul, — un prince lorrain : le comte Claude de Guise, — le maréchal de la Palisse, et nombre de seigneurs dont les aïeux étaient allés en Palestine.

Ils avaient quitté leurs brassards et leurs cuirasses de fer pour se couvrir de velours, de soie, de broderies d'or et de fraises à l'italienne ; véritable tournoi d'élégance et de galanterie, dont les dames, autour desquelles papillonnait cette brillante cohue, devaient distribuer les prix.

On attendait avec une certaine impatience ; il y avait quelque chose dans l'air, on le savait. Tout à coup, les conversations cessèrent ou continuèrent à voix basse... Tout le monde se leva. Un huissier avait soulevé la tapisserie et annonçait :

— Le roi !

François entra, donnant la main à sa femme, madame Claude de France. Derrière eux, le duc d'Alençon conduisait la princesse Marguerite. Après les salutations d'usage, le couple royal se sépara. On tâchait de surprendre, sur le visage de François ou de madame Claude, le secret si bien gardé qui devait être le grand attrait de la soirée.

On ne devina rien, sinon que la figure de la reine, plus maussade que d'habitude, exprimait une sorte de colère, de rage contenue. François, qui rayonnait, observait sa femme à la dérobée et, quand elle ne le regardait pas, manifestait une visible satisfaction.

Marguerite vint à lui ; il lui baisa la main, par occasion.

— François, dit-elle, vous nous ménagez quelque surprise.

— Tu verras !... Une présentation qui étonnera bien des gens !

— Ah !... Est-ce un homme ?...

— Allons donc ?... cela en vaudrait-il la peine et mettrait-on tant de cervelles à l'envers pour si peu de chose, cet homme fût-il un des héros de l'Arioste !

— C'est une femme, alors ?

— Juste.

— Est-elle jolie ?... Je vous pardonne, si elle l'est...

— Tu la verras.

— Quelqu'une de nous la connaît-elle ?

— Non... je ne pense pas ! mais tiens, Margot, voici notre brave La Palisse qui te renseignera peut-être !

Le héros de Milan se retourna et s'inclina devant François :

— Votre Majesté me fait l'honneur de m'interpeller ?

— Je gage, Chabannes, que tu te doutes de ce qui va se passer ce soir à ma cour ?

— Sire, je ne me doute de rien.

— Tu as tort, Chabannes ! Foi de gentilhomme ! Tu as tort !

Le roi éclata de rire et Marguerite, voyant rire son frère, s'égaya de la singulière figure que faisait La Palisse. Celui-ci, très interloqué, presque en colère, bien que la colère fût messéante en pareil lieu, ne savait à quel saint se vouer :

— Cordieu ! grommela-t-il, se moque-t-on de

moi ?... Vais-je être encore le jouet de quelque mystification ?...

Il en rougissait et en pâlissait tour à tour, d'autant plus que, le roi l'ayant quitté, il devint le point sur lequel convergèrent tous les regards. On commentait son attitude et sa physionomie. L'événement qui allait se produire intéressait-il, en quelque chose, le glorieux maréchal ? Les dames souriaient, les gentilshommes ouvraient des yeux interrogateurs. Jusqu'à madame Claude qui le toisait d'un air de menace !...

— Tête et sang, grogna le héros dans sa barbe, que me veulent tous ces freluquets ?... C'est égal, j'étais plus à mon aise sur l'échelle de Milan !

A ce moment la porte s'ouvrit, un garde se rangea le long du chambranle, la pique au pied. Un huissier parut. François tressaillit, mais un sourire se dessina bientôt sur ses lèvres. Il fit un pas vers la porte. L'huissier annonça d'une voix sonore :

— Le baron et la baronne Gaston de Maulévrier !

Sans attendre que, selon l'usage, les deux nouveaux époux vinssent jusqu'au fauteuil où il devait rester assis, François marcha, avec un empressement remarqué, à la rencontre de la baronne. Pendant que madame Isaure s'inclinait profondément, le roi lui prit la main et lui fit faire le tour du grand salon. Il y avait là une sorte de prise de possession, d'intronisation.

Les femmes furent jalouses d'une faveur si marquée, jalouses surtout de la jeunesse, de la grâce, de la beauté, de l'exquise élégance de cette mariée, que nul ne connaissait, et qui apparaissait tout à coup comme une vision rayonnante. Les hommes ne tarissaient pas d'éloges.

Les moins surpris n'étaient pas les amis de Gaston :

— Hé quoi ! tu t'es marié !

— Sans nous le dire ?

— Pourquoi ce mystère ?

Toutes questions auxquelles le jeune homme n'opposait qu'un sourire discret, mais profondément satisfait. Quand toute la cour eut salué la baronne de Maulévrier, les inquiétudes de François n'étaient point finies ; elles commençaient. Restait madame Claude.

Selon son habitude, le roi ne tergiversa point.

Comme le héros de la fable, il poussa droit au monstre. Il avait pour cela une raison capitale : il voulait savoir tout de suite si madame Claude connaissait la Pàlotte. Or, madame Claude ne l'avait jamais vue. Elle ne possédait qu'un indice et celui-là bien léger, le médaillon, le chef-d'œuvre que nous connaissons et qui représentait les traits de madame Isaure. Maison sait que le moindre changement de toilette, la plus petite modification dans la coiffure suffisent pour faire évanouir la ressemblance.

Toutefois, au regard que madame Claude jeta sur la femme, François comprit que la reine se doutait de tout. Il fit bonne contenance néanmoins et, avec un grand air d'insouciance, de galanterie banale, il présenta la baronne. Madame Claude daigna s'incliner un peu sans apparente irritation, comme si la chose fût de mince importance pour elle...

Cependant elle se pencha vers François au moment où il se retournait et murmura à son oreille ces trois mots :

— Bien joué, Sire !

Cet incident n'était point fait pour ramener la bonne harmonie dans le ménage royal.

Si François détestait madame Claude, ce n'est point parce qu'il lui devait la couronne. On sait que Louis XII fiança sa fille au comte d'Angoulême, par des raisons politiques d'une portée indiscutable : le sentiment national s'était, d'ailleurs, énergiquement prononcé en faveur de ce mariage. François avait douze ans et Claude en avait sept quand la cérémonie des fiançailles eut lieu.

Dix ans après, François n'avait pour la fille du feu roi qu'une sincère indifférence ; mais, au fond, il la craignait et tâchait surtout de ne pas l'irriter.

Elle, en possession d'un mari, qui pouvait passer à bon droit pour le gentilhomme le plus accompli de France, s'était mise à l'aimer bourgeoisement, avec une incroyable ténacité.

Elle était donc jalouse, et sa jalousie pouvait se traduire par quelque coup de tête, par quelque éclat dont les conséquences étaient redoutables pour François, funestes surtout à ses amours ! Après la présentation à la reine de la baronne de Maulévrier, François entraîna dans un coin de la vaste salle celle qui n'avait cessé d'être pour lui la plus adorée des maîtresses.

Madame Claude ne les regardait plus, ou du moins, faisait mine de causer avec les dames qui l'entouraient, sans prendre garde à ce qui se passait du côté du roi. Au fond, elle ne perdait ni un geste, ni une expression de physionomie. Maulévrier, rayonnant, recevait, au centre d'un groupe, les compliments les plus flatteurs : le mariage l'avait mis en cour, sur un pied d'intimité et de faveur réellement incroyable.

Le jeune gentilhomme se retourna brusquement. Une lourde main venait de se poser sur son épaule.

Il reconnut son oncle, le maréchal de La Palisse et ne put s'empêcher de frissonner à la pensée que la colère du maréchal allait éclater avec les bruyantes manifestations qui l'accompagnaient d'ordinaire. Mais non. Le visage du maréchal, souriant, animé de cette franche bonhomie qui lui était instinctive, n'annonçait rien qui fût de nature à troubler Maulévrier.

Une pointe d'ironie perçait sous cette enveloppe bénigne.

— Hé ! beau neveu, je te félicite ! s'écria-t-il.

— Mille grâces, mon oncle.

— Je te félicite, mais je te blâme. Depuis quand les neveux se marient-ils sans faire part à leurs oncles — et surtout à un oncle comme moi ! — de cet heureux événement? Mordieu ! voilà qui est non moins singulier que messéant !

— Pardonnez-moi, mais je n'ai pas eu le temps... la chose s'est faite avec une telle rapidité!...

— Je comprends... tu l'as vue, tu l'as aimée et tu l'as épousée... tout cela en moins d'une journée!...

— Précisément.

— Peste ! néanmoins, bien que je blâme les résolutions précipitées, celle-ci est tellement excusable que...

— Que vous en eussiez fait tout autant... bel oncle! interrompit Maulévrier, qui ne savait au juste où le maréchal voulait en venir.

Celui-ci haussa les épaules.

— Non, mon neveu. Le mariage est chose grave, trop grave à mon âge, pour qu'on ne passe à y réfléchir le reste de sa vie... mais encore une fois, je te félicite... et veux-tu que je te dise une chose ?...

— Dites...

— Eh bien, la baronne est belle... fort belle... je lui trouve je ne sais quoi qui la transforme, qui la transfigure... Eh bien, mon cher neveu, dût cet aveu te froisser, elle ne dit plus rien, mais là plus rien du tout, à ce cœur qu'elle a fait battre si fort.

— Vrai ! exclama Maulévrier... en sorte que?...

— En sorte que je ne t'en veux plus du tout et que je t'offre ma main en signe de réconciliation.

Le maréchal, joignant le geste à la parole, serra vigoureusement la main de son neveu. En ce moment même, François ramenait la baronne à son mari. L'attitude de la Palisse surprit grandement François. Il croyait le maréchal furieux et le trouvait au contraire de la meilleure humeur du monde.

— Foi de gentilhomme ! s'écria le roi, on dirait, mon Chabannes, que c'est toi, et non point ton neveu, qui es devenu le mari de l'incomparable madame Isaure !

— Sire, répliqua le maréchal, c'est une joie de famille à laquelle je m'associe de tout mon cœur...

— Ah ! tant mieux ! Mais en vérité, reprit le roi, en élevant la voix de façon à être entendu, le mariage de Maulévrier n'est point la seule surprise que nous réserve cette soirée...

Un murmure se fit entendre parmi les courtisans qui s'étaient rapprochés de François.

— Oui, continua-t-il, il y a autre chose... La plus célèbre magicienne des temps présents doit venir ce soir. Elle s'est engagée à nous prédire l'avenir... Je vous affirme que ce sera fort curieux.

Le roi n'avait pas fini de parler que la portière se soulevait de nouveau et que l'huissier annonçait :

— Le prince et la princesse de Buffalora.

VI

LES PRÉDICTIONS

L'apparition du prince et de la princesse produisit un effet magique. Dès lors, on cessa de s'occuper de Maulévrier et de la baronne ; tous les yeux étaient fixés sur les nouveaux venus. Èva, pâle, frêle dans sa grande robe de velours noir, s'avançait à travers le flot pressé des courtisans jusqu'au roi de France.

Celui-ci, avec une exquise bonne grâce, lui souhaita la bienvenue et dit quelques mots aimables au prince Buffalora.La curiosité générale était vivement excitée. Le cercle se resserrait autour du roi et de la femme italienne.

— Princesse, dit François à Èva, la renommée de votre science est venue jusqu'à nous... On vous dit douée d'un pouvoir divinatoire tout particulier...

— On exagère, Sire.

— Non, j'en suis sûr, répartit le roi ; et, tenez, il vous serait facile de confondre les incrédules, ce soir même, s'il s'en trouve parmi mes gentilshommes...

— Je suis aux ordres de Votre Majesté, répondit Èva en s'inclinant respectueusement.

Un murmure de curiosité accueillit cette réponse.

— Je vous remercie, princesse, dit François avec un gracieux sourire ; c'est nous, maintenant, qui sommes à vos ordres !

— Sire, reprit Èva, je vous demande quelques instants seulement ; j'ai besoin de me recueillir.

Le roi fit un geste d'acquiescement et invita tout le monde à s'écarter. Le cercle s'élargit. Au milieu restait Èva, la tête penchée, le front appuyé sur la paume de sa main droite, dans une attitude de muette et profonde contemplation intérieure.

Était-ce bien elle, cette Èva, si candide, si naïve ? Pourquoi jouait-elle ce rôle ? A quelle scène de magie se trouvait-elle mêlée ? C'était bien elle, mais entendons-nous ! La magie est double, elle a deux faces. L'une, dans le sens le plus élevé du mot, s'appuie sur le don ou l'instinct, sur une science précise, nettement définie, qui comprend l'étude des traits de la figure, l'observation des types et leurs rapports avec le corps.

L'autre s'appuie sur la jonglerie et sur le mensonge ; elle évoque les esprits, appelle à son aide le surnaturel. C'est de sortiléges de cette espèce que se servait la Balbina. Or, il s'était passé ce fait tout simple et bien explicable : La petite Èva élevée, développée par la Balbina, s'était peu à peu exercée dans cette science ; elle possédait le don et l'instinct ; avec l'observation, elle devint savante, inconsciemment, presque malgré elle.

La Balbina disparue, cet instinct lui resta. Sans se troubler de l'attention qui se concentrait sur elle, Èva, tout à coup, releva la tête. Ses traits avaient changé d'expression. Une flamme inspiratrice les éclairait ; toute sa personne subissait la même métamorphose. Le geste, dominateur, imposait le respect.

Tous se sentirent attirés vers cette étrange femme.

Les yeux étaient rivés sur ses yeux :

— Sire, dit-elle d'une voix profonde, pleine de sonorités métalliques, que voulez-vous savoir?

A cette demande, François parut un instant embarrassé. Il promena ses regards sur le cercle qui l'entourait et, prenant une résolution subite, il saisit la main de la jeune femme. La devineresse se laissa conduire. Le roi l'amena devant la baronne de Maulévrier, qui recula toute suprise, un peu confuse...

— Rassurez-vous, baronne, dit François, madame la princesse ne vous dira rien, je l'espère, qui puisse vous épouvanter!

Èva recula aussi d'un pas. Sa figure trahit un subit effroi.

— Qu'est-ce?... Qu'y a -t-il? demanda François épouvanté du résultat de l'épreuve qu'il avait tentée.

— Rien, Sire.

D'un mouvement brusque, Eva entraîna le roi à l'écart et lui parlant à voix basse :

— Sire, cette femme est belle, mais Votre Majesté n'a plus longtemps à l'aimer...

— Quoi!... s'écria François d'une voix entrecoupée... elle mourrait?...

— Sire, une autre étoile va se lever...

— Impossible! s'écria François, en posant la main sur son cœur, c'est impossible!

— C'est la vérité... Maintenant, Sire, ne me questionnez plus sur ce sujet..... ne me faites plus parler...

— Pourquoi donc?

— Parce que votre nouvel amour tuera votre nouvelle maîtresse.

A ce mot, François tressaillit ; une subite pâleur envahit son visage !

Cependant, comme tous les regards étaient fixés sur lui, il domina ses tristes impressions. Brusquement il entraîna la devineresse loin de la baronne et l'amena devant La Palisse.

— Princesse, dit-il, vous connaissez depuis longtemps ce brave maréchal?

— Oui, Sire. C'est le plus loyal gentilhomme de votre armée, le plus brave soldat qui soit au monde ! Je lui dois la vie.

— Et vous êtes reconnaissante?

— Comment ne le serais-je pas? Le maréchal est mon protecteur, mon ami... Aussi sommes-nous liés l'un à l'autre par des chaînes indissolubles, tellement indissolubles que ma vie est attachée à la sienne.

Cette déclaration stupéfia le roi.

— Vous dites?,.. fit-il curieusement.

— Je dis que nous devons mourir le même jour...

— Mais, chère princesse, exclama François, voilà de bien lugubres pronostics!... Vous ne parlez que de mort...

— Parce que la mort est partout!... répondit Èva en frissonnant : la mort comme le malheur... Votre Majesté veut-elle que je lui parle de défaite?...

— Oh! s'écria le roi en portant fièrement la main sur la garde de son épée...

— Oui, Sire, l'heure sonnera où les mâles pensées et le courage ne suffiront plus pour sauver ce qui ne pourra pas être sauvé!... D'ailleurs, mes prédictions se tiennent ensemble : nous mourrons, M. de La Palisse et moi, le jour où votre victorieuse Majesté sera vaincue!

— Vaincu! exclama François dont le clair regard s'alluma en signe de protestation et de défi.

Ce mot tomba dans cette fête avec un sinistre écho et résonna comme le glas.

L'impression dura pénible et profonde. François rompit le premier le silence.

— Décidément, princesse, dit-il, vous voyez tout en noir...

— Je vois ce qui est, Sire, et je n'achèterais pas le salut de mon âme par un mensonge! A vous de faire mentir le destin,... si vous pouvez!

Le cercle des courtisans s'ouvrit tout à coup. Madame Claude marcha jusqu'à la princesse.

— Oh! oh! madame, s'écria François, vous plaît-il donc, à vous aussi, de connaître votre horoscope?

— Justement, répondit la reine... Pardonnez-moi, je désirerais interroger madame...

Tout le monde, même François, s'écarta discrètement. Mais au lieu d'interroger Èva, madame Claude, qui croyait avoir affaire à la Balbina, lui dit, en lui désignant la baronne de Maulévrier :

— Ne pourriez-vous donc pas me débarrasser de cette créature?

Èva, à cette question, frissonna; mais elle s'aperçut que la reine se trompait...

— Oh! ce serait un crime bien inutile, répondit-elle d'une voix glacée... Celle-là n'est que la première... elle cédera la place à une autre et ainsi de suite...

Madame Claude déchira son gant avec rage ; une terrible colère l'agitait.

— Calmez-vous, madame, reprit Èva, c'est là destinée ; il est inutile de lutter avec elle ; elle sera toujours la plus forte et le dernier mot lui restera quand même! Mais au moins vous savez à quoi vous en tenir.

A la colère de madame Claude succédèrent le chagrin, le désespoir. Une larme trembla au bord de ses cils.

— Eh! madame! continua la princesse Buffalora, pourquoi vous obstinez-vous à assister à ces soirées, à ces réceptions, qui vous font tant de mal... Réservez-vous pour vos enfants...

Tout à coup, Eva se rejeta en arrière.

Devant elle, passait, au bras d'un seigneur, la comtesse de la Chesneraye, pâle, blême, toujours vengeresse ; elle allait, regardant de tous côtés, pareille au fauve qui cherche de l'œil la proie à dévorer.

Aussitôt que la comtesse se fut éloignée, Èva se rapprocha de madame Claude.

— Je demanderai à Votre Majesté, dit-elle, la permission de rejoindre mon mari...

— Faites, princesse... répondit madame Claude en remerciant du geste.

Il était convenu que Buffalora se tiendrait toujours à la portée du regard d'Èva.

L'Italien accourut, prêt à recevoir ses ordres.

— La comtesse est là, lui dit-elle.

— Je viens de la voir.

— Tu ne crains pas un nouvel enlèvement?

— Non ; nous sommes bien gardés. A la porte se tiennent Balak, Édom et les autres nains. Sois sans crainte!

La Palisse s'approcha de la jeune princesse. Il était soucieux.

— Ah! chère amie, demanda-t-il, le regard fixé sur la porte par laquelle la comtesse avait disparu, chère Èva, quand serai-je délivré de cette femme-là?

La devineresse répondit froidement :

— Quand vous l'aurez tuée !

La Palisse frémit, et un vif sentiment d'horreur se peignit sur ses traits, à cette pensée que le sang d'une femme pourrait déshonorer son épée. Une foule de visions, plus sanglantes les unes que les autres, hantaient le cerveau d'Èva, et cette soirée, dont chacun s'était fait une fête d'avance, se terminait sous des impressions redoutables et sinistres. Était-ce donc là l'avenir?

V

L'AVEU DE GASTON

Gaston de Maulévrier était-il toujours aussi heureux qu'il semblait l'être à la cour, le soir où il y présenta sa femme? Hélas! nous allons voir que non.

Ce bonheur avait un envers; ces joies factices et de commande avaient des réalités navrantes. Mais, avant tout, Maulévrier était un homme d'esprit; il n'ignorait pas que sa femme appartenait, appartiendrait longtemps à un autre. Cependant il y avait des apparences à garder et le meilleur moyen de faire croire à un mariage réel, n'était-ce pas encore de garder ce visage de triomphateur, ces airs profondément satisfaits?

Gaston logeait bien dans l'hôtel du duc de Ligny, cette résidence princière de l'île Saint-Louis, que le grand seigneur avait prêtée au roi de France, mais

il avait élu domicile au second étage ; le premier
appartenait à madame Isaure et à ses femmes. Cette
distinction établissait clairement la profonde indifférence qui devait exister toujours entre les deux
époux.

Isaure, dans son innocence coupable, n'imaginait
pas qu'il en dût être autrement, qu'un lien plus
étroit pût la rattacher à Maulévrier, qui n'avait fait
qu'exécuter les ordres du roi et lui prêter son nom.

D'ailleurs, chaque jour, sans mystère, sans qu'il
lui parût nécessaire d'user de précaution, François venait voir sa maîtresse. S'il rencontrait
Gaston, par hasard, il lui faisait l'accueil accou-
tumé ; s'il ne le rencontrait pas, jamais l'idée ne lui
venait de s'enquérir de lui. Souvent le roi dînait à
l'hôtel de Ligny ; il invitait alors Gaston à s'asseoir
à sa table, et le malheureux mari acceptait, car il
souffrait moins, étant là, que confiné dans sa chambre, attentif aux moindres mots, étendu tout de son
long, l'oreille collée au parquet, tâchant d'entendre !...

Ce n'était pas sa vanité seulement qui souffrait :
c'était son cœur, car il aimait sa femme, et supplice
plus insoutenable encore, François, qui ignorait cet
amour, ne se gênait nullement pour embrasser
devant lui, le plus tendrement du monde, cette
maîtresse adorée. Les souffrances de Maulévrier ne
connaissaient plus de bornes quand le roi restait
toute la nuit dans l'île Saint-Louis. Alors une fureur
jalouse, indicible, s'emparait de lui ! Mais quand le
roi était absent, les moments que Gaston passait
auprès de la Pâlotte rachetaient bien largement tant
de souffrances ! Il se montrait alors d'humeur égale,
douce et empressée.

18

Malgré elle, instinctivement, la Pâlotte s'avouait qu'elle ne pouvait avoir de meilleur ami que son mari. Hélas ! ce ciel si obscur pour Maulévrier allait s'assombrir aussi pour elle !

Les visites du roi devenaient de plus en plus rares ; il les faisait plus courtes. En un mot, il était moins amant auprès d'elle ; il devenait le mari de cette maîtresse qu'il avait habituée aux extases d'une passion sans bornes. Les femmes ne se trompent jamais aux signes avant-coureurs d'une passion qui s'éteint ; mille indices, des riens en apparence, deviennent pour elles des preuves certaines.

La Pâlotte avait lu dans le cœur de François, mais elle ne croyait pas encore le mal si profond. François, de son côté, ne se rendait pas compte des impressions nouvelles dont son cœur était rempli, et il ne se doutait même pas du mal affreux qu'il causait à sa maîtresse. Certains mots pourtant auraient dû l'éclairer. Un jour, la baronne, en proie à des anxiétés fiévreuses, se suspendit au cou de son royal amant :

— Mon doux Sire, lui dit-elle, avec un sourire de tristesse, il me semble que vous m'aimez moins.

— Oh ! que me dis-tu là !

— Oui, François, je ne me trompe pas ; vous n'êtes plus le même...Des préoccupations étrangères vous absorbent quand vous êtes près de moi... Vos visites deviennent plus rares, elles sont moins longues... Enfin...

— Enfin... ?

— Enfin, vous m'aimez encore, mais ce n'est plus de cet amour d'autrefois et bientôt viendra le moment...

— Folle que tu es...! exclama François que ces

discours troublaient malgré lui, à quoi vas-tu songer? Mais achève ta pensée... Bientôt viendra le
moment, disais-tu...?

— Oui, Sire, le moment où vous ne m'aimerez
plus!...

— Tu te trompes, ma chère Pâlotte, s'écria François en l'embrassant sur le front ; tu as des pressentiments de femme nerveuse... Je suis toujours le
même ; quant à mes absences, à mes visites plus
courtes... les affaires de l'État me prennent le
meilleur de mon temps... du temps que je voudrais
passer tout entier à tes genoux !

Hélas! le roi lui donnait là les raisons qu'il
trouvait... Mais la baronne ne fut point convain-
cue... Les baisers d'un amant ont un langage
dont la chaleur ne trompe point ! François la croyait
consolée après l'assurance qu'il venait de lui donner... Il la quitta. Maulévrier aussitôt se précipita
dans les appartements de sa femme.

Il entrait, la rage dans le cœur, le sourire sur les
lèvres. Il trouva la Pâlotte en larmes, les traits cris-
pés ; une pâleur mortelle avait envahi son visage et
disait plus que des paroles l'immense chagrin qui la
torturait.

Maulévrier resta tout saisi de cette attitude à
laquelle il ne s'attendait pas.

— Pour Dieu ! qu'avez-vous ? demanda-t-il en
s'approchant avec commisération de la malheureuse femme.

La Pâlotte se tordit les bras et répondit d'une
voix brisée :

— Il ne m'aime plus !

— Le Roi... exclama Maulévrier avec un saisisse-
ment feint, mais... avez-vous des preuves ?

— Ah ! j'ai mieux que des preuves ! Je le sens !

Le désespoir de sa femme causait la première joie que Gaston eût éprouvée depuis longtemps. Il eut la force de dissimuler. Cependant, il prit la main que la Pâlotte lui abandonnait et d'une voix que l'émotion faisait trembler :

— Si j'ai consenti, dit-il, à ce mariage avilissant, à cette épreuve douloureuse qui vous a donné la mesure de mes sentiments, c'est que mon instinct me dévoilait l'avenir et que j'avais prévu ce qui arrive aujourd'hui. Tant que le roi vous a été fidèle, vous n'avez pu voir en moi que le plus dévoué, le plus sincère des amis. Maintenant, je change de rôle.

Il joignit les mains et fléchit le genou.

— Je vous aime, Isaure, reprit-il ; je vous aime d'une passion ardente depuis le jour où le hasard a placé sous mes yeux votre image... Dites-moi que vous me rendrez un peu du sentiment passionné que vous m'inspirez... Oui, oubliez l'infidèle... aimez-moi, Isaure. Vous êtes ma femme, je suis votre mari... nos deux âmes peuvent s'unir dans un bonheur parfait... dans le bonheur légitime que Dieu bénit !

Mais la Pâlotte n'écoutait pas ;... elle ne répondit point. Ses yeux, son esprit étaient ailleurs. Une jalousie poignante lui déchirait le cœur.

— M. de Maulévrier, dit-elle tout à coup d'une voix brève, n'avons-nous pas nos petites et nos grandes entrées à la cour ?

— Certes, répondit Gaston avec un mouvement de colère...

— Il y a réception ce soir ?

— Comme tous les soirs, c'est la coutume.

— Eh bien, je vais m'habiller... faites-en autant.

— Quoi! vous voulez...?

La Pâlotte frappa sur un timbre d'argent...

— Je veux, monsieur de Maulévrier, que vous me conduisiez tout à l'heure à l'hôtel des Tournelles; et si j'ai une rivale, je la verrai! Dans tous les cas, je le saurai tout de suite.

— Que votre volonté soit faite! répondit Gaston en s'inclinant.

Qu'avait-il à perdre à cette épreuve?

Ah! la Pâlotte ne fut pas longue à sa toilette. Jamais pourtant celle que nous avons jusqu'à ce jour appelée la maîtresse du roi n'avait, selon l'expression du poète Longfellow, revêtu plus de beauté. Ce fut, quand elle entra dans le salon d'honneur de l'hôtel de Tournelles, la main sur le poing de son mari, un véritable concert d'exclamations admiratives.

François lui-même, ne pouvant sans doute s'empêcher d'avoir ce regain d'amour que garde toujours le cœur des anciens amants, se leva et vint au-devant d'elle.

— Savez-vous bien, madame, dit-il en s'inclinant et en tendant la main à Isaure, que pour le repos des rois il est interdit aux dames d'être si resplendissantes?

Mais Isaure, feignant de ne point voir son geste, lui répondit froidement:

— Pourvu que les maris soient contents, il importe peu que les rois dorment...

Déjà François fronçait le sourcil. Madame de Maulévrier, sans se troubler, continua:

— J'avouerai d'ailleurs à Votre Majesté que, ce soir, je ne suis point venue pour elle. C'est à madame Claude que, désormais, je voudrais plaire.

18.

— La belle a du flair, pensa le roi. Elle a deviné...

Et, se penchant, il dit à voix basse:

— Voudriez-vous donc aussi me nuire en plaisant à madame Claude?

— Non, fit Isaure, ce n'est pas de cette façon que je me venge.

Le roi ne songea même point à lui demander de quoi elle avait à se venger. Donc il était bien vrai qu'il en aimât une autre. Pour être sincère, nous ajouterons qu'involontairement madame Isaure se mordit les lèvres et ce fut là d'ailleurs le dernier tressaillement de son amour. D'un regard circulaire, elle embrassa tout le salon. Assise sur un haut tabouret, tout le buste en avant, les yeux fixés sur le groupe que formaient le roi, Isaure et Gaston, une femme, éclatante de jeunesse et de beauté, semblait en proie à l'anxiété la plus vive.

— C'est bien, dit Isaure à sa vue. Votre Majesté respecte celles qu'elle aime. J'avais peur de garder quelque jalousie. Je suis fière au contraire de celle qui me remplace dans votre cœur et je vous remercie.

François eut la dignité de ne point nier. Il était roi.

— Soyez sûre, dit-il, que je n'oublierai jamais les douces heures que je vous dois. La mère et l'enfant me seront toujours chers et je saurai assurer, comme il convient, leur avenir.

— Permettez, fit Isaure, ce soin ne vous regarde plus. Daignez seulement me conduire auprès de madame Claude et nous serons quittes.

François sembla réfléchir un instant, regarda dans les yeux celle qu'il avait si ardemment aimée et lut sans doute dans l'âme de son ancienne Pâlotte qu'il n'avait rien de terrible ou de honteux à redouter.

Il tendit royalement le poing à madame de Maulévrier qui alors, sans trembler, posa dessus le bout de ses doigts, et la conduisit dans le boudoir où, selon son habitude, boudait madame Claude.

Précisément La Palisse, toujours galant, était en train d'essayer de consoler la reine, tout comme si elle était aussi gente qu'Èva.

— Madame... s'écria la Pâlotte à la vue de la laide femme délaissée.

Et, quittant brusquement le roi, elle tomba aux genoux de madame Claude, au moins surprise.

— Madame et puissante reine, continua Isaure, j'ai une grâce à implorer. J'ai eu l'insigne honneur d'être présentée par le roi lui-même à Votre Majesté. Permettez-moi de prendre aujourd'hui congé de vous. Je ne me sens point faite pour les plaisirs de la cour. Le roi ne pourrait rien vous refuser. Priez-le, je vous en conjure, de délier M. de Maulévrier, mon mari, du service qu'il doit à la cour de France et de nous permettre d'aller vivre, en bons époux, dans quelque coin retiré.

Il faut croire que madame Claude comprit tout de suite le sentiment délicat qui avait jeté la Pâlotte à ses pieds et lui dictait un tel langage.

— Asseyez-vous là, ma mie, fit-elle en l'attirant à côté d'elle, et causons.

François était visiblement embarrassé.

— Tout ce que vous désirerez est déjà accordé, ma belle. Le roi, comme vous dites, n'a rien à me refuser. Où monsieur de Maulévrier compte-t-il se retirer ?

Cette question ramena la pauvre Pâlotte à la réalité. Celui qui passait pour son mari et qui allait enfin l'être ne possédait pas le moindre domaine. Il n'avait pas un sou vaillant au soleil.

— Nous ne savons encore où nous irons, balbutia la Pâlotte.

Par bonheur, le maréchal était là.

— Je crois bien, fit-il, que j'avais eu à me plaindre de monsieur de Maulévrier. En tout cas, je lui ai offert ma main en signe de réconciliation. N'est-il pas vrai, Gaston ?

— Et je l'ai pressée tout de suite, s'écria le jeune homme.

— Donc, ma nièce, si vous le voulez, vous irez auprès d'Orléans, sur la route de Chécy, dans mon château de la Bretauche, au milieu du parc le plus ombreux et le plus beau du monde. Un vrai nid d'amour qui, dès cette heure, n'appartient plus au vieux Chabannes. Il est à toi, Gaston.

Et la fin de la scène fut des plus sentimentales. Malgré la présence du roi et de la reine, Isaure tomba dans les bras de La Palisse qui versa bel et bien des larmes d'attendrissement.

François, qui n'avait rien à faire dans cette bergerie, profita de l'émotion générale pour regagner le salon d'honneur où celle qui allait succéder à la Pâlotte ouvrait toujours ses grands yeux anxieux...

Mais François savait rassurer les femmes et, comme, un quart d'heure après, le carrosse de La Palisse enlevait à jamais à la cour de France monsieur et madame de Maulévrier :

— Tu m'aimes donc ? demanda Gaston en serrant les mains de la Pâlotte.

— Tu verras, répondit-elle en se laissant tomber sur son cœur.

Décidément Gaston avait eu raison de risquer son aveu et voilà deux de nos principaux personnages dont nous n'allons plus avoir longtemps à parler. On ne raconte pas le bonheur.

VI

COMPTE RÉGLÉ

Pendant qu'Isaure, faisant ses malles, s'apprêtait à partir pour la Bretauche, Gaston se disait :

— Avant de quitter Paris, je voudrais pourtant bien payer à mon digne oncle le service qu'il me rend. Que pourrais-je donc faire pour lui être agréable ?

Et, tout en se récusant le cerveau, il se rappela naturellement le gros amour que son bon oncle avait jadis pour Isaure.

— Bah, cela va de soi, se dit-il, le maréchal a fait comme le roi. Il a changé d'amour. Tout passe, tout lasse, tout casse. C'est maintenant pour Èva que mon brave oncle gagnerait des victoires... Mais, à propos, Èva s'appelle la princesse de Buffalora et son mari, par ma foi, n'est qu'une atroce canaille... Dans le temps, il a joué plus d'un tour à mon cher parrain... Et sans compter qu'il serait capable de lui en jouer encore. Je le connais bien, moi...

Et, ce disant, Gaston prenait son manteau, mettait son chapeau, bouclait sa ceinture. Il alla embrasser Isaure.

— Ma toute belle, je te demande un petit congé d'une heure. J'ai un compte à régler.

Précisément Buffalora était chez lui. Comme Gaston était pressé de revenir auprès de sa femme, l'entretien qu'il eut avec lui ne fut pas long.

— Bonjour, prince.

— Tiens, c'est toi, Gaston?

— Oui, nous nous sommes tutoyés, cela est vrai, mais le sablier est retourné, mon caractère aussi. Dis-moi : vous !

— « Dis-moi : vous. » Me prenez-vous pour un laquais ?

— Absolument, mon prince. Aussi je viens te donner mes ordres. *Je viens*. Cela n'est même pas dans les convenances. J'aurais dû te faire appeler. Seulement je n'aime pas le bruit chez moi... Tu vas ramasser en un clin d'œil tout l'or que tu as gagné ou volé, comme tu voudras. Dis à tes nains de faire vite tes paquets. Ils sont expéditifs. Je te donne la journée pour quitter Paris. Tu regagneras à franc étrier le noble pays qui t'a vu naître.

— Veux-tu rire ?

— Tu me dis : « *Voulez-vous* rire? Non. Je n'en ai point envie. Seulement mon parrain aime ta femme. Un jour ou l'autre, tu recommencerais à jouer de tes tours d'au delà des monts. Fais-nous donc place nette.

— Je ne partirai pas.

Gaston tira son épée.

— Mon pauvre Buffalora, dit-il, tu aurais pourtant bien raison de m'obéir.

— Moi aussi, j'ai une épée, répliqua le prince en se mettant en garde.

Mais ce n'était déjà plus vrai. En trois mouvements plus rapides que la pensée, Gaston avait lié l'épée de l'italien et l'avait jetée dans un coin.

— Et n'essaie pas de la ramasser, fit-il, ou je pique.

— Mais je ne gêne pas trop La Palisse...

— Pour l'instant, non, mais ça pourrait recommencer. En tout cas, le beau sol de France n'est pas fait pour des drôles comme toi. Partiras-tu ?

— Voyons, je suis prince, je suis riche, je suis considéré, je vais à la cour !

— Par des subterfuges auxquels nos plus bas intérêts se sont prêtés. Aujourd'hui ce n'est plus ça. Le soleil brille. Voilà le beau temps. Tout le monde redevient bon. Toi seul, en serais incapable. Il faut...

— Mais, pendant que parlait Gaston, Buffalora avait appuyé sur un bouton qui avait mis en mouvement une sonnette. Balak, Édom et quelques nains venaient d'entrer.

— Ah! très bien, dit Gaston. Je n'avais pas prévu cela. Tu te prends pour la Balbina en personne. Nous allons rire.

— Tuez-le, mes nains, s'écria Buffalora exaspéré.

Mais de sa main droite qui tenait si bien l'épée, Gaston traça un cercle que n'osèrent pas franchir les nains, d'autant plus que, de sa main gauche, il leur faisait signe d'être complètement rassurés.

— Mes petits amis, dit-il, que l'un de vous aille me chercher votre maîtresse. Vous verrez que vous serez bientôt tous contents.

Aucun d'eux ne bougea.

— Ah ! vous ne me croyez pas, reprit Gaston. Je vais donc vous dire le sort que je vous prépare Ce vilain homme-là ne voulant pas s'en aller, je suis forcé de le tuer, mais c'est vous qui hériterez de lui, de tous ses biens, de tous les diamants de la princesse Balbina, de la vraie, de la bossue, car celle que vous prenez pour elle n'est pas une voleuse et n'a d'ailleurs point besoin de cette fortune gagnée par l'autre. Me comprenez-vous ? La fausse Balbina, que vous ne voulez pas aller chercher, et moi, nous vous donnons tout ce qu'il y a ici.

Ah! du coup, vite, un, deux, trois nains sortirent pour se rendre auprès d'Èva et la supplier de venir en toute hâte confirmer d'aussi douces paroles. Buffalora, plus rapide qu'eux, s'élança par la fenêtre pour traverser la cour. Que méditait-il ? On ne le saura jamais. Non moins agile que lui, Gaston l'avait suivi et, du bout de son épée, lui avait déjà piqué le dos. Brusquement Buffalora se retourna. Gaston baissa l'épée.

— Mon pauvre Buffalora, dit-il, tu vois que c'est sérieux. Tu aurais mieux fait d'accepter mes conditions tout de suite. Te voilà ruiné maintenant. Dis-moi que tu partiras et nous essayerons de raccommoder tant bien que mal la chose.

— Je ne partirai pas et c'est toi qui mourras !

Et d'un bond Buffalora se trouva au fond de la cour où il avait aperçu appuyée contre le mur une longue fourche aux dents pointues. Par malheur pour lui, cette fourche était tout à côté d'un puits à la margelle basse, qui donna à Gaston une excellente idée. Aussi le jeune homme, en moins d'une seconde,

19

fut-il à deux pas de l'Italien, qui, étant contre le mur, ne pouvait reculer...

— Hein, quel malheur, fit le mari d'Isaure, ta fourche est trop longue. Comment la manœuvrer ? Allons, lache-la, imbécile, mais lache-la donc.

Et il fit saigner à petits coups la main qui la tenait et qui la laissa bientôt tomber.

Buffalora, se ployant comme une couleuvre, essaya d'échapper à Gaston en glissant contre le mur, mais le jeune homme, mis en goût, continuait à le larder en le poussant vers le puits.

Quand Buffalora fut contre la margelle :

— Ah, c'est moi qui devais mourir ? reprit Gaston en le piquant toujours. Nous allons voir ça, mon bonhomme. Tiens, tiens. Tu as joliment bien fait de te sauver dans cette cour. Tu comprends ; dans ton salon nous aurions fait quelque dégat. Ton sang eût jailli sur les meubles ; il eût au moins laissé des traces sur le parquet tandis qu'ici ce sera bien plus commode. Allons, monte sur la margelle. Mais monte donc.

— Grâce ! s'écria Buffalora qui décidément commençait à avoir peur.

— Je t'ai dit que tu étais de trop en France.

— Je retournerai en Italie.

— Tu te décides trop tard. Veux-tu que je te laisse le temps de faire ta prière ?

— Ah ! coquin ! scélérat ! Si je te tenais...

— Oui, mais c'est moi qui te tiens... Et je veux même te lâcher... Bonsoir !

Et, allongeant brusquement le bras, Gaston allait enfoncer son épée dans la poitrine du traître, quand on entendit un grand bruit.

C'était Buffalora qui, pris d'effroi et s'étant trop

reculé, venait de tomber comme une masse au fond du puits.

— Et, comme ça, pas de traces ! fit le jeune homme en remettant tranquillement son épée au fourreau. Le drôle est retourné en Italie et nous pouvons être sûrs qu'il n'en reviendra plus...

A ce moment arrivait dans la cour Èva qu'amenaient les nains.

— Venez, ma belle, dit Gaston. Le maréchal doit vous attendre et, cette fois, vous en avez bien fini avec la magie. Quant à vous, mes petits nains, vous savez ce que je vous ai dit. Tous les biens de la Balbina sont à vous. Ne me faites pas répéter.

Il se pencha vers le puits.

L'eau était lisse et calme comme s'il ne s'était rien passé.

— Venez, Èva, dit Gaston.

Et, une heure après, le jeune homme remettait entre les mains de son parrain la chère Èva, enfin libre de toute contrainte. Du moins le croyait-il, car il ne pensait ni à la comtesse de la Chesneraye, ni au Chevalier Noir, qu'il connaissait à peine. Mais, rentré chez lui, il fut forcé de s'étendre sur un lit...

En sautant par la fenêtre derrière Buffalora, il s'était foulé le genou. L'émotion l'avait empêché même de ressentir la moindre douleur.

Quinze jours durant, il resta sur le flanc et, en se relevant, s'aperçut qu'il boitait... Il devait rester infirme toute la vie...

La Pâlotte, qui l'avait soigné comme un ange, eut un singulier moyen de le consoler. Elle était radieuse.

— Te voilà bien forcé, disait-elle, de renoncer aux aventures. Je bénis ton mal qui te donne à moi.

Me voilà sûre que tu ne quitteras jamais la Bretauche.

Et ils partirent en carrosse, les poches bourrées
d'or.

La Palisse, enchanté d'être débarrassé de Buffalora et surtout d'avoir maintenant son Eva à lui
tout seul, s'était montré magnifiquement reconnaissant.

Quant à l'enfant d'Isaure, il jouait sur les genoux
de Gaston.

VII

HUIT ANNÉES EN CENT LIGNES

Après les Suisses, les Espagnols.

Chabannes,fatigué de la guerre, avait demandé au roi la permission d'aller se reposer dans son château de la Palisse.

François lui avait, en riant, octroyé cette autorisation. Il savait que le maréchal ne devait pas être accompagné que de Pantaléon. Le vieux capitaine, pour rajeunir sans doute son vieux château, voulait y emmener les dix-huit ans d'Èva.

Ma foi, François n'était pas égoïste. Il changeait assez souvent de belle pour permettre à ses serviteurs d'aimer aussi les cheveux blonds.

— Repose-toi à ta façon, va,mon brave La Palisse, dit-il. J'ai là Bayard, qui te remplacera.

Et ce fut Bayard qui fit le siège de Pampelune, qui défendit Mézières et qui, à Romagnano, en Ita-

19.

lie, lutta contre l'armée espagnole, pendant que Chabannes faisait le siége d'Èva, se défendait contre la vieillesse et n'essayait jamais de lutter contre les désirs qui l'assaillaient.

La seule douleur qu'il éprouva lui fut précisément donnée par l'ami qui lui apporta la nouvelle de la mort de Bayard.

Le chevalier sans peur et sans reproche avait reçu, eu battant en retraite, un coup de mousquet qui lui avait cassé l'épine dorsale :

— Jésus, mon Dieu, je suis mort ! s'était-il écrié en tombant, et il ne s'était malheureusement pas trompé...

La Palisse, qui ne connaissait plus les larmes, eut des pleurs d'enfant. Il fallut qu'on lui racontât, point à point, les derniers instants du vaillant chevalier, — comment Bayard avait voulu mourir, le visage tourné contre l'ennemi ; — comment il avait traité le connétable Charles de Bourbon, alors armé contre sa patrie, et qui, plaignant Bayard, s'était entendu répondre par lui :

— Ce n'est pas moi qu'il faut plaindre, mais vous, qui portez les armes contre votre roi, votre patrie et votre serment !...

Une seule pensée parvint à consoler le vieux maréchal, celle-ci...

— Bayard est mort à l'ennemi. Puissé-je mourir ainsi...

Et, malgré les supplications d'Èva, qui était vraiment touchante dans sa tendre affection pour ce brave vieillard, Chabannes se promit de remplacer Bayard, dès que le roi aurait besoin de lui...

A ces propos de guerre, se réveillait dans son cerveau, naturellement oublieux, le souvenir du Chevalier Noir.

— Pour que je n'aie plus jamais entendu parler de lui, se dit-il, il faut qu'il ait trouvé la mort dans l'un de ces combats...

Nous ajouterons que cette pensée ne laissait pas de lui être quelque peu agréable.

Par malheur, le souvenir du Chevalier Noir amenait fatalement celui de madame de la Chesneraye. Le maréchal savait que la comtesse avait fait tout ce qui était en son pouvoir pour que le roi ne l'autorisât point à revenir à La Palisse, mais c'était tout...

Depuis, il n'avait plus jamais entendu parler d'elle. Il est vrai que Pantaléon, qui continuait à traiter son maître comme « un vieux fou » faisait bonne garde autour du château de La Palisse dont il avait relevé tous les murs, même ceux qui fermaient le parc...

Par malheur pour la France, la guerre n'était point près de finir. L'Espagnol était énergique. Un jour, La Palisse apprit que François Ier lui-même s'était résolu à se mettre à la tête de ses troupes.

— C'est bien, dit Chabannes. Je connais mon devoir. Il faut que le roi me trouve à côté de lui. Pantaléon, mon vieil ami, il est temps de fourbir mes armes.

Cette fois, Pantaléon, qui aimait la France autant que son vieux Chabannes, obéit sans gronder. Lui-même, il prépara les harnachements et convoqua tous les valides du pays que La Palisse fit armer à ses frais.

Eva ne disait rien...

Le jour fixé pour le départ, Chabannes eut, ma foi, superbe mine sur son cheval de guerre, le meilleur étalon de la contrée.

Il avait pourtant les yeux de nouveau gros de larmes. Donner à Èva le baiser d'adieu lui avait été trop cruel.

Et en partant, il ne put encore s'empêcher de pleurer quand il vit, au sommet de la haute tour, Èva agiter, comme il était convenu, son blanc mouchoir qui, lui, n'était mouillé d'aucune larme.

C'est que, dans la cour des communs, avait été préparé secrètement un carrosse plein d'élixirs et de baumes.

Ce carrosse allait suivre la petite troupe.

Eva allait suivre son mari...

ÉPILOGUE

PAVIE

Nous ne raconterons pas cette funeste bataille
i a rendu trop fameuse la date du 24 février 1525.
 sait comment François la perdit pour s'être
ssé emporter trop aveuglément par son courage.
Le roi, — qui à lui seul représentait toute
rmée, toute la France, — oublia qu'il était roi
ur se conduire exclusivement en soldat.
Des ennemis fuyaient. Il ne voulait pas en voir
 seul échapper à la mort. Il les poursuivit sans
percevoir que d'autres, profitant de son avance,
uvaient venir derrière lui. Tout à coup, il enten-
t une voix connue qui lui criait :
— Prenez garde, Sire, vous allez être entouré.
C'était la voix de La Palisse.
— Ah ! mon vieux Chabannes, je veux célébrer
résurrection. Regarde.

Et de sa main, François tua Ferdinand de Castriot, marquis de Saint-Ange.

— Bravo, Sire. Regardez aussi.

De sa joyeuse épée, vigoureusement lancée et fière d'être tirée du fourreau, Chabannes, à son tour, mit hors de combat un napolitain.

Mais c'étaient deux morts et il y avait autour des deux héros plus de trois cents ennemis.

De sa main encore, — ceci est rigoureusement de l'histoire, — François en tua six pendant que La Palisse faisait scrupuleusement le même massacre.

Ce fut le cheval du roi qui paya pour son maître, Il tomba tué d'un coup de hallebarde.

— A moi, La Palisse. Un cheval !

François voulait continuer la lutte.

— En voici un, répondit Chabannes qui venait de renverser un cavalier et de saisir la bride du cheval.

— Merci, fit une voix sombre.

Et du milieu des morts et des vivants s'élança un homme qu'aussitôt reconnut La Palisse et qui se mit en selle sur le cheval destiné au roi.

— Le Chevalier Noir !!! s'écria le maréchal.

— En garde ! répondit le chevalier. Tu as été trop heureux, Chabannes. Tu vas expier ton bonheur.

Et, pendant ce temps-là, les ennemis entouraient le roi, le faisaient prisonnier, l'entraînaient au camp, ne laissant plus dans la plaine que La Palisse et les quelques hommes qui devaient suffire à le fatiguer et à s'emparer de lui.

Tous ces hommes attendaient que d'abord ce mystérieux chevalier à l'armure noire eût été vaincu... ou vainqueur.

Il fut vaincu.

La Palisse affolé à sa vue avait levé et laissé retomber son épée. Elle donna juste contre le défaut de l'armure au-haut du bras gauche.

Le chevalier lâcha les rênes et roula sur le sol...

— Ah ! je te connaîtrai enfin ! s'écria La Palisse qui, sans s'inquiéter des hommes qui s'approchaient de lui, mit pied à terre, s'élança vers le chevalier et leva la visière de son casque.

Mais le maréchal recula d'épouvante. Le visage qu'il venait de voir était celui de la comtesse de la Chesneraye...

— Elle, elle ! s'écria-t-il. J'ai tué une femme.

— Maréchal, dit l'un des soldats qui s'étaient approchés, vous êtes prisonnier.

— Moi ? Prisonnier, moi ?

Et, d'un bond juvénile, il se retrouva sur son coursier.

— Prisonnier ? reprit-il. Vous ne me connaissez pas. Je ne suis pas le roi, moi ! Je n'ai pas charge d'âmes.

Mais déjà les dix hommes l'entouraient... quand soudain, sortant d'entre les rocs, une femme aux grands yeux bleus, les cheveux épars et toute blême d'effroi, s'élança entre lui et eux, essayant, l'insensée, de saisir de ses frêles mains les mors de tous les chevaux à la fois.

— Èva ! s'écria le maréchal en s'efforçant de retenir son cheval.

— Grâce, grâce ! exclama la malheureuse femme. Ne le tuez pas !

Mais, si belle qu'elle soit, une femme peut-elle espérer arrêter la fureur de combattants enfiévrés ?

Le cheval même de La Palisse, enivré par la

bataille, prit son élan auquel répondirent aussi
par des bonds semblables, les coursiers des sold
du vice-roi de Naples.

Èva poussa un cri terrifiant.

Elle roulait sous les pieds du cheval de son m
et mourait à l'instant même où un soldat entr
jusqu'à la garde son épée dans la poitrine de
Palisse !

> Monsieur de la Palisse est mort,
> Mort de maladie,
> Un quart d'heure avant sa mort,
> Il était encore en vie.

Tel est devenu, grâce à la stupidité populaire,
refrain plus véridique qu'inspira son héroïc
trépas et que vous n'oublierez plus :

> Monsieur de la Palisse est mort,
> Mort devant Pavie.
> Un quart d'heure avant sa mort
> Il faisait encore envie !

Et, c'est ainsi que le 24 février 1525, se trou
rent réalisées toutes les prédictions d'Èva...

FIN

NOTE DE L'ÉDITEUR. — Ainsi que LE SERMENT DES HOM
ROUGES, LES AVENTURES DU CAPITAINE LA PALISSE font partie
la série des romans laissés inachevés par le vicomte Pon
du Terrail.

Nous devons tous nos remercîments à M. Charles Ch
cholle, qui a bien voulu se charger de revoir et de termi
l'ouvrage qu'on vient de lire.

TABLE

TABLE 339

QUATRIÈME PARTIE

LA COUR DU ROI FRANÇOIS

ÉPILOGUE

Saint-Amand (Cher). — Imp. de Destenay.

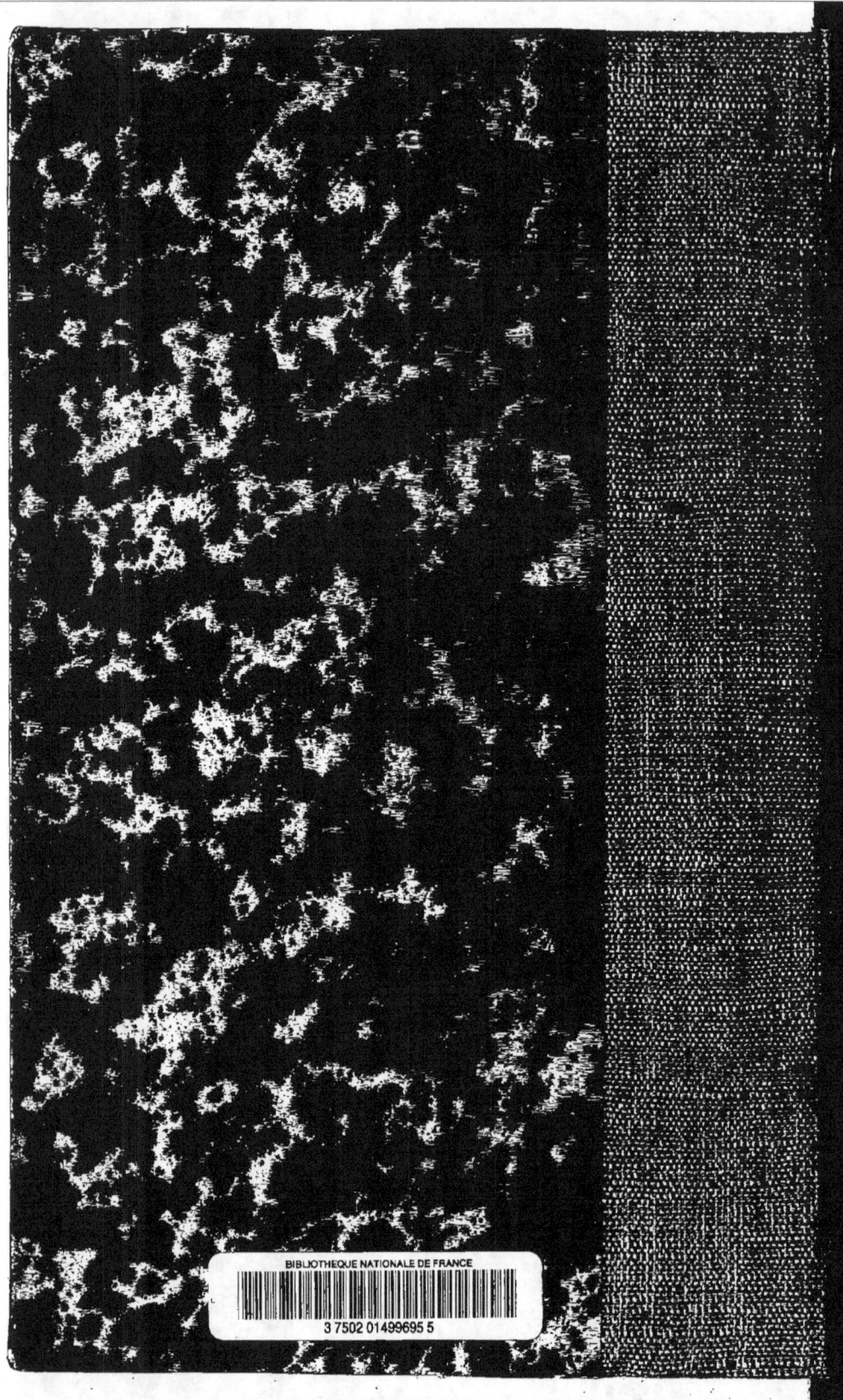

www.ingramcontent.com/pod-product-compliance
Lightning Source LLC
Chambersburg PA
CBHW070325030726
47505CB00004B/1096